VER
LA SOMBRA DE

T000959E

Planeta Internacional

COLLEEN HOOVER

VERITY
LA SOMBRA DE UN ENGAÑO

Traducción de Claudia Conde

 Planeta

Obra editada en colaboración con Editorial Planeta – España

Título original: *Verity*

© 2018, Colleen Hoover
Publicado de acuerdo con Dystel, Goderich & Bourret LLC. por mediación
de International Editors'Co

© 2020, Traducción: Claudia Conde

Diseño de portada: Murphy Rae
Adaptación de portada: Karla Anaís Miravete

© 2020, Editorial Planeta S.A. – Barcelona, España

Derechos reservados

© 2023, Editorial Planeta Mexicana, S.A. de C.V.
Bajo el sello editorial PLANETA M.R.
Avenida Presidente Masarik núm. 111,
Piso 2, Polanco V Sección, Miguel Hidalgo
C.P. 11560, Ciudad de México
www.planetadelibros.com.mx

Primera edición impresa en España: abril de 2020
ISBN: 978-84-08-22562-1

Primera edición en formato epub: abril de 2023
ISBN: 978-607-39-0100-0

Primera edición en esta presentación: abril de 2023
Primera reimpresión en esta presentación: junio de 2023
ISBN: 978-607-07-9939-6

Impreso en los talleres de Bertelsmann Printing Group USA
25 Jack Enders Boulevard, Berryville, Virginia 22611, USA.
Impreso en U.S.A - *Printed in U.S.A*

*Dedico este libro a la única persona a quien podría dedicarlo.
Tarryn Fisher, gracias por aceptar la oscuridad en las
personas de la misma manera que aceptas su luz*

1

Oigo el crujido del cráneo antes de que me salpique la sangre.

Sofoco un grito y retrocedo hacia la banqueta. Uno de mis tacones tropieza con el cordón de la banqueta y tengo que agarrarme al poste de una señal de «Prohibido estacionarse» para no caerme.

El hombre estaba justo delante de mí hace cuestión de segundos. Estábamos entre un grupo de gente que esperaba a que cambiara el semáforo, cuando él bajó a la calle antes de tiempo y fue arrollado por un camión. Hice un gesto para detenerlo, pero me quedé solamente con aire entre las manos mientras él caía. Cerré los ojos antes de que la cabeza desapareciera bajo la rueda, pero oí el ruido que hizo al reventar, como de descorchar una botella de champán.

Fue culpa suya, por ir mirando distraídamente el celular, quizá como consecuencia de haber cruzado muchas veces la misma calle sin incidentes. Muerte por rutina.

La gente mira boquiabierta, pero nadie grita. El hombre que viajaba en el asiento del acompañante salta de inmediato del camión a la calle y se arrodilla junto al cadáver. Me alejo de la escena, mientras varias personas corren a ayudar. No necesito mirar al hombre tendido bajo la rueda para saber que no ha sobrevivido. Me basta ver mi blusa, que antes era blanca y ahora está salpicada de sangre, para comprender que un coche fúnebre sería más útil que una ambulancia.

Doy media vuelta para dejar atrás el accidente —y encontrar un lugar donde respirar—, pero ahora el semáforo indica que ya se puede pasar y me resulta imposible remontar a contracorriente el río humano de Manhattan. Algunos ni siquiera levantan la vista de las pantallas de sus celulares mientras pasan por delante del hombre muerto. Renuncio a tratar de moverme y espero a que pase la mayor parte de la gente. Volteo la vista al lugar de los hechos, esforzándome para no ver directamente al cadáver. El conductor del camión está ahora detrás del vehículo, con los ojos desorbitados, hablando por teléfono. Tres o tal vez cuatro personas están ayudando. Otros se han acercado por curiosidad morbosa y filman la truculenta escena con sus celulares.

Si todavía viviera en Virginia, todo esto se desarrollaría de una manera completamente diferente. El movimiento de la calle se detendría. Habría pánico, gritos y, en cuestión de minutos, llegaría un equipo de prensa al lugar del accidente. Pero aquí, en Manhattan, un peatón arrollado por un vehículo es algo tan frecuente que no pasa de ser una molestia. Un retraso en el tráfico para algunos, una prenda de ropa arruinada para otros... Sucede tan a menudo que probablemente ni siquiera aparecerá en los periódicos.

Por mucho que me indigne la indiferencia de alguna gente de esta ciudad, fue precisamente por eso por lo que vine hace diez años. La gente como yo se siente a gusto en ciudades superpobladas. Aquí el estado de mi vida no le interesa a nadie. Hay muchísima gente con historias mucho más tristes que la mía.

Aquí soy invisible. No existo. Manhattan está demasiado atestada de gente para que yo le pueda importar una mierda, y me encanta por eso.

—¿Te has hecho daño?

Levanto la vista para mirar al hombre que me está tocando un brazo y me observa la blusa. Se le nota una preocupación sincera mientras me mira de arriba abajo, valorando posibles lesiones. Por su reacción deduzco que no es un neoyorquino de pura cepa. Puede que ahora viva en la ciudad, pero su lugar de procedencia —sea cual sea— no debe de haberlo golpeado hasta privarlo por completo de empatía.

—¿Te has hecho daño? —repite el desconocido, mirándome esta vez a los ojos.

—No. La sangre no es mía. Estaba al lado de él cuando...

Me interrumpo. «Acabo de ver morir a un hombre.» Estaba tan cerca que su sangre me ha salpicado.

Me mudé a la ciudad para ser invisible, pero no soy de piedra. Lo he estado trabajando, he intentado volverme tan dura como el concreto bajo mis pies, pero no lo he conseguido del todo. Lo que acabo de presenciar me ha hecho un nudo en el estómago.

Me tapo la boca con la mano, pero la retiro rápidamente al sentir algo pegajoso en los labios. «Más sangre.» Me miro la blusa. Mucha sangre, pero toda ajena. Agarro la blusa entre el pulgar y el índice para separármela del cuerpo, pero la tengo pegada a la piel en los puntos donde las salpicaduras empiezan a secarse.

Creo que necesito agua. Estoy un poco mareada y me gustaría frotarme la frente y tocarme la nariz, pero me da aprensión. Miro al hombre que me sigue sujetando el brazo.

—¿Tengo la cara manchada? —le pregunto.

Se muerde los labios y enseguida busca algo con la vista en la calle, a nuestro alrededor. Señala con un gesto una cafetería, varios portales más adelante.

—Allí tendrán un baño —dice mientras me empuja levemente por la espalda para llevarme en esa dirección.

Echo una mirada al edificio de Pantem Press, en la banqueta de enfrente, adonde me dirigía antes del accidente. ¡Estaba tan cerca...! A cuarenta o tal vez sesenta metros de una reunión a la que necesitaba desesperadamente asistir.

Me pregunto a qué distancia de su destino estaría el hombre muerto.

El desconocido abre la puerta y la sostiene para mí. Una mujer con un café en cada mano intenta colarse y salir sin dejarme pasar, hasta que me ve la blusa. Entonces retrocede disgustada y permite que entremos los dos. Voy al baño de mujeres, pero encuentro la puerta cerrada con llave. Mi acompañante empuja la puerta del de hombres y me indica con un ademán que lo siga.

Sin pasar el cerrojo después de cerrar la puerta detrás de nosotros, va directamente a los lavamanos y abre una llave. Me miro al espejo y veo con alivio que la situación no es tan mala como me temía. Tengo en las mejillas varias gotas de sangre que empiezan a oscurecerse y a formar costra, y una salpicadura sobre las cejas. Por suerte, la blusa se ha llevado la peor parte.

El hombre me pasa unas toallitas de papel mojadas, y yo me limpio la cara mientras él humedece algunas más. Ahora huelo la sangre. La nota acre y dulzona que flota en el aire me transporta como un vendaval a la infancia, a mis diez años. El olor a sangre es suficientemente intenso como para seguir recordándolo después de tanto tiempo.

Intento contener la respiración al presentir un nuevo acceso de náuseas. No quiero vomitar. Pero necesito desprenderme de la blusa. «Ya mismo.»

Me la desabrocho con dedos temblorosos, me la quito y la pongo bajo la llave. Dejo que el agua haga su efecto, mientras acepto el resto de las toallitas que el desconocido ha humedecido para mí y las uso para limpiarme la sangre del pecho.

Veo que se dirige a la puerta, pero en lugar de concederme un momento de privacidad, ahora que he quedado semidesnuda con el más horrible de mis brasieres a la vista, pasa el cerrojo, para que nadie entre en el baño y me sorprenda sin blusa. Su gesto resulta caballeroso pero inquietante y me produce cierta incomodidad. Estoy tensa, mientras lo vigilo a través del reflejo en el espejo.

Llaman a la puerta.

—¡Un momento! —dice él.

Me tranquilizo un poco, reconfortada por la idea de que hay alguien al otro lado de la puerta que me oiría gritar, llegado el caso.

Me concentro en la sangre hasta asegurarme de haberme limpiado bien el cuello y el pecho. A continuación me inspecciono el pelo, volteando la cabeza a derecha e izquierda delante del espejo, pero lo único que veo son tres centímetros de raíces negras bajo un tinte caramelo desvaído.

—Espera —me indica el hombre mientras se desabrocha el último botón de la impecable camisa blanca—. Ponte esto.

Ya se ha quitado el saco, que ahora cuelga de la perilla. Cuando se deshace de la camisa, veo que lleva una camiseta debajo. Es musculoso y más alto que yo. Su camisa me quedará enorme. No puedo presentarme con ella en la reunión, pero no tengo más remedio. La acepto. Agarro unas cuantas toallas de papel sin humedecer, las uso para secarme y entonces me pongo la camisa y me la empiezo a abotonar. Estoy ridícula, pero al menos no fue mi cráneo el que salpicó de sangre la blusa de otra persona. «No se conforma quien no quiere.»

Recojo mi blusa mojada del lavabo y reconozco que no tiene salvación. La tiro al bote de basura, me agarro a los bordes del lavamanos y me miro al espejo. Dos ojos cansados y vacíos me devuelven la mirada. El horror de lo que acaban de presenciar les ha oscurecido el color, que de avellana ha pasado a un castaño turbio. Me froto las mejillas con la base de las palmas, sin ningún éxito. Tengo cara de muerta.

Me apoyo contra la pared y desvío la vista del espejo. El hombre está enrollando la corbata. Se la guarda en el bolsillo del saco y se me queda mirando un momento.

—No distingo si estás tranquila o en estado de *shock*.

No me encuentro en estado de *shock*, pero tampoco puedo afirmar que esté tranquila.

—No estoy segura —admito—. ¿Tú estás bien?

—Sí —contesta—. He visto cosas peores, por desgracia.

Inclino la cabeza, intentando diseccionar las diferentes capas de su enigmática respuesta. Desvía la mirada y yo lo observo con más insistencia todavía mientras me pregunto qué habrá visto que pueda ser peor que la cabeza de un hombre aplastada por la rueda de un camión. Puede que sea neoyorquino de nacimiento, después de todo. O quizá trabaja en un hospital. Tiene ese aire de competencia que a menudo emana de las personas que se ocupan de cuidar a los demás.

—¿Eres médico?

Dice que no con un gesto.

—Trabajo en el negocio inmobiliario. O trabajaba, mejor dicho.

Avanza un paso y tiende una mano para quitarme algo del hombro de la camisa. De su camisa. Baja el brazo y me mira a los ojos un momento, antes de retroceder una vez más.

Sus ojos son del color de la corbata que acaba de guardarse en el bolsillo: un tono verde amarillento. Es guapo, pero algo en él me hace pensar que preferiría no serlo, casi como si su aspecto físico fuera un inconveniente para él, una parte suya que no debería llamar la atención. Quiere ser invisible en esta ciudad. «Lo mismo que yo.»

La mayoría de la gente viene a Nueva York para ser descubierta. Los demás venimos para escondernos.

—¿Cómo te llamas? —pregunta.

—Lowen.

Noto que hace una pausa cuando pronuncio mi nombre, pero solamente dura unos segundos.

—Yo me llamo Jeremy —dice.

Abre la llave y empieza a lavarse las manos. Lo sigo mirando fijamente, incapaz de mitigar mi curiosidad. ¿Qué habrá querido decir con eso de que ha visto cosas peores que el accidente que acabamos de presenciar? Ha dicho que trabajaba en el negocio inmobiliario, pero ni siquiera el peor día de un vendedor de fincas podría producir el tipo de melancolía que parece inundarlo.

—¿Qué te ha pasado? —le interrogo.

Me mira a través del espejo.

—¿Por qué lo dices?

—Has dicho que has visto cosas peores. ¿Qué has visto?

Cierra la llave, se seca las manos y se voltea para mirarme.

—¿De verdad quieres saberlo?

Asiento con la cabeza.

Tira la toallita al bote de basura y se mete las manos en los bolsillos. Su actitud se vuelve aún más sombría. Me está mirando a los ojos, pero parece haberse desconectado del momento presente.

—Hace cinco meses, saqué de un lago el cadáver de mi hija de ocho años.

Inspiro una bocanada de aire y me llevo la mano a la base del cuello. «No era melancolía lo que había en su expresión. Era desesperación.»

—Lo siento muchísimo —susurro.

Y es verdad que lo siento. Por su hija y por mi exceso de curiosidad.

—¿Y tú?

Se apoya contra los lavabos como si estuviera listo precisamente para esta conversación. La ha estado esperando: una charla con alguien que haga que su drama parezca menos trágico. Es lo que haces cuando has vivido lo peor que podía pasarte. Buscas a gente como tú, a gente que esté peor que tú..., y la usas para sentirte mejor respecto a la experiencia horrible que has tenido.

Trago saliva antes de hablar, porque mis tragedias no son nada en comparación con las suyas. Pienso en la más reciente y me da apuro expresarla en voz alta, porque es insignificante al lado de lo que ha vivido él.

—Mi madre murió la semana pasada.

No reacciona ante mi tragedia como yo he reaccionado ante la suya. De hecho, no reacciona en absoluto, quizá porque esperaba que la mía fuera peor. Y no lo es. «Gana él.»

—¿De qué murió?

—De cáncer. Este último año la he cuidado en mi casa. —Todavía no lo había hablado con nadie. Percibo las pulsaciones de mi propia sangre en la muñeca y me la aprieto con la otra mano—. Es la primera vez que salgo a la calle en varias semanas.

Nos seguimos mirando un momento. Me gustaría decir algo más, pero nunca hasta ahora había mantenido una conversación tan intensa con un completo desconocido. En cierto modo quiero que termine, porque no sé adónde puede conducir.

No conduce a nada. Simplemente se acaba.

Se gira hacia el espejo, se mira una vez más y se coloca en su sitio un mechón de pelo oscuro.

—Tengo una reunión y no puedo faltar. ¿Estás segura de que estarás bien?

Ahora me está mirando a través del espejo.

—Sí, todo perfecto.

—¿Perfecto?

Se voltea mientras repite la palabra, como si le resultara menos tranquilizadora que un simple «estoy bien».

—Perfecto —aseguro—. Gracias por la ayuda.

Me gustaría verlo sonreír, pero no es el momento. Tengo curiosidad por saber cómo es su sonrisa. Pero se limita a encogerse levemente de hombros.

—Muy bien —dice.

Retira el cerrojo de la puerta y la abre para dejarme pasar, pero no salgo enseguida. Me quedo un momento mirándolo, incapaz todavía de hacer frente al mundo exterior. Aprecio su amabilidad y me gustaría decirle algo más, darle las gracias de alguna manera, quizá mientras tomamos un café o en otra ocasión, para devolverle la camisa. Me siento atraída por su altruismo, que en estos tiempos es una auténtica rareza. Pero el destello del anillo de casado en su mano derecha me impulsa a seguir adelante y salir del baño y de la cafetería, hacia las calles donde ahora pulula una multitud aún más compacta.

Ha llegado una ambulancia que bloquea el tráfico en ambas direcciones. Vuelvo al lugar del accidente, pensando que tal vez quieran interrogarme. Espero junto a un agente que está tomando nota de las declaraciones de otros testigos. No difieren de las mías, pero yo respondo a sus preguntas y le doy mi teléfono de contacto. No sé de qué puede servir mi testimonio, ya que en realidad no vi cómo lo embestía el camión. Pero estaba lo bastante cerca para oírlo. Lo bastante cerca para quedar manchada como un cuadro de Jackson Pollock.

Me volteo y veo que Jeremy sale de la cafetería, con un café recién comprado en la mano. Cruza la calle, concentrado en su lugar de destino. Ahora su cabeza está en otra parte, lejos de mí. Probablemente estará pensando en su mujer y en lo que le dirá cuando vuelva a casa sin camisa.

Saco el teléfono del bolso y consulto la hora. Todavía tengo quince minutos antes de la reunión con Corey y la editora de Pantem Press. Las manos me tiemblan mucho más ahora que ya no está el desconocido para distraerme. Me vendría bien un café. La morfina me vendría mucho mejor, pero los del servicio de cuidados paliativos se llevaron todas las existencias de mi apartamento la semana pasada, cuando vinieron a recoger su material tras la muerte de mi madre. Estaba tan afectada que no recordé esconderla. Una pena. Ahora me sentaría de maravilla.

2

El mensaje de texto que me envió Corey anoche para informarme de la reunión de hoy fue la primera noticia suya que he tenido en varios meses. Estaba sentada delante de la computadora, mirando una hormiga que se me había subido al dedo gordo del pie.

La hormiga estaba sola, moviéndose nerviosamente de izquierda a derecha y de arriba abajo, en busca de comida o de amigos. Parecía confusa en su soledad, o tal vez entusiasmada al verse libre finalmente. No pude dejar de preguntarme por qué estaría sola. Las hormigas suelen desplazarse en grupo.

Mi curiosidad por la situación actual de la hormiga era una señal inequívoca de mi necesidad de salir de casa. Me preocupaba que, tras estar tanto tiempo encerrada cuidando a mi madre, me desconcertara tanto como la hormiga cuando saliera al vestíbulo. Izquierda, derecha, dentro, fuera. «¿Dónde están mis amigos? ¿Qué ha sido de mi comida?»

La hormiga se bajó de mi dedo y se alejó por las tablas del suelo. Cuando se perdió debajo de la pared, recibí el mensaje de Corey.

Esperaba que lo hubiera comprendido cuando tomé la decisión hace meses: como ya no habría sexo entre nosotros, el método de contacto más apropiado entre un agente literario y su autora tenía que ser el correo electrónico.

Me decía en su mensaje: Te espero mañana a las nueve en el edificio de Pantem Press, planta 14. Puede que tengamos una oferta.

Ni siquiera me preguntaba por mi madre. No me sorprendió. Su falta de interés por todo lo que no fuera su trabajo y su persona era la razón de que ya no estuviéramos juntos. Su nula preocupación por mí me irritó injustificadamente. No me debe nada, pero al menos podría fingir que le importo algo.

No le devolví el mensaje anoche. Dejé el teléfono sobre la mesa y me quedé mirando la grieta en la base de la pared por donde había desaparecido la hormiga. Me pregunté si se reuniría con otras dentro del muro o se quedaría sola. Quizá era como yo y sentía aversión por sus semejantes.

Es difícil saber por qué siento una animosidad tan profunda e incapacitante contra el resto de los seres humanos, pero si tuviera que elegir una explicación, diría que es resultado directo del terror que yo le inspiraba a mi madre.

Puede que «terror» sea una palabra demasiado fuerte, pero la verdad es que no confiaba en mí. Me mantenía aislada de la gente de fuera de la escuela, por miedo a lo que pudiera hacer durante uno de mis numerosos episodios de sonambulismo. Aquella paranoia suya contaminó mi vida adulta y, para entonces, ya tenía el carácter formado. Ya era una solitaria. Con pocos amigos y una vida social prácticamente inexistente. Por eso no he salido del apartamento en todo este tiempo, desde varias semanas antes de su muerte hasta esta mañana.

Había supuesto que mi primera salida sería para volver a alguno de los lugares que echaba de menos, como Central Park o una librería.

Ni siquiera imaginaba que iba a encontrarme aquí, haciendo cola en el vestíbulo de una editorial, rezando desesperadamente para que la oferta, sea cual sea, me permita ponerme al día con el alquiler para que no me desahucien. Pero aquí estoy, a tan sólo una reunión de distancia de quedarme en la calle o de recibir la oferta de trabajo que me proporcione los medios necesarios para buscar otro apartamento.

Bajo la vista y me aliso la camisa blanca que Jeremy me prestó en el baño de la cafetería en la banqueta de enfrente. Espero no parecer ridícula. Incluso hay cierta posibilidad de parecer elegante, como si usar camisas de hombre el doble de grandes de mi talla fuera una arriesgada apuesta de estilo.

—Bonita camisa —comenta alguien a mi espalda.

Me volteo al oír la voz de Jeremy, desconcertada por encontrarlo allí.

«¿Me estará siguiendo?»

Ha llegado mi turno en la cola, de modo que le enseño el permiso de conducir al guardia de seguridad y me volteo para mirar a Jeremy y contemplar la nueva camisa que lleva puesta.

—¿Sueles llevar camisas de repuesto en el bolsillo trasero?

No ha pasado tanto tiempo desde que me dio la suya.

—Mi hotel está a cien metros de aquí. He vuelto para cambiarme.

Su hotel. Una respuesta prometedora. Si se aloja en un hotel, puede que no trabaje en este edificio. Y si no trabaja

21

aquí, puede que no trabaje en el sector editorial. No sé muy bien por qué no quiero que trabaje en esto. Pero ignoro con quién voy a reunirme y espero que no sea con él, después de la mañana que hemos tenido.

—Entonces ¿no trabajas en este edificio?

Saca del bolsillo su identificación y se la enseña al guardia.

—No, no trabajo aquí. Tengo una reunión en la decimocuarta planta.

«Como no podía ser de otra manera.»

—Yo también.

Una sonrisa fugaz se dibuja en sus labios y desaparece casi de inmediato, como si hubiera recordado lo que acaba de suceder en la calle y hubiera comprendido que todavía es demasiado pronto para no parecer afectado.

—¿No será que vamos a la misma reunión?

El guardia le devuelve su identificación y nos indica el camino de los ascensores.

—No sabría decirlo —contesto—. Todavía no sé exactamente a qué he venido.

Entramos en el ascensor y él pulsa el botón de la decimocuarta planta. Me mira mientras saca la corbata del bolsillo y comienza a anudársela.

No consigo quitar la vista de su anillo de matrimonio.

—¿Eres escritora? —pregunta.

Le digo que sí con un gesto.

—¿Tú también?

—No, yo no. Mi mujer. —Termina de ajustarse el nudo de la corbata—. ¿Has escrito algo que yo haya podido leer?

—Lo dudo. Nadie lee mis libros.

Hace una mueca.

—No hay muchas Lowen en el mundo. No será difícil averiguar qué has escrito.

«¿Para qué? ¿Realmente querrá leer mis libros?» Baja la cabeza y se pone a teclear en el móvil.

—No he dicho que los haya publicado con mi nombre auténtico.

No levanta la vista hasta que se abren las puertas del ascensor. Se dispone a salir, pero se voltea para mirarme cuando ya está en la puerta. Levanta el teléfono y sonríe.

—No escribes con seudónimo. Publicas con el nombre de Lowen Ashleigh. Curiosamente, así se llama la escritora con quien voy a reunirme a las nueve y media.

«Por fin me regala una sonrisa, pero, por muy encantadora que sea, ya no la quiero.»

Acaba de buscarme en Google. Y aunque mi reunión no es a las nueve y media, sino a las nueve, parece saber mucho más que yo al respecto. Si de verdad vamos a la misma reunión, nuestro encuentro casual en la calle se voltea un poco sospechoso. Pero supongo que las probabilidades de que los dos estuviéramos en el mismo sitio al mismo tiempo no son tan remotas, teniendo en cuenta que ambos íbamos en la misma dirección, hacia la misma reunión. Por tanto, no es tan raro que presenciáramos el mismo accidente.

Jeremy se aparta para dejarme salir del ascensor. Abro la boca para decir algo, pero él se aleja unos pasos, caminando hacia atrás.

—Nos vemos dentro de un rato.

No lo conozco de nada, ni sé cuál es su relación con mi reunión, pero incluso sin conocer ningún detalle de lo que está pasando esta mañana, no puedo evitar que el tipo me guste. Se quitó literalmente la camisa para dármela, por lo que no puede tener un carácter vengativo.

Sonrío antes de que doble la esquina del pasillo.

—Muy bien. Nos vemos.

Me devuelve la sonrisa.

—Perfecto.

Me le quedo mirando, hasta que dobla a la izquierda y desaparece. En cuanto dejo de estar en su campo visual, consigo relajarme un poco. Esta mañana ha sido... demasiado para mí. Entre el accidente que he visto y la experiencia de estar en un pequeño espacio cerrado con ese hombre tan desconcertante, me siento rara. Apoyo la palma de la mano contra la pared, para equilibrarme. «¿Qué demonios...?»

—Has llegado a la hora —afirma Corey.

Su voz me sobresalta. Me volteo y lo veo andando hacia mí desde el otro lado del pasillo. Se inclina y me da un beso en la mejilla. Me pongo tensa.

—No sueles ser puntual.

—Habría llegado todavía más temprano, de no haber sido por...

Me callo. No le cuento el motivo que me impidió llegar antes de la hora fijada. No parece interesado. Sigue andando en la misma dirección que Jeremy.

—En realidad, la reunión es a las nueve y media, pero como supuse que llegarías tarde, te dije a las nueve.

Me quedo parada un momento, mirándole la nuca. «¿De verdad?» Si me hubiera citado a las nueve y media, y no a las nueve, no habría sido testigo del accidente ni me habría salpicado la sangre de un desconocido.

—¿Vienes? —pregunta Corey, volteando para mirarme.

Disimulo mi irritación, como suelo hacer cuando estoy con él.

Entramos en una sala de reuniones vacía. Corey cierra la puerta y yo me siento a la mesa. Viene a sentarse a mi lado, en la cabecera, situándose de una manera que le permite mirarme directamente. Intento no fruncir el ceño mientras estudio su aspecto, después de un paréntesis de varios meses. No ha cambiado nada. Sigue igual de pulcro y peinado, con su corbata, sus gafas y su sonrisa, siempre absolutamente contrastante conmigo.

—Estás horrible.

Lo digo porque no es verdad. Nunca está horrible, y lo sabe.

—Y tú estás renovada y radiante.

Lo dice porque nunca parezco renovada y radiante. Siempre tengo cara de cansada, y puede que incluso parezca sumida en un estado de perpetuo aburrimiento.

He oído hablar de caras de bruja, pero la mía es cara de bruja aburrida.

—¿Cómo está tu madre?

—Murió la semana pasada.

No se lo esperaba. Se recuesta en la silla e inclina la cabeza.

—¿Por qué no me lo has dicho?

«¿Por qué no te has molestado en preguntarme por ella hasta ahora?»

—Todavía lo estoy procesando.

Mi madre llevaba nueve meses viviendo conmigo, desde que le diagnosticaron el cáncer de colon en fase cuatro. Murió el miércoles pasado, después de tres meses en cuidados paliativos. En estos últimos tiempos me era complicado salir del apartamento porque ella dependía de mí para todo: para beber, para comer, para darse la vuelta en la cama... Cuando empeoró, ya no pude dejarla sola ni un momento. Por eso estuve varias semanas sin poner un pie en la calle. Por suerte, con conexión a internet y tarjeta de crédito, es fácil llevar una vida de total reclusión en Manhattan. Te traen a casa todo lo que un ser humano pueda necesitar.

Es gracioso que una de las ciudades más pobladas del mundo pueda ser, además, un paraíso para agorafóbicos.

—¿Estás bien? —pregunta Corey.

Disimulo mi desazón con una sonrisa, aunque su interés no pase de ser una formalidad.

—Sí. Me ha ayudado el hecho de que fuera previsible.

Le digo solamente lo que creo que quiere oír. No sé cómo reaccionaría si le contara la verdad: que su muerte ha sido un alivio para mí. Mi madre no trajo más que culpa a mi vida. Ni más ni menos. Una culpa constante.

Corey se levanta y va hacia el mostrador, donde hay una bandeja con bollos de desayuno, botellas de agua y una cafetera.

—¿Tienes hambre? ¿Sed? ¿Te apetece algo?

—Agua, por favor.

Toma dos botellas, me da una a mí y vuelve a su sitio.

—¿Necesitas ayuda con el testamento? Edward podría echarte una mano.

Edward es el abogado de la agencia literaria de Corey. Es una agencia pequeña, de modo que muchos de los escritores aprovechan los conocimientos de Edward en otras áreas. Por desgracia, yo no lo necesitaré. El año pasado, cuando iba a firmar el contrato de mi apartamento de dos dormitorios, Corey intentó convencerme de que no podría pagarlo. Pero mi madre repetía que quería morir con dignidad, en su habitación, y no en una residencia, ni en un hospital, ni tampoco en una cama de hospital instalada en mi estudio. Quería estar en su dormitorio, con sus cosas.

Me prometió que el dinero que quedara en su cuenta bancaria después de su muerte me compensaría por el tiempo sustraído a mi carrera literaria. A lo largo de este año, he vivido gracias a los restos del adelanto de mi último contrato editorial. Pero ya no me queda nada y, por lo visto, tampoco a mi madre le quedaba nada. Fue una de sus últimas confesiones antes de sucumbir al cáncer. Yo la habría cuidado fuera cual fuese su situación económica. Pero el hecho de que necesitara mentirme para que yo la recibiera en casa demuestra la escasa conexión que había entre nosotras.

Bebo un sorbo de agua y niego con la cabeza.

—No necesito ningún abogado. Mi madre no me ha dejado más que deudas, pero te agradezco el ofrecimiento.

Corey hace una mueca. Conoce el estado de mis cuentas, ya que, al ser mi agente, los cheques de mis derechos de autor pasan por sus manos. Por eso me mira con expresión apenada.

—Dentro de poco te llegará un cheque de los *royalties* generados en el extranjero —me anuncia, como si yo no fuera consciente de cada céntimo que espero cobrar en los próximos seis meses. «Como si no me los hubiera gastado ya.»

—Lo sé. Ya me las arreglaré.

No quiero hablar de mis problemas económicos con Corey. Ni con nadie.

Se encoge un poco de hombros, sin parecer muy convencido. Baja la vista y se ajusta el nudo de la corbata.

—Espero que esta oferta sea buena para los dos.

Me alivia que haya cambiado de tema.

—¿Por qué tenemos que hablar con la editora en persona? Ya sabes que prefiero las comunicaciones por correo electrónico.

—Nos propuso esta reunión ayer. Dijo que tenía un trabajo para ti, pero no ha querido darme ningún detalle por teléfono.

—Pensaba que estabas intentando negociar otro contrato con la última editorial.

—Tus libros se venden razonablemente bien, pero no lo suficiente para que te hagan otro contrato sin exigirte una parte de tu tiempo. Tendrías que comprometerte a estar activa en las redes sociales, salir de gira promocional, cultivar tu grupo de lectores... Tal como está el mercado, tus ventas no bastan por sí solas.

Me lo temía. La renovación del contrato con mi última editorial era toda la esperanza que me quedaba en el plano económico. Los derechos de autor de mis libros anteriores han ido disminuyendo en consonancia con las ventas. Y este último año he escrito muy poco, porque tenía que cuidar a mi madre, por lo que no tengo nada que ofrecer a una editorial.

—No sé qué nos propondrá Pantem, ni si puede interesarte —confiesa Corey—. Para que nos expliquen los detalles, tendremos que firmar un acuerdo de confidencialidad.

Tanto secretismo me ha picado la curiosidad. No quiero alimentar falsas esperanzas, pero las potencialidades son enormes y tengo buenas sensaciones. Necesitamos algo así.

Dice que lo necesitamos porque, sea cual sea la oferta, él se lleva un quince por ciento del total si acepto. Es lo habitual entre un agente y su cliente. Lo que ya no es tan habitual son los seis meses que duró nuestra relación, ni los dos años de encuentros sexuales que siguieron a nuestra ruptura.

El sexo entre nosotros se prolongó durante todo ese tiempo porque él no tenía ninguna relación seria, ni yo tampoco. Era cómodo, hasta que dejó de serlo. Pero la razón de que nuestra relación de pareja fuera tan efímera fue que él estaba enamorado de otra mujer.

«Lo curioso es que la otra mujer en nuestra relación también era yo.»

Tiene que ser desconcertante enamorarse de las palabras de una escritora antes de conocer a la persona en carne y hueso. A algunos lectores les cuesta separar al personaje de quien lo ha creado. Por asombroso que parezca, Corey es uno de esos lectores, a pesar de ser agente literario. Conoció y se enamoró de la protagonista de mi primera novela, *Final abierto*, antes de haberme dirigido nunca la palabra. Supuso que el carácter de mi personaje era un fiel reflejo del mío, cuando en realidad no podía ser más opuesto.

Corey fue el único agente que respondió a mi solicitud, e incluso su respuesta tardó meses en llegar. Eran unas pocas líneas, pero fueron suficientes para revivir mi esperanza agonizante.

He leído tu manuscrito, *Final abierto*, en cuestión de horas.
Creo en este libro. Si todavía estás buscando agente, llámame.

Recibí su correo un jueves por la mañana. Dos horas más tarde, estábamos examinando en profundidad mi novela por teléfono. El viernes por la tarde nos reunimos para tomar un café y firmar un contrato.

El sábado por la noche ya habíamos cogido tres veces.

Estoy segura de que nuestra relación quebrantó de alguna manera algún código ético, pero no sé si eso contribuyó a su fugacidad.

En cuanto Corey comprendió que yo no era la mujer que había inspirado a mi personaje, se dio cuenta de que no éramos compatibles. Yo no era heroica ni sencilla. Era una persona difícil. Un enigma emocional que no tenía ganas de ponerse a resolver.

Lo cual no estuvo mal, porque yo tampoco estaba dispuesta a que nadie me resolviera.

Aparte de lo complicado que resultaba tener una relación con él, ser cliente suya era increíblemente fácil. Por eso preferí no cambiar de agencia después de nuestra ruptura, porque Corey siempre ha sido leal conmigo e imparcial en lo referente a mi carrera.

—Pareces alterada —me dice, interrumpiendo el hilo de mis pensamientos—. ¿Estás nerviosa?

Le digo que sí con la esperanza de que atribuya mi conducta al nerviosismo, ya que no tengo ganas de explicarle la razón de mi alteración. Han pasado dos horas desde que salí de mi apartamento esta mañana, pero tengo la sensación de que en estas dos horas han sucedido más cosas que en todo el resto del año. Me miro las manos y los brazos, en busca de restos de sangre. Ya no se ve, pero la siento. La huelo.

Todavía me tiemblan las manos. Las escondo debajo de la mesa. Ahora que estoy en esta sala, me doy cuenta de que no debería haber venido. Pero no puedo dejar pasar la oportunidad de un contrato. No me llueven precisamente las ofertas, y si no consigo algo pronto, tendré que ponerme a buscar un trabajo de oficina, de nueve a cinco. Si lo encuentro, no tendré tiempo para escribir. Pero al menos podré pagar las facturas.

Corey saca un pañuelo del bolsillo y se enjuga la frente. Solamente suda cuando está nervioso. La constatación de que está nervioso aumenta todavía más mi propio nerviosismo.

—¿Te parece que acordemos una señal secreta, por si no te interesa la oferta, sea cual sea? —me pregunta.

—Mejor escuchemos lo que tengan que decirnos y pidamos después que nos dejen hablar a solas.

Corey hace chasquear el bolígrafo de punta retráctil y endereza la espalda en la silla, como si estuviera preparando el fusil para una batalla.

—Déjame hablar a mí.

Era lo que pensaba hacer. Corey es carismático y encantador. En cambio, me costaría mucho encontrar a alguien que dijera lo mismo de mí. Lo mejor que puedo hacer es observar y escuchar en silencio.

—¿Qué te has puesto?

Me está mirando la camisa, perplejo. No la había visto hasta ahora, aunque lleva quince minutos conmigo.

Bajo la vista hacia la camisa enorme. Por un momento había olvidado que estoy ridícula.

—Me manché la blusa de café y tuve que cambiarme.

—¿De quién es esa camisa?

Me encojo de hombros.

—No lo sé. ¿Tuya? Estaba en el armario.

—¿Saliste de casa con eso? ¿No tenías nada más que ponerte?

—¿No te parece una arriesgada apuesta de estilo?

Lo digo con ironía, pero él no capta el tono.

Hace una mueca.

—No. ¿Se supone que lo es?

«Idiota.» Pero es bueno en la cama, como la mayoría de los idiotas.

Es un alivio ver que se abre la puerta y entra una mujer. La sigue de manera casi cómica un hombre mayor, tan pegado a su espalda que choca contra ella cuando la mujer se detiene.

—Ten más cuidado, Barron —la oigo mascullar contrariada.

Me hace gracia pensar que parecía estar diciendo su nombre: «*Tenmascuidado* Barron».

Jeremy es el último en entrar. Me saluda con una leve inclinación de la cabeza que nadie más advierte.

La mujer viste mejor que yo incluso en mis mejores días. Lleva el pelo negro muy corto y un labial de un rojo tan intenso que chirría un poco a las nueve y media de la mañana. Parece la jefa. Le tiende la mano primero a Corey y después a mí, bajo la atenta mirada de *Tenmascuidado* Barron.

—Amanda Thomas —se presenta—. Soy editora en Pantem Press. Ellos son Barron Stephens, nuestro abogado, y Jeremy Crawford, nuestro cliente.

Jeremy me estrecha la mano, fingiendo que no hemos compartido hace un momento un episodio rematadamente extraño, y después se sienta justo frente a mí. Intento no mirarlo, pero mis ojos no parecen querer desplazarse a ningún otro sitio. No consigo entender por qué siento más curiosidad por él que por el contenido de esta reunión.

Amanda extrae unas carpetas de su maletín y las pone sobre la mesa, delante de Corey y de mí.

—Gracias por acudir a esta reunión —empieza—. No queremos hacerlos perder el tiempo, por lo que procuraré ir al grano. Una de nuestras autoras se ha visto imposibilitada de cumplir con su contrato por motivos de salud y estamos buscando a un escritor o escritora, con experiencia en el mismo género, dispuesto a completar los tres libros que faltan de su serie.

Miro a Jeremy, pero su expresión estoica no deja traslucir cuál es su papel en la reunión.

—¿Quién es la autora? —pregunta Corey.

—Con mucho gusto les explicaremos todos los detalles y las condiciones del contrato, pero antes tenemos que pedirles que firmen un acuerdo de confidencialidad. No queremos que la actual situación de nuestra autora llegue a oídos de los periodistas.

—Por supuesto —conviene Corey.

Yo acepto sin decir nada. Miramos por encima los documentos impresos y los firmamos. Corey los desliza sobre la mesa en dirección a Amanda.

—Es Verity Crawford —anuncia la editora—. Seguramente conocen su obra.

Corey endereza la espalda en cuanto oye el nombre de Verity. ¡Claro que conocemos su obra! No hay nadie que no la conozca. Me arriesgo a echar una mirada fugaz a Jeremy. «¿Será su mujer?» Tienen el mismo apellido y antes me ha dicho que su esposa es escritora. Pero ¿por qué iba a venir a una reunión para tratar un asunto suyo? ¿Una reunión en la que ella ni siquiera está presente?

—La conocemos —responde Corey con cara de póquer.

—Verity es autora de una serie de novelas de gran éxito, que no queremos que quede inconclusa —prosigue Amanda—. Nuestro propósito es encontrar una escritora que esté dispuesta a tomar el relevo, acabar la serie y hacer las giras promocionales, las entrevistas y todo lo que normalmente esperaríamos dc Verity. Pensamos publicar una nota de prensa para presentar a la nueva coautora, respetando en la medida de lo posible la intimidad de Verity.

«¿Giras promocionales? ¿Entrevistas?»

Corey me está mirando. Sabe que no es lo mío. Muchos autores brillan en la interacción con el público, pero yo soy tan torpe en ese aspecto que tengo miedo de que mis lectores no vuelvan a comprar nunca más un libro mío si me conocen en persona. Solamente una vez participé en una presentación de una novela mía en una librería y, antes de que llegara la fecha, pasé una semana entera sin pegar ojo. Tenía tanto miedo mientras firmaba ejemplares de mi novela que apenas podía hablar. Al día siguiente, recibí un mensaje de una lectora que me llamaba bruja engreída y me juraba que nunca más volvería a leer un libro mío.

Por eso me encierro en casa y escribo. Creo que la idea que puedo transmitir de mi persona es mucho mejor que mi yo real.

Sin decir palabra, Corey abre la carpeta que le acaba de pasar Amanda.

—¿Cuál es la retribución de la señora Crawford por tres novelas?

Tenmascuidado Barron responde a la pregunta:

—Como comprenden, no revelaremos las condiciones del contrato de Verity con la editorial, que seguirán siendo las mismas que hasta ahora. Todos los derechos de autor serán para Verity. Pero mi cliente, Jeremy Crawford, está dispuesto a ofrecerles una cantidad fija de setenta y cinco mil dólares por cada libro.

Me da un vuelco el estómago ante la sola mención de esa cantidad de dinero. Pero, con la misma velocidad con que el entusiasmo me levanta el ánimo, el realismo me lo vuelve a hundir cuando comprendo la enormidad de lo que me están ofreciendo. Pasar de ser una escritora desconocida a ser la coautora de un fenómeno literario es un salto demasiado grande para mí. Me invade la angustia con sólo pensarlo.

Corey se inclina hacia delante y apoya sobre la mesa los brazos cruzados.

—Supongo que la remuneración será negociable.

Intento captar su atención. Quiero hacerle ver que no será necesario negociar nada. De ninguna manera aceptaré la oferta de terminar una serie de libros que el nerviosismo me impedirá escribir.

Tenmascuidado Barron cuadra los hombros.

—Con el debido respeto, Verity Crawford lleva más de diez años desarrollando su marca, una marca que no existiría si no fuera por ella. La oferta es para tres libros. Setenta y cinco mil por libro, lo que asciende a un total de doscientos veinticinco mil dólares.

Corey deja caer el bolígrafo sobre la mesa y se recuesta en la silla, aparentemente impertérrito.

—¿Plazo de entrega?

—Ya vamos con retraso, por lo que esperamos contar con el primero a los seis meses de la firma del contrato —responde Amanda.

Mientras habla, no puedo quitar la vista de las manchas de labial rojo que tiene en los dientes.

—El calendario de las otras dos novelas se podría negociar. Lo ideal sería completar el encargo en los próximos veinticuatro meses.

Me doy cuenta de que Corey está calculando mentalmente. Me pregunto si estará haciendo cuentas de su parte o de la mía. Se llevaría un quince por ciento, es decir, casi treinta y cuatro mil dólares, sólo por representarme en esta reunión en calidad de agente. En cuanto a mí, la mitad se me iría en pagar impuestos, pero casi cien mil dólares acabarían en mi cuenta corriente. Cincuenta mil dólares limpios al año.

Es más del doble del adelanto recibido por mis novelas anteriores, pero no lo suficiente para que acepte vincular mi nombre a una serie de tanto éxito. La conversación va y viene inútilmente, porque ya sé que voy a declinar la oferta. Cuando Amanda pone sobre la mesa el contrato oficial, me aclaro la garganta y hablo.

—Agradezco la propuesta —digo, y miro directamente a Jeremy, para que sepa que soy sincera—. De verdad. Pero si su plan es encontrar a alguien para que sea la nueva cara de la serie, estoy segura de que hay otros escritores que lo harían mucho mejor que yo.

Jeremy no dice nada, pero me mira con mucha más curiosidad que antes de que empezara a hablar. Me pongo de pie, dispuesta a marcharme. Estoy decepcionada con el desenlace, pero mucho más con la idea de que mi primer día fuera de mi apartamento haya sido un completo desastre en todos los aspectos. Tengo ganas de volver a casa y meterme en la ducha.

—Me gustaría hablar un momento a solas con mi cliente —pide Corey, incorporándose rápidamente.

Amanda asiente y cierra el maletín mientras se pone de pie.

—Dejaremos que lo hablen —dice—. Las condiciones están detalladas en sus carpetas. Tenemos otros dos escritores en mente, en caso de que no les parezca satisfactoria la propuesta, por lo que necesitaríamos una respuesta definitiva, como máximo, mañana por la tarde.

A estas alturas, Jeremy es el único que sigue sentado. No ha dicho ni una sola palabra en toda la reunión. Amanda se inclina hacia mí para estrecharme la mano.

—Si tienes alguna pregunta, no dudes en contactar conmigo. Responderé con mucho gusto a todas ellas.

—Gracias —contesto.

Amanda y *Tenmascuidado* Barron abandonan la sala, pero Jeremy sigue sin quitarme la vista de encima. Corey nos mira a los dos alternativamente, a la espera de que él se marche. Pero, en lugar de irse, Jeremy se inclina hacia delante, concentrado en mí.

—¿Podríamos hablar un minuto a solas? —me pregunta.

Mira a Corey, pero no en busca de autorización, sino más bien para indicarle que se vaya.

Él le devuelve la mirada, estupefacto por una audacia que lo ha sorprendido con la guardia baja. Por la manera en que gira lentamente la cabeza y entorna los ojos, comprendo que espera una negativa por mi parte. Sólo le falta decir: «¿Te puedes creer la desfachatez de este tipo?».

Lo que no sabe es que me muero por quedarme a solas con Jeremy. Quiero que se vayan todos los demás, especialmente Corey, porque de pronto tengo multitud de preguntas que hacerle: sobre su mujer, sobre la razón de que pensaran en mí para acabar la serie, sobre el motivo de que ella no pueda terminarla...

—Está bien —le digo a Corey.

Se le marca una vena en la frente, aunque intenta disimular la irritación. Noto que aprieta la mandíbula, pero finalmente cede y abandona la sala de reuniones.

Nos quedamos solos Jeremy y yo.

Otra vez.

Contando el trayecto en ascensor, es la tercera vez que estamos a solas en un recinto cerrado desde que nuestros caminos se cruzaron esta mañana. Pero es la primera vez que percibo tanta energía nerviosa. Debe de ser toda mía. Jeremy parece tan tranquilo como hace menos de una hora, cuando me ayudaba a quitarme de encima los restos mortales de un peatón.

Se recuesta en su asiento y se pasa las dos manos por la cara.

—¡Por Dios! —murmura—. ¿Son siempre tan rígidas y formales las reuniones con los editores?

Me río entre dientes.

—No sabría decirlo. Suelo tratar con ellos por correo electrónico.

—Entiendo que lo prefieras.

Se pone de pie y va a buscar una botella de agua. Tal vez sea porque ahora estoy sentada y él es muy alto, pero no recuerdo haberme sentido tan pequeña en su presencia hace un rato. Ahora que sé que está casado con Verity Crawford me intimida mucho más que en el baño, cuando estaba delante de él sin nada más que la falda y el brasier.

Se queda de pie junto al mostrador y cruza un tobillo sobre el otro.

—¿Te sientes bien? No has tenido mucho tiempo para asimilar lo sucedido en la calle, antes de entrar aquí.

—Tú tampoco.

—Yo estoy bien. Todo perfecto. —«Otra vez esa expresión.»—. Seguramente querrás hacerme preguntas.

—Miles —reconozco.

—¿Qué quieres saber?

—¿Por qué no puede terminar la serie tu mujer?

—Sufrió un accidente con el coche —contesta.

Su respuesta es mecánica, como si estuviera haciendo un esfuerzo para desconectarse ahora mismo de toda emoción.

—Lo siento. No lo sabía.

Cambio de posición en la silla, sin saber qué más decir.

—Al principio no me gustaba la idea de buscar a otra persona para que cumpliera el contrato. Esperaba que se recuperara del todo. Pero... —hace una pausa— aquí estamos.

Ahora entiendo su actitud. Parecía un poco reservado y taciturno, pero ahora me doy cuenta de que su silencio es dolor. Un dolor palpable. No sé si la causa es el accidente de su mujer o lo que me contó antes en el baño: la muerte de su hija hace unos meses. Aun así, es evidente que este hombre está fuera de su elemento en esta sala y que se ve obligado a tomar decisiones mucho más complejas y decisivas que la mayor parte de las que tomamos habitualmente.

—Lo siento muchísimo.

Asiente con la cabeza, pero no añade nada más. Vuelve a sentarse, lo que me lleva a preguntarme si estará pensando que aún puedo aceptar la oferta. No quiero hacerle perder más tiempo.

—Agradezco la propuesta, Jeremy, pero sinceramente no creo que sea para mí. La promoción no es lo mío. Ni siquiera sé por qué habrá pensado en mí la editora de tu mujer, ni menos aún como primera opción.

—*Final abierto* —dice él.

Siento que me pongo rígida cuando menciona una de mis novelas.

—Era uno de los libros favoritos de Verity.

—¿Tu mujer ha leído uno de mis libros?

—Decía que ibas a ser el próximo fenómeno editorial. Yo mismo le sugerí tu nombre a la editora, porque Verity piensa que tienen estilos similares. Si es preciso que alguien tome el relevo, quiero que sea una escritora cuya obra le merezca a ella el mayor respeto.

Me siento desbordada.

—¡Vaya! Es muy halagador lo que dices, pero... no puedo.

Jeremy me observa en silencio, probablemente preguntándose por qué no reacciono como lo haría la mayoría de los escritores ante esta oportunidad. No entiende mis mecanismos internos. Habitualmente, me sentiría orgullosa. No me gusta ser previsible, pero en esta situación no me parece apropiado. Siento que debería ser más transparente con él, aunque sólo fuera por la cortesía que ha demostrado hacia mí esta mañana. Pero no sabría cómo hacerlo.

Se inclina hacia mí, con una curiosidad desbordante en los ojos. Me mira fijamente un momento y al final da un ligero golpe en la mesa con el puño antes de levantarse. Deduzco que la reunión ha terminado y empiezo a ponerme de pie, pero Jeremy no se dirige a la puerta. Va hacia una pared de la que cuelga una hilera de premios enmarcados, de modo que vuelvo a sentarme. Se queda mirando los premios, de espaldas a mí. Solamente cuando pasa los dedos sobre uno de ellos me doy cuenta de que es uno de los que ha ganado su mujer. Suspira y se voltea hacia mí.

—¿Has oído alguna vez hablar de «crónicos», en referencia a personas, fuera del ámbito sanitario?

Niego con la cabeza.

—Supongo que lo habrá inventado Verity. Cuando murieron nuestras hijas, empezó a decir que éramos «crónicos». Proclives a la tragedia crónica: una catástrofe tras otra.

Me le quedo mirando un momento mientras asimilo sus palabras. Antes había dicho que había perdido una hija, pero ahora habla en plural.

—¿Hijas?

Hace una inspiración y deja escapar el aire lentamente, con expresión derrotada.

—Sí. Gemelas. Perdimos a Chastin y, seis meses después, a Harper. Ha sido... —No consigue desvincularse de sus emociones tanto como antes. Se pasa la mano por la cara y vuelve a su asiento—. Algunas familias tienen la suerte de no sufrir nunca ninguna tragedia. Pero hay otras que las padecen en sucesión, como si estuvieran esperando para desencadenarse una tras otra. Todo lo que puede salir mal sale mal. Y después empeora.

No sé por qué me cuenta todo esto, pero no me importa que lo haga. Me gusta oírlo hablar, aunque sus palabras sean desoladoras.

Hace girar la botella de agua sobre la mesa y la contempla absorto, perdido en sus pensamientos. Tengo la sensación de que no ha querido quedarse a solas conmigo para hacerme cambiar de idea, sino porque necesitaba estar solo. Tal vez no pudiera soportar ni un segundo más oírnos hablar de su mujer y quería que todos se marcharan. Me resulta reconfortante pensar que para él es lo mismo estar a solas conmigo que estar completamente solo.

O quizá se sienta siempre solo, como el hombre que vivía al lado de casa, que, si no he entendido mal el concepto, era indudablemente un crónico.

—En Richmond, donde yo vivía de niña —le cuento—, teníamos un vecino que perdió a los tres miembros de su familia en menos de dos años. Su hijo murió en combate. Seis meses después perdió a su mujer, que murió de cáncer. Y después a su hija, en accidente de tráfico.

Jeremy deja de mover la botella y la empuja unos centímetros sobre la mesa, apartándola de sí.

—¿Qué se ha hecho de él?

Me pongo tensa. No me esperaba la pregunta.

La verdad es que nuestro vecino no pudo soportar la pérdida de sus seres más queridos. Se suicidó unos meses después del fallecimiento de su hija, pero sería cruel contárselo a Jeremy, que todavía está llorando la pérdida de sus dos hijas.

—Sigue viviendo en la misma ciudad. Volvió a casarse al cabo de unos años. Tiene varios hijastros y algunos nietos.

Algo en la expresión de Jeremy me dice que sabe que le estoy mintiendo, pero parece apreciar mi consideración a sus sentimientos.

—Tendrás que pasar bastante tiempo en el estudio de Verity, revisando sus papeles. Hay varios años de notas y esquemas argumentales acumulados... Yo no sabría ni por dónde empezar.

Niego con la cabeza. «¿No habrá oído nada de lo que acabo de decir?»

—Jeremy, te lo he dicho. No puedo...

—El abogado te está tomando el pelo. Dile a tu agente que pida medio millón. Diles que lo harás sin giras promocionales ni contacto con la prensa, bajo seudónimo y con una cláusula que blinde tu verdadera identidad. De ese modo, lo que quieras ocultar, sea lo que sea, permanecerá oculto.

Me gustaría decirle que no quiero ocultar nada, excepto mi torpeza para las relaciones públicas, pero antes de que pueda hablar, ya se está despidiendo.

—Vivimos en Vermont —prosigue—. Te daré la dirección cuando hayas firmado el contrato. Puedes venir y quedarte todo el tiempo que te haga falta para revisar el material que encuentres en el estudio.

Hace una pausa, con la mano apoyada sobre la perilla. Abro la boca para oponerme, pero la única palabra que me sale es:

—Perfecto.

Se me queda mirando un segundo, como si tuviera algo más que decir. Finalmente repite:

—Perfecto.

Abre la puerta y se va por el pasillo, donde Corey está esperando. Entonces éste entra en la sala y cierra la puerta.

Tengo la vista fija en la mesa, perpleja por lo que acaba de suceder. No entiendo por qué me ofrecen una suma tan considerable de dinero por un trabajo que ni siquiera estoy segura de poder hacer. «¿Medio millón de dólares? ¿Con la posibilidad de hacerlo bajo seudónimo, sin giras promocionales ni apariciones en público? ¿Qué demonios he hecho para conseguir algo así?»

—No me gusta ese tipo —afirma Corey, mientras se deja caer en su silla—. ¿Qué te ha dicho?

—Dice que nos están tomando el pelo y que pida medio millón, sin ninguna obligación de aparecer en público.

Me volteo a tiempo para ver a Corey atragantarse. Toma mi botella de agua y bebe un sorbo.

—No jodas.

3

A los veintipocos años tuve un novio llamado Amos al que le gustaba que lo asfixiaran.

Por eso rompimos, porque yo me negaba a estrangularlo. Pero a veces me pregunto dónde estaría yo ahora si hubiese satisfecho sus inclinaciones. ¿Nos habríamos casado? ¿Tendríamos hijos? ¿Habríamos avanzado hacia perversiones sexuales todavía más peligrosas?

Creo que ésa era mi mayor preocupación cuando estaba con él. Con poco más de veinte años, el sexo puro y simple habría tenido que ser suficiente, sin necesidad de introducir fetiches en una fase tan temprana de la relación.

Me gusta pensar en Amos cuando me decepciona el estado actual de mi vida. Mientras miro la notificación rosa de desahucio que Corey tiene en la mano, me digo que podría ser peor. «Todavía podría estar con Amos.»

Abro un poco más la puerta de mi apartamento, para que pase Corey. No sabía que pensaba venir, porque de haberlo sabido me habría asegurado de que no hubiera ninguna nota de desahucio pegada a la puerta. Es la tercera que recibo en tres días consecutivos. Se la quito de la mano y la guardo en un cajón.

Corey enarbola una botella de champán.

—He pensado que podríamos celebrar el nuevo contrato —dice mientras me da la botella.

Me alegro de que no mencione el desahucio. Ahora que tengo la promesa de un cheque en el horizonte, la situación no es tan siniestra. ¿Qué haré hasta entonces? No lo sé con certeza. Quizá pueda pasar unos días en un hotel con el dinero que me queda.

También podría empeñar las cosas de mi madre.

Corey ya se ha quitado el abrigo y se está aflojando la corbata. Era nuestra rutina, antes de que mi madre viniera a vivir conmigo. Se presentaba en casa y empezaba a quitarse piezas de ropa, hasta que acabábamos en la cama, entre las sábanas.

Pero eso se acabó radicalmente cuando descubrí a través de las redes sociales que llevaba un tiempo saliendo con una chica llamada Rebecca. No dejé de acostarme con él por celos, sino por respeto a esa chica, que no sabía nada de nuestros encuentros.

—¿Qué tal está Becca? —pregunto mientras abro el aparador para sacar dos copas.

La mano de Corey se queda congelada sobre el nudo de la corbata, como si le resultara increíble que yo esté al corriente de su vida amorosa.

—Escribo novelas de suspense, Corey. No te extrañe que lo sepa todo sobre tu novia.

No espero a ver su reacción. Descorcho la botella de champán y sirvo dos copas. Cuando me volteo para darle una, Corey se ha sentado delante de la barra de la cocina. Me quedo del otro lado y levantamos las copas, pero yo bajo la mía antes de brindar. La miro. Me resulta imposible encontrar un motivo para brindar, aparte del dinero.

—La serie de novelas no es mía —digo—. No son mis personajes. Y la autora que ha conseguido el éxito con esos libros está incapacitada. No me parece correcto brindar.

Corey sigue con la copa suspendida a media altura. Se encoge de hombros y se bebe de un trago su contenido. Me la devuelve.

—No pienses en las razones por las que estás corriendo. Concéntrate en la línea de meta.

Pongo los ojos en blanco y dejo su copa vacía en el fregadero.

—¿Has leído algún libro suyo? —inquiere.

Niego con la cabeza y abro la llave. Debería fregar los platos. Tengo cuarenta y ocho horas para salir de este apartamento y me gustaría llevármelos.

—No. ¿Y tú?

Echo un chorro de detergente en el agua y agarro un estropajo.

Corey se echa a reír.

—No, no es el tipo de cosas que me gusta leer.

Levanto la vista para mirarlo, justo cuando se da cuenta de que sus palabras podrían ser ofensivas para mí, ya que me han ofrecido este trabajo precisamente porque nuestros estilos literarios son similares, según el marido de Verity.

—No lo he dicho en ese sentido —se excusa.

Se pone de pie, rodea la barra y viene a situarse a mi lado, delante del fregadero. Espera a que termine de lavar un plato y entonces me lo quita de las manos y empieza a enjuagarlo.

—No parece que hayas empezado a hacer las maletas. ¿Has encontrado ya otro apartamento?

—He contratado un guardamuebles y mañana pienso llevar la mayor parte de las cosas. También he presentado una solicitud para un complejo de viviendas en Brooklyn, pero no tendrán nada antes de dos semanas.

—La nota de desahucio dice que tienes dos días de plazo para salir de aquí.

—Ya lo sé.

—¿Adónde irás? ¿A un hotel?

—Al final supongo que no tendré otra opción. El domingo iré a casa de Verity Crawford. Su marido me ha dicho que debería revisar sus papeles durante un día o dos, antes de ponerme a escribir.

Cuando acababa de firmar el contrato esta mañana, recibí un correo electrónico de Jeremy con instrucciones para llegar a su casa. Le pregunté si podía ir el domingo y afortunadamente ha dicho que sí.

Corey agarra otro plato. Noto que me mira con incredulidad.

—¿Piensas quedarte en su casa?

—¿De qué otro modo quieres que lea sus notas para la serie?

—Pídele a su marido que te las envíe por correo electrónico.

—¡Son más de diez años de notas y esquemas argumentales! Jeremy me ha dicho que ni siquiera sabría por dónde empezar y que será mucho más sencillo que yo me ocupe de clasificarlo todo.

Corey no dice nada, pero intuyo que se está mordiendo la lengua. Paso el estropajo a lo largo del cuchillo que tengo en la mano y se lo doy.

—¿Qué te estás callando? —pregunto.

Enjuaga el cuchillo en silencio, lo deja en el escurridor y a continuación se apoya en el borde del fregadero y se voltea hacia mí.

—Ese hombre ha perdido a sus dos hijas y su mujer ha quedado impedida después de sufrir un accidente. No me acaba de convencer la idea de que te quedes en su casa.

De repente, el agua me parece demasiado fría. Un estremecimiento me recorre los dos brazos. Cierro la llave y me seco las manos, de espaldas a la encimera.

—¿Estás insinuando que ha tenido algo que ver con esas desgracias?

Corey se encoge de hombros.

—No tengo suficientes datos como para insinuar nada. Pero ¿no se te ha pasado por la mente que quizá su casa no sea el lugar más seguro del mundo? ¡No sabes nada de ellos!

Sé algunas cosas. He investigado todo lo que he podido en internet. La primera de las niñas fallecidas estaba en casa de una amiga, a veinticinco kilómetros de distancia, cuando sufrió una reacción alérgica. Ni Jeremy ni Verity estaban presentes cuando sucedió. La segunda se ahogó en el lago detrás de su casa, pero Jeremy llegó cuando la policía ya estaba buscando el cuerpo. Las dos muertes fueron declaradas accidentales. Comprendo que Corey esté preocupado, porque, a decir verdad, yo también lo estaba. Pero, cuanto más investigo, menos motivos de preocupación encuentro. Fueron dos accidentes trágicos, sin ninguna relación entre sí.

—¿Y Verity?

—También lo suyo fue un accidente —respondo—. Se estrelló contra un árbol.

Por su expresión, Corey no parece convencido.

—He leído que no había marcas de frenado en el suelo, lo que significa que se quedó dormida, o bien que fue deliberado.

—¿Y la culpas por eso? —Me irrita que haga afirmaciones sin base alguna. Me volteo para terminar de fregar los platos—. Ha perdido a sus dos hijas. Cualquiera que haya sufrido lo mismo que ella buscaría desesperadamente una salida.

Corey se seca las manos con el paño de cocina y recoge la chaqueta del sillón.

—Accidentes o no accidentes, lo cierto es que esa familia tiene una suerte perra y un daño emocional muy grande, por lo que te conviene andarte con cuidado. Ve a su casa, toma lo que te haga falta y lárgate.

—¿Qué te parece si te ocupas de los detalles del contrato, Corey? De investigar y escribir ya me ocuparé yo.

Se pone la chaqueta.

—Solamente intento cuidarte.

«¿Cuidarme?» Sabía que mi madre se estaba muriendo y no fue capaz de enviarme un mensaje en dos meses. No está preocupado por mí. Simplemente es un exnovio que pensaba coger esta noche y, en lugar de eso, se ha encontrado con que no estoy dispuesta y además voy a alojarme en casa de otro hombre. Lo suyo son celos disfrazados de interés por mí.

Lo acompaño hasta la puerta, feliz de que se marche tan pronto. No lo culpo por querer huir. En este apartamento hay vibraciones extrañas desde que vino mi madre a vivir conmigo. Por eso no me he molestado en negociar un nuevo contrato, ni en informar al propietario de que tendré el dinero dentro de dos semanas. Quiero huir de aquí tanto como Corey.

—En cualquier caso —dice—, enhorabuena. Aunque no seas la creadora de la serie, tu trabajo como escritora te ha traído hasta aquí. Puedes estar orgullosa.

«Me fastidia que me diga cosas amables cuando estoy irritada.»

—Gracias.

—Envíame un mensaje el sábado, en cuanto hayas llegado.

—Lo haré.

—Y si necesitas ayuda con la mudanza, dímelo.

—No lo haré.

Se ríe un poco.

—De acuerdo.

No me abraza para despedirse. Me saluda con la mano mientras camina hacia atrás. Nunca nos hemos despedido de una manera tan torpe y extraña. Tengo la sensación de que nuestra relación ha llegado a ser finalmente lo que debe ser: una relación entre un agente y su escritora. Nada más.

4

Podría haber elegido cualquier otro entretenimiento para las seis horas de viaje en coche. Podría haber escuchado *Bohemian Rhapsody* unas sesenta veces. O haber llamado a mi vieja amiga Natalie para ponerme al día, sobre todo porque hace más de seis meses que no hablo con ella. O quizá podría haber aprovechado el trayecto para repasar mentalmente todas las razones por las que debo mantenerme lo más lejos posible de Jeremy Crawford durante el tiempo que esté en su casa.

Pero, en lugar de cualquiera de esas actividades, he preferido escuchar el audiolibro de la primera novela de la serie de Verity Crawford.

Acabo de terminarlo. Tengo los nudillos blancos por la fuerza con que agarro el volante, y la boca reseca porque olvidé hidratarme en la última parada. Mi autoestima debe de haberse quedado en Albany.

Verity es muy buena. Es buenísima.

Ahora lamento haber firmado el contrato. No estoy segura de estar a la altura. Alucino pensando que esta mujer ya ha escrito seis novelas como ésta, todas desde el punto de vista del villano. «¿Cómo es posible que haya tanta creatividad en una sola mente?»

Puede que las otras cinco novelas sean una mierda. Espero que sí, porque en ese caso los lectores no esperarán demasiado de las otras tres de la serie.

¿A quién pretendo engañar? Todos los títulos de Verity saltan al número uno de la lista del *New York Times* en cuanto salen a la venta.

He conseguido ponerme el doble de nerviosa de lo que estaba cuando salí de Manhattan.

Paso el resto del viaje dispuesta a volver a Nueva York con el rabo entre las piernas, pero sigo adelante porque la idea de que no doy la talla forma parte desde siempre del proceso de escritura. O, al menos, de mi proceso de escritura. Para escribir cada una de mis novelas, he pasado por tres fases:

1. Empezar el libro y detestar cada palabra que escribo.
2. Seguir escribiendo, a pesar de que todo lo que escribo me parece deleznable.
3. Acabar el libro y fingir que estoy satisfecha con el resultado.

En ningún momento del proceso siento que he logrado lo que me había propuesto, ni pienso que he escrito algo que todo el mundo debería leer. Paso la mayor parte del tiempo llorando en la regadera o mirando como una zombi la pantalla de la computadora mientras me pregunto cómo harán los otros autores para promocionar sus libros con tanta confianza. «¡Es lo mejor que he escrito desde mi última novela! ¡Tienen que leerlo!»

Soy el tipo de escritora que publica una foto de su libro

en las redes sociales y dice: «Es un libro normal. Tiene páginas y palabras. Léanlo si quieren».

Ahora me estoy temiendo que esta experiencia literaria en particular sea todavía peor de lo que imaginaba. Casi nadie lee mis libros, por lo que no tengo la preocupación de recibir demasiadas críticas negativas. Pero en cuanto se publique mi texto con el nombre de Verity en la cubierta, lo leerán cientos de miles de personas, con las expectativas que ha generado la serie. Y si fracaso, Corey sabrá que he fracasado. Lo sabrán los editores. Lo sabrá Jeremy. Y..., según sea su estado mental..., también lo sabrá *Verity*.

Jeremy no ha especificado el alcance de las lesiones de su mujer, por lo que no sé si está en condiciones de comunicarse. En internet encontré muy poco acerca de su accidente, excepto un par de artículos de contenido muy genérico. La editorial publicó una nota de prensa poco después de la desgracia, donde decía que Verity había sufrido lesiones pero que no se temía por su vida. Hace dos semanas hizo pública otra nota en la que anunciaba que se estaba recuperando en la tranquilidad de su hogar. Pero su editora, Amanda, ha expresado la voluntad de evitar que se filtre a la prensa el alcance de sus lesiones, por lo que es muy probable que sean más graves de lo que reconocen.

O también es posible que, después de los golpes recibidos en los dos últimos años, sencillamente no quiera volver a escribir.

Es comprensible que necesiten asegurarse de que la serie quede terminada. La editorial no quiere ver esfumarse su principal fuente de ingresos. Y aunque me honra que me lo hayan pedido a mí, no necesariamente me interesa ese tipo de atención. Cuando empecé a escribir, no lo hacía por la fama. Soñaba con una vida con suficientes lectores que compraran mis libros, para poder pagar mis facturas sin tener que ser rica ni famosa. Pocos autores alcanzan ese nivel de éxito, por lo que nunca me preocupó que pudiera pasarme a mí.

Me doy cuenta de que, si uniera mi nombre a esa serie, se dispararían las ventas de mis libros anteriores y tendría más oportunidades en el futuro, pero la fama de Verity es descomunal. Sus novelas tienen un éxito impresionante. Si vinculara mi verdadero nombre a su serie, me obligaría a recibir el tipo de atención que durante toda mi vida he eludido.

No estoy buscando mis quince minutos de gloria. Solamente quiero unos ingresos para poder vivir.

Se me hará larga la espera hasta cobrar el adelanto. Me he gastado la mayor parte del dinero que me quedaba en el alquiler de este coche y en pagar el guardamuebles. He depositado la fianza de un apartamento, pero no podré ocuparlo hasta la semana que viene, o quizá incluso hasta la semana siguiente, lo que significa que mis pocas pertenencias tendrán que acabar en un hotel cuando me vaya de la casa de los Crawford. Así es mi vida: prácticamente sin techo y con una sola maleta, cuando apenas ha transcurrido una semana y media desde la muerte del último miembro de mi familia directa. ¿Podría ser peor?

Sí, podría estar casada con Amos. La vida siempre puede ser peor.

«¡Por Dios, Lowen!»

Pongo los ojos en blanco ante mi incapacidad de comprender que muchos escritores matarían por una oportunidad como ésta, mientras yo estoy aquí, pensando que mi vida ha tocado fondo.

«Desagradecida. Tonta y desagradecida.»

Tengo que dejar de contemplar la vida a través del cristal de mi madre. Cuando reciba el adelanto por estas novelas, el mundo me empezará a sonreír. Ya no viviré entre un apartamento y el siguiente.

Hace unos cuantos kilómetros que he tomado la salida para la casa de los Crawford. El GPS me guía por una carretera larga y sinuosa, bordeada de cerezos silvestres floridos y casas que cada vez parecen más grandes y espaciadas. Cuando finalmente llego a mi destino, detengo el coche para admirar la entrada. Dos altas columnas de ladrillo se ciernen a ambos lados de un sendero que no parece que vaya a acabarse nunca. Estiro el cuello, tratando de calcular hasta dónde llegará, pero el asfalto oscuro serpentea entre los árboles y no se ve el final. Allá arriba, en algún lugar, hay una casa, y en algún lugar dentro de la casa está Verity Crawford. Me pregunto si sabrá de mi llegada. Me empiezan a sudar las manos, por lo que las separo del volante y las pongo delante de la rejilla de la ventilación para que se sequen.

El portón de seguridad está abierto. Vuelvo a poner el coche en marcha y dejó atrás lentamente la robusta verja de hierro forjado. Me digo que no debo ponerme nerviosa, incluso después de observar que el motivo que se repite en lo alto de la reja forma una especie de telaraña. Me estremezco mientras sigo las curvas del sendero. Los árboles se van volviendo más altos y densos, hasta que finalmente aparece la casa. Lo primero que veo mientras subo la cuesta es el tejado de pizarra, gris como una furibunda nube de tormenta. Unos segundos más tarde veo aparecer el resto y se me corta la respiración. La fachada de piedra negra únicamente se ve interrumpida por el rojo sangre de la puerta, la única nota de color en un mar de grises. La hiedra cubre el lado izquierdo de la casa, pero no parece acogedora, sino amenazadora, como un cáncer en lento avance.

Pienso en el apartamento que he dejado atrás: las paredes deslucidas, la cocina diminuta con el refrigerador verde oliva de los años setenta... Todo mi departamento de Manhattan cabría probablemente en el vestíbulo de este monstruo de casa. Mi madre solía decir que las casas tienen alma. Si es así, el alma de la casa de Verity Crawford no podría ser más oscura.

Las imágenes de satélite que vi en internet no le hacían justicia. «Sí, también he investigado la casa antes de venir.» Según la web de una agencia inmobiliaria, fue adquirida hace cinco años por dos millones y medio de dólares. Ahora vale más de tres.

Es impresionante, enorme y solitaria, pero sin la atmósfera formal de esta clase de mansiones. Sus muros no transmiten ningún aire de superioridad.

Sigo avanzando lentamente con el coche por el sendero, sin saber dónde estacionarme. Hay por lo menos una hectárea de hierba de aspecto fresco y cuidado. El lago detrás de la casa se extiende de un extremo a otro de la finca. Las Green forman un marco tan hermoso y panorámico que cuesta creer que una tragedia espantosa ha afectado a los dueños de esta propiedad.

Suspiro aliviada cuando diviso un área pavimentada junto al garaje. Me estaciono allí y apago el motor.

Mi coche no encaja junto a una casa como ésta. Me arrepiento de haber alquilado el modelo más barato de todos. «Treinta dólares al día.» Me pregunto si Verity habrá montado alguna vez en un Kia Soul. Según uno de los artículos que leí acerca de su accidente, conducía un Range Rover.

Busco mi teléfono en el asiento contiguo para enviarle un mensaje a Corey y decirle que he llegado. Cuando apoyo la mano sobre la manija de la puerta, me tenso bruscamente y aplasto la columna contra el respaldo del asiento. Me vuelvo para mirar por mi ventana.

—¡Mierda!

«¿Qué diablos es esto?»

Me llevo la mano al pecho para estar segura de que todavía me late el corazón, mientras le devuelvo la mirada a la cara que me está observando a través de la ventana. Después, cuando me doy cuenta de que el individuo que me estudia desde fuera del coche no es más que un niño, me tapo la boca, pensando que debe de haberme oído soltar una palabrota. No se ríe. Solamente me mira, lo cual resulta todavía más escalofriante que si hubiera querido asustarme a propósito.

Es una versión en miniatura de Jeremy. La misma boca y los mismos ojos verdes. He leído en uno de los artículos que Verity y Jeremy tenían tres hijos. Éste debe de ser el niño.

Abro la puerta y el pequeño camina hacia atrás mientras salgo del coche.

—Hola. —No me responde—. ¿Vives aquí?

—Sí.

Contemplo la mansión a sus espaldas, preguntándome cómo será para un niño crecer en una casa como ésta.

—Debe de ser bonito vivir aquí —murmuro.

—Ya no.

Da media vuelta y empieza a alejarse por el sendero, hacia la puerta principal. De inmediato me siento culpable. Me parece que no he tenido suficiente consideración hacia la situación en que se encuentra su familia. Ese niño, que no debe de tener más de cinco años, ha perdido a sus dos hermanas. Y no sé qué efectos habrá obrado ese dolor en su madre. Sé que en Jeremy son visibles.

Decido dejar de momento la maleta en el coche y cierro la puerta para seguir al niño. Estoy solamente unos pasos detrás de él cuando abre la puerta de la casa, entra y me la cierra en las narices.

Espero un momento, pensando que quizá lo haya hecho en broma. Pero a través del panel de cristal esmerilado que tiene la puerta veo que sigue su camino y no vuelve para dejarme entrar.

No quiero tildarlo de imbécil. Es un niño pequeño y sé que ha sufrido mucho. «Pero me está pareciendo un poco imbécil.»

Llamo al timbre y espero.

Y espero.

Y sigo esperando.

Vuelvo a llamar al timbre, pero no obtengo respuesta. Jeremy ha incluido toda su información de contacto en el correo que me envió, de modo que copio su número de teléfono y le escribo un mensaje.

> Soy Lowen. Estoy en
> la puerta de tu casa.

Envío el SMS y espero.

Unos segundos más tarde, oigo pasos que bajan la escalera. A través del cristal esmerilado diviso la sombra de Jeremy, que se vuelve más grande a medida que se acerca a la puerta. Poco antes de abrir, noto que hace una pausa como para tomar aliento. No sé por qué, pero esa pausa me tranquiliza, porque pienso que quizá no soy la única a quien esta situación está poniendo muy nerviosa.

Es curioso que su posible incomodidad me haga sentir más cómoda. Supuestamente, las cosas no funcionan así.

Abre la puerta y, aunque veo al mismo hombre que conocí hace unos días, está... diferente. Sin traje ni corbata, y sin aire misterioso. Lleva puesto un pantalón de deporte y una camiseta azul de *Banana Fish*. Va en calcetines, sin zapatos.

—Hola.

No me gusta nada el hormigueo que me recorre el cuerpo en este momento. Hago como si no lo sintiera y le sonrío.

—Hola.

Se me queda mirando un segundo y después se aparta mientras abre un poco más la puerta y me indica que pase con un gesto.

—Lo siento, estaba en el piso de arriba. Le dije a Crew que abriera la puerta. No me habrá oído.

Entro en el vestíbulo.

—¿Has traído maleta? —pregunta Jeremy.

Me volteo hacia él.

—Sí, la tengo en el asiento trasero del coche. La puedo ir a buscar más tarde.

—¿Has dejado el coche cerrado sin llave?

Asiento con la cabeza.

—Ahora vengo.

61

Se calza unos zapatos al lado de la puerta y sale al exterior. Giro lentamente sobre mí misma para observar lo que me rodea. No es muy diferente de las fotos que he encontrado en internet. Resulta extraño, porque ya he visto todas las habitaciones de la casa, gracias a la web de la agencia inmobiliaria. Ya sé dónde está todo y todavía no he entrado más de dos metros en la casa.

Hay una cocina a la derecha y un salón a la izquierda, separados por un pasillo de entrada que acaba en la escalera para subir a la planta alta. La cocina de las fotos tenía armarios de cerezo oscuro, pero ha sido reformada y los viejos armarios han desaparecido. En su lugar hay estantes y algunos armarios altos sobre la encimera, de madera más clara.

Hay dos hornos y un refrigerador con puerta de cristal. Sigo estudiando la cocina desde varios metros de distancia cuando el niño baja corriendo la escalera, pasa a mi lado, abre el refrigerador y saca una botella de refresco Doctor Pepper. Veo que le cuesta abrir el tapón de rosca.

—¿Quieres que te ayude? —le pregunto.

—Sí, por favor —me dice mirándome con sus grandes ojos verdes.

«No puedo creer que me pareciera un imbécil hace un momento.» Tiene una vocecita tan dulce y unas manos tan pequeñas que todavía no sabe abrir el tapón de rosca de una botella de refresco. Se la quito de las manos y lo hago por él. La puerta se abre cuando le estoy devolviendo la botella.

Jeremy mira a Crew con expresión severa.

—Te he dicho que no más refrescos. —Deja mi maleta apoyada contra la pared, va hacia su hijo y le quita la botella—. Anda, métete en la regadera. Subiré dentro de un minuto.

Crew hace una mueca de decepción y vuelve corriendo a la escalera.

Jeremy arquea una ceja.

—Con este niño no puedes confiarte nunca. Es más listo que tú y yo juntos. —Bebe un trago de refresco antes de devolver la botella al refrigerador—. ¿Quieres beber algo?

—No, estoy bien así.

Jeremy agarra mi maleta y se la lleva por el pasillo.

—Espero que no te parezca extraño, pero te he asignado el dormitorio principal. Ahora dormimos todos en el piso de arriba, y he pensado que sería lo mejor darte a ti esta habitación, porque es la más cercana al estudio de Verity.

—Ni siquiera sé si me quedaré esta noche —digo mientras voy tras él. La casa tiene un aire un poco siniestro, por lo que tal vez sería preferible tomar lo que necesito y buscar un hotel—. Pensaba echar un vistazo al estudio y evaluar la situación.

Se echa a reír mientras empuja la puerta del dormitorio para abrirla.

—Necesitarás por lo menos dos días, créeme. O incluso más.

Deja la maleta sobre un arcón, al pie de la cama, y a continuación abre el ropero y me enseña un espacio vacío.

—Te he dejado una parte libre, por si necesitas colgar alguna cosa. —Señala el baño—. El baño es todo para ti. No sé si hay productos de higiene. Si necesitas algo, dímelo. Tenemos de todo.

—Gracias.

Miro a mi alrededor y todo me parece muy extraño, especialmente la idea de dormir en su cama de matrimonio. No puedo apartar los ojos de la cabecera, más concretamente, de las huellas de dientes marcadas en el borde superior de la tabla, justo en el centro de la cama. Enseguida desvío la vista cuando noto que Jeremy me ha sorprendido mirando. Probablemente habrá notado en mi cara que me estoy preguntando cuál de los dos habrá tenido que morder la cabecera para no gritar durante el sexo. «¿Alguna vez he tenido yo una sesión de sexo tan intensa?»

—¿Necesitas quedarte un minuto a solas o prefieres ver ya el resto de la casa? —pregunta Jeremy.

—Podemos ir ahora —respondo saliendo tras él. Una vez en el pasillo, me detengo y echo un vistazo a la puerta del dormitorio—. ¿Se puede bloquear?

Jeremy vuelve a entrar en la habitación y se pone a estudiar la perilla.

—Creo que nunca la hemos bloqueado. —Mueve un poco la perilla—. Estoy seguro de que puedo encontrar la manera de hacerlo, si es importante para ti.

No he dormido en una habitación sin cerrojo desde que tenía diez años. Me gustaría rogarle que buscara la manera de cerrar la puerta con llave, pero no quiero resultar aún más invasiva.

—No, está bien así.

Deja la puerta, pero antes de volver al pasillo, me pregunta:

—Antes de llevarte al piso de arriba, ¿ya sabes con qué nombre vas a firmar las novelas de la serie?

Aunque sé que la editorial ha aceptado todas las exigencias que según Jeremy podía formular, no lo he pensado.

Me encojo de hombros.

—Todavía no me he parado a pensarlo.

—Me gustaría presentarte a la enfermera de Verity con tu seudónimo, por si no quieres que nadie relacione tu nombre verdadero con la serie.

¿Estará tan impedida que necesita una enfermera?

—De acuerdo. Supongo que...

Todavía no sé qué nombre usaré.

—¿En qué calle vivías de niña? —me pregunta Jeremy.

—Laura Lane.

—¿Cómo se llamaba tu primera mascota?

—*Chase*. Era un yorkshire.

—Laura Chase —dice—. Me gusta.

Divertida, reconozco la misma pauta de preguntas que en los test de Facebook.

—¿Es así como encuentran su nombre artístico las estrellas del porno?

Se echa a reír.

—Seudónimos literarios, nombre artístico para estrellas del porno... El sistema funciona para todo. —Me indica con un ademán que lo siga—. Primero ven a conocer a Verity. Después te llevaré a su estudio.

Jeremy sube los peldaños de dos en dos. Detrás de la cocina, a la derecha, hay un ascensor que parece recién instalado. Verity debe de desplazarse en silla de ruedas. «¡Dios mío, pobre mujer!»

Cuando llego a la planta alta, Jeremy me está esperando. El pasillo se bifurca, con tres puertas a un lado y dos al otro. El dueño de la casa gira a la izquierda.

—Éste es el dormitorio de Crew —anuncia señalando la primera puerta—. Yo duermo ahí —añade indicando la puerta contigua.

Frente a esas dos habitaciones, hay otra puerta. Está cerrada. Jeremy llama un par de veces y la empuja para abrirla.

No sé qué esperaba encontrar, pero ciertamente no era esto.

Verity está acostada boca arriba, con la vista fija en el techo y el cabello rubio suelto sobre la almohada. Una enfermera en bata azul, al pie de la cama, le está poniendo unos calcetines. A su lado, tumbado en la cama y con un iPad en las manos, está Crew. Verity tiene la mirada vacía, desconectada de todo lo que la rodea. No parece notar la presencia de la enfermera. Ni la mía. Ni la de Crew. Ni la de Jeremy, que se inclina sobre ella y le aparta el pelo de la frente. La veo parpadear, pero nada más. Ningún signo de reconocimiento de que el hombre con quien ha tenido tres hijos le ha hecho una demostración de afecto. Trato de disimular que se me ha puesto la carne de gallina.

La enfermera se dirige a Jeremy:

—Parecía cansada, así que me ha parecido mejor acostarla pronto.

La cubre con la manta.

Jeremy se acerca a la ventana y corre las cortinas.

—¿Ha tomado las medicinas después de la cena?

La mujer le levanta los pies a Verity y le ajusta las sábanas.

—Sí, ya no tiene que tomar nada más hasta la medianoche.

La enfermera es mayor que Jeremy, de unos cincuenta y cinco años. Es pelirroja y lleva el pelo corto. Me mira y después vuelve a mirarlo a él, esperando quizá una presentación.

Jeremy sacude la cabeza, como si hubiera olvidado completamente mi presencia, y entonces me señala, sin dejar de mirar a la enfermera.

—Ésta es Laura Chase, la escritora que le he mencionado. Laura, te presento a April, la enfermera de Verity.

Le estrecho la mano a April, pero siento su reprobación mientras me mira de arriba abajo.

—Pensaba que serías mayor —afirma.

«¿Qué puedo responder a eso?» Su comentario, combinado con su manera de mirarme, parece una indirecta. O una acusación. Intento no darle importancia y le sonrío.

—Encantada de conocerte, April.

—Lo mismo digo. —Toma el bolso de la cómoda y centra su atención en Jeremy—. Nos vemos mañana. Seguramente la noche será tranquila.

Se agacha para darle un pellizco cariñoso a Crew en una pierna. El niño intenta eludirla, riendo entre dientes. Me aparto de la puerta para dejar que April salga de la habitación.

Miro la cama. Verity sigue con los ojos abiertos, pero ajena a todo. Ni siquiera sé si ha visto que la enfermera se ha ido. «¿Notará algo?» Me da mucha pena Crew. Y Jeremy. Y también Verity.

No sé si yo querría vivir en estas condiciones. Y el hecho de que Jeremy se encuentre atado a esta vida... ¡Todo es tan deprimente...! Esta casa, las tragedias que ha vivido esta familia, el drama de cada día...

—Crew, no hagas que me enfade. Te he dicho que te bañes.

El niño mira a Jeremy y sonríe, pero no se levanta de la cama.

—Voy a contar hasta tres.

Crew deja el iPad sobre la cama, pero sigue desafiando a su padre.

—Uno..., dos... —Al llegar a tres, Jeremy se abalanza sobre Crew, lo agarra por los tobillos y lo levanta en el aire—. ¡Esta noche toca cabeza abajo!

El niño se retuerce, riendo a carcajadas.

—¡No, otra vez no!

Jeremy me mira.

—Laura, ¿cuántos segundos puede resistir un niño colgado boca abajo antes de que el cerebro se le dé la vuelta y empiece a hablar al revés?

El modo que tienen padre e hijo de relacionarse me hace reír.

—Unos veinte segundos, según he oído. Pero podrían ser quince.

—¡No, papá! ¡Me bañaré! —grita Crew—. ¡No quiero que se me dé la vuelta el cerebro!

—¿Y te lavarás las orejas? Porque debías de tenerlas tapadas hace un momento, cuando te he dicho que te bañaras.

—¡Te lo prometo!

Jeremy se lo echa al hombro y lo pone del derecho antes de depositarlo en el suelo. Le alborota un poco el pelo y le dice:

—¡Anda, ve!

Sigo a Crew con la mirada mientras sale corriendo por la puerta hacia su habitación, al otro lado del pasillo. La forma en que interactúan Jeremy y Crew vuelve un poco más acogedora la atmósfera de la casa.

—Es muy simpático. ¿Qué edad tiene?

—Cinco años —responde Jeremy.

Se inclina sobre un lado de la cama de hospital de Verity y la levanta un poco. Después toma un control remoto de la mesilla y enciende el televisor.

Cuando salimos de la habitación, deja la puerta entreabierta. Voltea hacia mí, que lo espero en el pasillo. Se mete las manos en los bolsillos de los pantalones grises de deporte. Actúa como si quisiera decirme o explicarme algo más. Pero no dice nada. Suspira y echa una mirada a la puerta de Verity.

—Crew tenía miedo de dormir solo aquí arriba. Ha sido muy valiente, pero las noches son duras para él. Quería estar cerca de su madre, pero no le gusta dormir en la planta baja. Por eso ahora Verity y yo dormimos aquí arriba, para facilitarle las cosas a Crew. —Echa a andar otra vez por el pasillo—. Eso significa que la planta baja es toda tuya por la noche. —Apaga la luz—. ¿Quieres ver su estudio?

—Por supuesto.

Bajo con él y lo sigo hasta una doble puerta junto al pie de la escalera. Empuja una de las hojas y deja al descubierto la cara más íntima de su mujer.

«Su estudio.»

Cuando entro, me siento como si estuviera revolviendo el cajón de su ropa interior. Hay estanterías del suelo al techo, con libros en cada hueco disponible. Junto a las paredes se acumulan cajas de papeles. El escritorio... «¡Dios mío, su escritorio!» La mesa se extiende de un extremo a otro de la sala, delante de una pared con grandes ventanales que abarcan todo el jardín. No hay un solo palmo del escritorio que no esté cubierto de papeles o pilas de carpetas.

—No es muy ordenada —comenta Jeremy.

Sonrío, reconociendo que en eso me parezco a Verity.

—La mayoría de los escritores somos como ella.

—Te llevará tiempo. Habría intentado organizar todo esto yo mismo, pero es chino para mí.

Me acerco a una de las estanterías y recorro con la mano el lomo de algunos libros. Son ediciones extranjeras de sus novelas. Extraigo de la fila un ejemplar en alemán y lo hojeo.

—Tiene una laptop y una computadora de escritorio —me explica Jeremy—. Te he escrito las contraseñas en notas adhesivas. —Señala una libreta junto al ordenador—. Siempre estaba tomando notas y escribiendo lo que pensaba. Apuntaba sus ideas en servilletas de papel. Escribía diálogos en la regadera, en una pizarra a prueba de agua. —Abre la libreta y vuelve a cerrarla—. Una vez escribió posibles nombres para personajes, con rotulador permanente, en los pañales de Crew. Estábamos en el zoo y no había llevado la libreta.

Gira lentamente sobre sí mismo, contemplando el estudio como si hiciera tiempo que no pone un pie en esta habitación.

—El mundo era su bloc de notas. Ninguna superficie estaba a salvo.

Me emociono al notar lo mucho que apreciaba su proceso creativo. Yo también giro sobre mí misma para observarlo todo.

—No tenía ni idea de dónde me estaba metiendo.

—He intentado no reírme cuando has dicho que quizá no te quedarías a dormir. Sinceramente, es posible que esto te lleve más de dos días. Si es así, puedes quedarte todo el tiempo que te haga falta. Prefiero que te tomes tu tiempo y te asegures de tener todo lo que necesitas y no que regreses a Nueva York sin saber muy bien cómo continuar.

Miro los estantes que contienen la serie de la que me haré cargo. Son nueve libros, de los cuales seis se han publicado ya y tres están pendientes. El título de la serie es «Las nobles virtudes», y cada novela se inspira en una virtud diferente. Las tres que han quedado para mí son el coraje, la verdad y el honor.

Las seis novelas están en las estanterías, y observo con alivio que hay más de un ejemplar de cada una. Tomo uno de la segunda novela y lo hojeo.

—¿Has leído ya toda la serie? —se interesa Jeremy.

Niego con la cabeza, sin querer revelarle que he escuchado el audiolibro, ya que podría hacerme preguntas al respecto.

—No, todavía no. No he tenido tiempo desde que firmé el contrato hasta venir aquí. —Devuelvo el libro a su sitio—. ¿Cuál es tu favorito?

—Yo tampoco he leído ninguno, después del primero.

Me volteo y lo miro.

—¿En serio?

—No me gusta meterme en su cabeza.

Reprimo una sonrisa, porque me parece que ahora está hablando un poco como Corey, incapaz de separar el mundo creado por su esposa de la realidad donde vive. Al menos Jeremy parece bastante más consciente de ese mecanismo de lo que Corey ha sido nunca.

Observo ligeramente abrumada la habitación a mi alrededor, aunque no sé si me siento así por tener a Jeremy delante o por el caos que tendré que clasificar y ordenar.

—No sé ni por dónde empezar.

—Te entiendo. Te dejaré trabajar tranquila. —Jeremy hace un gesto en dirección a la puerta del estudio—. Tengo que ir a ver cómo está Crew. Ponte cómoda. Si necesitas comer o beber algo, ya sabes... La casa es tuya.

—Gracias.

Cierra la puerta y yo me instalo en el escritorio de Verity. Solamente la silla debe de costar más que varios meses de alquiler de mi apartamento. Me pregunto si resultará más fácil escribir cuando hay dinero de sobra para comprar todo lo que siempre he querido tener a mi disposición: muebles cómodos, la posibilidad de llamar a un masajista cuando me haga falta, más de una computadora... Imagino que, en estas condiciones, el proceso de escritura tiene que ser mucho más sencillo y menos estresante. Yo tengo una laptop que ha perdido una tecla y conexión a internet cuando a uno de mis vecinos se le olvida proteger su wifi con contraseña. Escribo sentada en una silla vieja de comedor, delante de un escritorio improvisado, que en realidad es una mesa plegable de plástico comprada en Amazon por veinticinco dólares.

Casi nunca tengo dinero para comprar papel o tinta de impresora.

Supongo que unos días en el estudio de Verity me permitirán poner a prueba mi teoría. Cuanto más dinero tienes, más creativa puedes ser.

Saco de la estantería el segundo libro de la serie. Lo abro con la intención de echarle solamente un vistazo, para averiguar cómo habrá continuado Verity la historia desde el punto donde la había dejado.

Acabo leyéndolo de un tirón en tres horas.

No me he movido del lugar ni siquiera una vez, devorando un capítulo tras otro llenos de intriga y personajes retorcidos. Realmente retorcidos. Me llevará tiempo reproducir esa mentalidad para ponerme a escribir. No me extraña que Jeremy no quiera leer los libros de Verity. Toda su obra está escrita desde el punto de vista del villano y eso es algo nuevo para mí. Debería haber leído todas sus novelas antes de venir.

Me incorporo para estirar la espalda, pero ni siquiera estoy dolorida. La silla de escritorio donde he estado sentada hasta ahora debe de ser el mueble más cómodo en el que he apoyado el culo en toda mi vida.

Miro a mi alrededor, preguntándome si será mejor empezar por el contenido de la computadora o por los documentos impresos.

Al final decido inspeccionar la computadora de escritorio. Abro varios archivos de Word, que al parecer es el programa que suele utilizar. Todos corresponden a libros que ya ha escrito y ésos no me interesan demasiado. Lo que necesito es encontrar los planes que pudiera tener para las siguientes novelas. La mayoría de los archivos de la computadora grande se repiten en la laptop.

Quizá Verity fuera el tipo de escritora que escribe a mano sus esquemas argumentales. Me fijo en las cajas de cartón amontonadas contra la pared del fondo, junto a un armario. Las cubre una fina capa de polvo. Examinando el contenido de las cajas, encuentro varias versiones de sus novelas en diferentes fases de redacción. Pero se trata de novelas ya publicadas. No hay nada que me indique lo que pensaba escribir a continuación.

Mientras reviso la sexta caja, encuentro una carpeta que contiene un texto con un título que no me resulta familiar: *Que así sea.*

Leo por encima las primeras páginas, con la esperanza de haber tenido suerte y descubrir un borrador del séptimo libro de la serie. Casi de inmediato, compruebo que no es así. Parece algo... personal. Vuelvo al comienzo del primer capítulo y leo la primera línea.

A veces pienso en la noche que conocí a Jeremy y me pregunto qué habría pasado si no nos hubiéramos mirado. ¿Habría acabado igual mi vida?

En cuanto veo el nombre de Jeremy, siento un impulso irrefrenable de leer un poco más. «Es una autobiografía.»

No es en absoluto lo que estoy buscando. La editorial no me paga por escribir una autobiografía, así que debería dejarlo y seguir buscando. Pero echo un vistazo por encima del hombro para asegurarme de que la puerta está cerrada, porque siento curiosidad. Además, leer un poco más de este texto forma parte de mi investigación. Necesito ver cómo funcionaba la mente de Verity para ponerme en su lugar como escritora. «O, al menos, ésa es mi excusa.»

Me llevo el texto al sofá, me acomodo y empiezo a leer.

Que así sea
VERITY CRAWFORD

Nota de la autora:

Lo que más aborrezco de las autobiografías son las falsedades que envuelven cada frase. Ninguna persona debería tener la audacia de escribir sobre sí misma, a menos que esté dispuesta a prescindir de todas las capas de protección interpuestas entre su alma y el libro. Las palabras deben salirle directamente del centro de las entrañas, desgarrándole la carne y los huesos para liberarse. Feas, sinceras, sangrientas y un poco aterradoras, pero completamente expuestas. Una autobiografía escrita para caerle bien al lector no es una verdadera autobiografía. Nadie puede caerle bien a nadie, visto por dentro. La lectura de una autobiografía debería generar, en el mejor de los casos, una sensación de incómodo desagrado hacia el autor o la autora.

Yo no los defraudaré.

Lo que leerán les sabrá tan mal en algunos momentos que querrán escupirlo, pero se tragarán las palabras y se convertirán en parte de ustedes, en parte integrante de sus entrañas, y sentirán dolor por ello.

Aun así..., incluso después de mi generosa advertencia..., seguirán consumiendo mis palabras, porque para eso están aquí.

Porque son humanos.

Tienen curiosidad.

¡Adelante!

CAPÍTULO 1

Encuentra lo que amas y deja que te mate.

Charles Bukowski

A veces pienso en la noche que conocí a Jeremy y me pregunto qué habría pasado si no nos hubiéramos mirado. ¿Habría acabado igual mi vida? ¿Estaba predestinada desde el principio a sufrir un final tan trágico? ¿O es mi dramático final el resultado de malas decisiones y no del destino?

Todavía no he llegado a mi trágico fin, desde luego, o no podría contar lo que me empuja en esa dirección. Aun así, es inminente. Lo intuyo, del mismo modo que intuí la muerte de Chastin. Y del mismo modo que acepté su destino, aceptaré el mío.

No diría que estaba perdida antes de conocer a Jeremy, pero sí sé que nunca sentí que me habían encontrado hasta el instante en que él posó sobre mí su mirada, desde la otra punta de la sala.

Había tenido novios antes. Incluso rollos de una noche. Pero nunca hasta ese momento me había planteado ni remotamente compartir la vida con otra persona. Cuando lo vi, imaginé nuestra primera noche juntos, nuestra boda, nuestro viaje de bodas, nuestros hijos...

Hasta ese instante, la idea del amor me parecía un concepto prefabricado, una estrategia de marketing para que Hallmark vendiera tarjetas. No me interesaba el amor. Mi único propósito esa noche era emborracharme gratis y encontrar un inversor rico con quien coger. Estaba a medio camino de conseguirlo, porque ya me había bebido tres Moscow Mule. Y a juzgar por el aspecto de Jeremy Crawford, iba a salir de la fiesta habiendo cumplido con creces todos mis objetivos. Parecía rico. Después de todo, estábamos en una recepción benéfica y los pobres no van a ese tipo de eventos, a menos que los hayan contratado para servir a los ricos.

Sin contarme a mí.

Jeremy estaba hablando con un grupo de hombres, pero cada vez que echaba un vistazo en mi dirección, me sentía como si no hubiera nadie más que nosotros en toda la sala. De vez en cuando, me sonreía. ¿Cómo no iba a sonreír? Esa noche me había puesto mi vestido rojo, el que robé en Macy's. No me juzguen. Yo era una artista sin apenas dinero para comer y el vestido era ridículamente caro. Tenía intención de hacer algo que compensara el robo cuando tuviera dinero: hacer una donación a una organización benéfica o salvar a un bebé o algo. Lo bueno que tienen los pecados es que no hace falta redimirlos de inmediato, y ese vestido rojo era demasiado perfecto para que yo lo dejara pasar.

Era un vestido cogible, el tipo de vestido que un hombre puede quitar fácilmente de en medio si se te quiere meter entre las piernas. El error que cometen las mujeres cuando eligen ropa para acontecimientos como aquella fiesta es no pensar desde la perspectiva masculina. Una mujer quiere que se le vea bien el pecho y que el vestido envuelva su figura, aunque eso signifique sacrificar la comodidad y ponerse una prenda imposible de quitar. Pero cuando un hombre mira un vestido, no se fija en el modo en que se ciñe a la cadera o se ajusta a la cintura, ni presta atención al bonito lazo de la espalda, sino que se pone a calcular cuánto le costará quitarlo. ¿Podrá deslizarle la mano por el muslo a esa mujer cuando estén sentados a la mesa, uno junto a otro? ¿Podrá cogerla en un coche sin provocar un caos de cremalleras y fajas? ¿Podrá penetrarla en el baño sin tener que quitarle toda la ropa?

En el caso de mi vestido robado, las respuestas eran sí, sí, y ¡claro que sí!

Comprendí que con ese vestido era imposible que Jeremy se marchara de la fiesta sin venir a hablarme. Entonces decidí dejar de prestarle atención para no parecer desesperada. Yo no era el ratón, sino el queso. Pensaba quedarme donde estaba, hasta que él viniera.

Y al final, vino. Yo estaba de pie junto a la barra, de espaldas. Se acercó por detrás, me apoyó una mano en el hombro y llamó con un gesto al camarero. En ese momento, no me miró. Se limitó a dejar apoyada la mano sobre mi hombro, como para reclamar su derecho de propiedad. Cuando vino el camarero, la escena que se produjo me dejó estupefacta. Jeremy me señaló con la cabeza y dijo:

—No le sirvas nada más que agua durante el resto de la noche.

Jamás me habría esperado algo semejante. Me volteé hacia él, con un brazo apoyado en la barra. Jeremy me retiró la mano del hombro, pero no sin antes dejar que sus dedos bajaran deslizándose por mi brazo hasta el codo. Una descarga de electricidad me recorrió todo el cuerpo, mezclada con una ira creciente.

—Soy perfectamente capaz de decidir por mí misma hasta cuándo puedo beber.

Jeremy me sonrió y, aunque me irritó profundamente la arrogancia de su sonrisa, volví a comprobar que era muy guapo.

—No lo dudo.

—Solamente he bebido tres copas en toda la noche.

—Me alegro.

Levanté un brazo y volví a llamar al camarero.

—Sírvame otro Moscow Mule, por favor.

El camarero me miró primero a mí y después a Jeremy. Y a continuación, volvió a mirarme a mí.

—Lo siento, señorita. Me han pedido que le sirva solamente agua.

Puse los ojos en blanco.

—Yo también he oído a este caballero decirle que me sirva solamente agua. Estaba aquí. Pero no lo conozco de nada, ni él me conoce a mí, y lo que quiero es otro Moscow Mule.

—Póngale un vaso de agua —insistió Jeremy.

Me seguía pareciendo muy atractivo, pero su actitud prepotente estaba consiguiendo que su aspecto físico pasara rápidamente a un segundo plano. El camarero levantó las dos manos y dijo:

—No quiero tener nada que ver con esto, sea lo que sea. Si quiere una copa, vaya a pedirla a la otra barra.

Al ver que me señalaba la barra del otro extremo de la sala, tomé mi bolso, levanté la barbilla y me largué. Cuando llegué a la otra barra, tuve que encontrar una silla y esperar a que el camarero terminara de atender a otro cliente. Eso le dio tiempo a Jeremy para volver a aparecer y apoyar esta vez el codo sobre la barra.

—No me has dejado explicarte por qué prefiero que bebas solamente agua.

Volteé la cabeza en su dirección.

—Lo siento, pero no tenía idea de que debía dedicarte una parte de mi tiempo.

Se echó a reír. Después se apoyó de espaldas contra la barra, mirándome con la cabeza ladeada y una sonrisa sesgada.

—Te he estado observando desde que entraste por esa puerta. Has bebido tres copas en cuarenta y cinco minutos, y si sigues a este ritmo, no podré pedirte que te vayas de la fiesta conmigo sin tener un problema de conciencia. Prefiero que estés sobria cuando lo decidas.

Su voz sonaba como si tuviera miel en la garganta. Le sostuve la mirada, preguntándome si estaría actuando. ¿Sería posible que un hombre tan apuesto como él y presumiblemente rico fuera además considerado? Parecía más presuntuoso que otra cosa, pero su descaro me resultaba atractivo.

El camarero vino a atenderme en el momento justo.

—¿Qué desea?

Enderecé la espalda, interrumpiendo el contacto visual con Jeremy, y volteé hacia él.

—Un vaso de agua, por favor.

—Que sean dos —dijo Jeremy.

Y así fue.

Han pasado varios años desde aquella noche y es difícil rememorar cada detalle, pero recuerdo que en aquellos primeros momentos sentí una atracción hacia él que no había sentido nunca por ningún otro hombre. Me gustaba el sonido de su voz. Su confianza en sí mismo. Sus dientes blancos y perfectos. Su barba de dos días, con la longitud exacta para rascarme los muslos, e incluso dejarme cicatrices si se quedaba suficiente tiempo entre mis piernas.

Me gustó que no tuviera miedo de tocarme mientras hablábamos, y cada vez que me rozaba, el contacto de sus dedos me electrizaba la piel.

Cuando terminamos de beber nuestros vasos de agua, me condujo a la salida con la mano apoyada en la base de mi espalda y los dedos acariciándome el vestido.

Nos dirigimos a su limusina y me sostuvo la puerta trasera para que entrara. Se sentó frente a mí y no a mi lado. El coche olía a flores, pero me di cuenta de que era perfume. Me gustó bastante el aroma, pese a ser la prueba de que otra mujer había estado en la limusina antes que yo. Me fijé en una botella de champán que había quedado a medias, junto a dos copas, una de ellas con el borde manchado de lápiz labial.

«¿Quién será? ¿Y por qué habrá preferido él marcharse de la fiesta conmigo y no con ella?»

No me molesté en preguntárselo en voz alta, porque Jeremy había decidido irse conmigo y eso era lo único que me importaba.

Permanecimos en silencio un minuto o dos, mirándonos con expectación. Para entonces, ya tenía suficiente confianza en sí mismo para agacharse, levantarme una pierna y apoyarla en el asiento, a su lado. Mientras me acariciaba el tobillo con la mano izquierda, observaba cómo se me aceleraba la respiración como respuesta al contacto de sus dedos...

—¿Qué edad tienes? —preguntó.

La pregunta me hizo pensar, porque parecía mayor que yo. Aparentaba poco más o poco menos de treinta años. Como no quería asustarlo con la verdad, le mentí y le dije que tenía veinticinco.

—Pareces más joven.

Se había dado cuenta de que le estaba mintiendo. Me quité un zapato y empecé a acariciarle el muslo con los dedos de los pies.

—De acuerdo. Veintidós.

Se echó a reír.

—Mentirosa, ¿eh? —repuso.

—Adorno un poco la verdad cuando me parece oportuno. Soy escritora.

Su mano se desplazó hacia mi pantorrilla.

—¿Y tú? —le pregunté—. ¿Cuántos años tienes tú?

—Veinticuatro —respondió con la misma sinceridad que yo.

—Eso significa... veintiocho, ¿no?

Sonrió.

—Veintisiete.

Para entonces, tenía la mano en mi rodilla. Yo quería que siguiera subiendo. Quería sentirla sobre mi muslo, entre mis piernas, explorándome por dentro. Lo quería a él, pero no en el coche. Quería irme con él, ver dónde vivía, comprobar la comodidad de su cama, oler sus sábanas y saborear su piel.

—¿Dónde está tu chófer? —quise saber.

Jeremy volteó para echar un vistazo al asiento delantero.

—No lo sé —contestó, mirándome otra vez a mí—. La limusina no es mía.

Tenía una expresión traviesa, pero no fui capaz de distinguir si estaba mintiendo o no.

Fruncí el ceño, preguntándome si ese hombre realmente me habría hecho subir a una limusina que no era suya.

—¿De quién es entonces?

Los ojos de Jeremy se habían apartado de los míos y estaban centrados en su mano, que trazaba círculos sobre mi rodilla.

—No lo sé.

Esperaba que mi deseo se desvaneciera al descubrir que probablemente no era rico, pero en lugar de eso, su sinceridad me hizo sonreír.

—Soy un donnadie sin pedigrí —afirmó—. Vine en mi coche, un Honda Civic, y lo estacioné yo mismo, porque soy tan pobre que no puedo pagar diez dólares para que estacionen mi coche.

Me sorprendió que me resultara fascinante y encantador el hecho de que me hubiera hecho subir a una limusina que ni siquiera era suya. No era rico. No tenía dinero y, aun así, yo seguía teniendo ganas de tirármelo.

—Trabajo en el centro, limpiando edificios de oficinas —reconocí a mi vez—. Encontré una invitación para esta fiesta en un bote de basura. Ni siquiera debería estar aquí.

Me sonrió, y pensé que nunca había deseado tanto comerme una sonrisa como la que le estaba iluminando la cara.

—Veo que eres una mujer llena de recursos.

Me metió la mano por debajo de la rodilla y tiró de mí. Yo me deslicé por el asiento y me senté encima de él, porque para eso están hechos los vestidos como el mío. Sentí que se estaba poniendo duro entre mis piernas, mientras me apretaba el labio inferior con el pulgar. Le pasé la lengua por la yema del dedo y lo oí suspirar. No gimió ni gruñó. Suspiró, como si nunca hubiera experimentado nada tan sensual.

—¿Cómo te llamas? —preguntó.

—Verity.

—Verity —dijo, y lo repitió—: Verity. Es un nombre precioso.

Me estaba mirando la boca, a punto de inclinarse para besarme, pero yo me eché atrás.

—¿Y tú?

Volvió a mirarme a los ojos.

—Jeremy.

Lo dijo rápidamente, como si fuera una pérdida de tiempo, una enojosa interrupción de nuestro beso. En cuanto la palabra salió de su boca, sus labios tocaron los míos, y en cuanto sentí el contacto en mi boca, la luz interior de la limusina se encendió por encima de nuestras cabezas y los dos nos quedamos paralizados, con nuestros labios rozándose y nuestros cuerpos rígidos, mientras alguien se sentaba en el asiento del conductor.

—Mierda —susurró Jeremy contra mi boca—. ¡Qué inoportuno!

Me apartó de él, abrió la puerta y empezó a ayudarme a salir del coche, justo cuando el chófer se dio cuenta de que no estaba solo en el vehículo.

—¡Eh! —gritó volteándose hacia el asiento trasero.

Jeremy me tomó de la mano y empezó a tirar de mí para que corriera, pero yo necesitaba quitarme los zapatos. Le di un tirón del brazo, lo hice parar y entonces conseguí librarme de los tacones. El chófer se disponía a salir de la limusina para venir hacia nosotros.

—¡Eh! ¿Qué diablos están haciendo en mi coche?

Jeremy agarró mis zapatos con una mano y los dos salimos corriendo calle abajo, riendo en la oscuridad, hasta llegar a su coche. En eso no me había engañado: era un Honda Civic, pero de un modelo bastante nuevo, por lo que las perspectivas no eran tan malas.

Me empujó contra la puerta del acompañante, dejó caer al suelo mis zapatos y me pasó una mano por el pelo.

Yo eché un vistazo por encima del hombro al coche donde estábamos apoyados.

—¿De verdad es tuyo?

Sonriendo, sacó una llave del bolsillo y accionó la apertura de las puertas para demostrármelo, lo que me pareció muy gracioso.

Después bajó la vista para mirarme a los ojos, con nuestras bocas casi rozándose, y podría jurar que en ese instante ya estaba imaginando su vida conmigo. No puedes mirar a alguien del modo en que me estaba mirando él, con toda la carga de su pasado, sin imaginar también el futuro.

Cerró los ojos y me besó. Fue un beso lleno de deseo y de respeto, dos sentimientos que muchos hombres no parecen saber que pueden coexistir.

Me gustó sentir sus dedos en mi pelo y su lengua en mi boca. Él también estaba a gusto conmigo. Lo noté en su forma de besarme. En ese momento sabíamos muy poco el uno del otro, pero casi era mejor. Compartir un beso tan íntimo con un desconocido era como decir: «No te conozco, pero creo que me gustarías si te conociera».

Me gustó saber que él estaba pensando lo mismo. Casi me hizo sentir que era posible que yo le gustara a alguien.

Cuando se apartó de mí, solamente quería seguirlo. Quería que mi boca se fuera detrás de la suya y que mis dedos se quedaran enredados con los suyos. Fue una tortura permanecer en el asiento del acompañante mientras él conducía. El deseo me quemaba por dentro. Jeremy había encendido un fuego en mi interior y yo estaba decidida a impedir que se apagara.

Antes de cogerme, me llevó a cenar.

Fuimos a un Steak 'n Shake y nos sentamos del mismo lado de la mesa, para comer patatas fritas y beber malteadas de chocolate entre beso y beso. El local estaba prácticamente desierto y nosotros nos habíamos sentado en un rincón, lo suficientemente apartados para que nadie notara nada cuando la mano de Jeremy se me deslizó por el muslo y desapareció entre mis piernas. Nadie me oyó gemir. A nadie le importó que retirara la mano y me susurrara que no pensaba llevarme al orgasmo en un Steak 'n Shake.

«A mí no me habría importado.»

—Vamos a tu cama, entonces —propuse.

Fuimos. Su cama estaba en medio de un estudio en Brooklyn. Jeremy no era rico. Apenas podía permitirse la hamburguesa que me había pagado. Pero me daba igual. Estaba tumbada en su cama, viéndolo desvestirse, cuando comprendí que iba a hacer el amor por primera vez en mi vida. Había practicado el sexo otras veces, pero nunca con algo más que mi cuerpo.

En ese instante estaba poniendo mucho más que mi cuerpo. Sentía lleno el corazón, aunque no sé exactamente de qué. Pero antes, con los hombres anteriores a Jeremy, había sentido el corazón vacío.

Era increíble lo diferente que podía ser el sexo cuando se hacía con algo más que el cuerpo. Yo estaba poniendo el corazón, las entrañas, la mente y la esperanza. En ese momento, caí. No caí en sus redes. Sencillamente... caí.

Era como si hubiera pasado toda la vida de pie al borde de un abismo y finalmente, tras conocer a Jeremy, sintiera la confianza necesaria para saltar. Porque —por primera vez en mi vida— estaba segura de que no iba a tocar tierra. Iba a seguir flotando.

En retrospectiva, me doy cuenta de la locura que fue enamorarme de él tan rápidamente. Pero sólo fue una locura porque no acabó. Si a la mañana siguiente me hubiera despertado para marcharme con sigilo de su apartamento, todo habría terminado como un fantástico rollo de una noche y ni siquiera estaría recordando nada de esto después de tantos años. Pero no me fui a la mañana siguiente, por lo que todo siguió creciendo. Cada día que pasaba volvía a validar aquella primera noche con él. Y el amor a primera vista es eso. Para que realmente sea amor a primera vista es necesario estar con la persona en cuestión el tiempo suficiente para que llegue a serlo.

No salimos de su apartamento en tres días.

Comimos comida china. Cogimos. Pedimos pizza. Cogimos. Vimos la televisión. Cogimos.

El lunes llamamos los dos a nuestros respectivos trabajos para decir que estábamos enfermos. El martes yo ya estaba obsesionada. Obsesionada con su risa, su verga, su boca, su habilidad, sus historias, sus manos, su confianza en sí mismo, su gentileza y una nueva e intensa necesidad de complacerlo.

Necesitaba gustarle.

Necesitaba ser la razón de que sonriera, respirara y se despertara por las mañanas.

Y durante un tiempo lo fui. Me quiso más que a nada o a nadie. Fui su única razón de vivir.

Hasta que descubrió lo único que para él era más importante que yo.

Es como si hubiera superado el reparo de abrir el cajón de la ropa interior de Verity y estuviera revolviendo sus prendas de seda y encaje. Soy perfectamente consciente de que no debería leer esto. No es para lo que he venido aquí. Pero...

Dejo el manuscrito en el sofá, a mi lado, y me quedo mirándolo. ¡Tengo tantas preguntas sobre Verity! Preguntas que no puedo hacerle a ella y que Jeremy probablemente no querrá contestar. Necesito conocerla mejor, para saber cómo funciona su mente, y nada como una autobiografía para obtener respuestas, sobre todo una autobiografía tan brutalmente sincera como la que tengo delante.

Soy consciente de que me estoy desviando de mi misión y sé que no debería hacerlo. Debería buscar lo que necesito y dejar en paz a esta familia. Ya han sufrido bastante y no necesitan que venga una intrusa a revolverles los cajones de la ropa interior.

Voy hacia el escritorio gigantesco y tomo mi teléfono. Ya son más de las once. Llegué a las siete, pero no me esperaba que fuera tan tarde. No oigo ningún ruido fuera del estudio, como si estuviera insonorizado.

¡Qué demonios! ¡Probablemente esté insonorizado! Si pudiera pagármelo, yo también tendría un estudio como éste.

«Tengo hambre.»

Es una sensación rara la de tener hambre en una casa desconocida. Como Jeremy me ha dicho que haga como si estuviera en mi casa, me dirijo a la cocina.

No llego muy lejos. En cuanto abro la puerta del estudio, me detengo.

Está insonorizado, no hay ninguna duda, porque de otro modo habría oído ese ruido. Viene del piso de arriba y tengo que quedarme inmóvil para concentrarme y rezar por que no sea lo que parece.

Avanzo en silencio y con cuidado hacia el pie de la escalera. Tal como pensaba, el ruido proviene de la habitación de Verity. Es el crujido de una cama. Un crujido repetitivo, como el ruido que haría una cama si hubiera un hombre encima de una mujer.

«¡Dios mío!» Me tapo la boca con dedos temblorosos. «¡No, no, no!»

Una vez leí un artículo al respecto. Una mujer había sufrido un accidente de tráfico y estaba en coma, ingresada en una residencia. Su marido la visitaba todos los días. Al cabo de un tiempo, el personal empezó a sospechar que estaba practicando sexo con ella, a pesar de estar en coma, por lo que instalaron cámaras ocultas. Al final, el hombre fue detenido por violación, porque la mujer no podía dar su consentimiento.

«Como en el caso de Verity.»

Debería hacer algo. «Pero ¿qué?»

—Hace bastante ruido, ya lo sé.

Boquiabierta, me volteo y me encuentro cara a cara con Jeremy.

—Puedo apagarlo si te molesta —se ofrece.

—Me has asustado.

Me cuesta recuperar el aliento. Dejo escapar un suspiro de alivio, porque lo que estoy oyendo —sea lo que sea— no es lo que pensaba. Jeremy mira por encima de mi hombro, hacia el lugar de donde procede el ruido.

—Es su cama de hospital. Tiene un temporizador para que se levanten diferentes partes del colchón cada dos horas. De ese modo cambian los puntos de mayor presión.

Una sensación de bochorno me sube lentamente por la garganta. Ruego a Dios que no haya notado lo que estaba pensando. Me cubro el pecho con una mano para cubrir el rubor que seguramente empieza a extenderse por él. Tengo la piel muy clara y, cada vez que me pongo nerviosa o me siento avergonzada, una erupción de manchas rojizas me delata. Ojalá pudiera hundirme en esta mullida alfombra de ricos hasta desaparecer.

Me aclaro la garganta.

—¿Fabrican camas así?

Me habría sido muy útil tener una cuando mi madre estaba en cuidados paliativos. Era un infierno tener que moverla yo sola.

—Sí, pero son obscenamente caras. Una cama nueva cuesta varios miles de dólares, y el seguro no cubre el gasto.

Me atraganto al oír el precio.

—Estoy calentando un poco lo que ha sobrado del mediodía —me informa—. ¿Tienes hambre?

—De hecho, me dirigía a la cocina.

Jeremy sigue hablando, caminando hacia atrás.

—Estoy calentando pizza.

—Perfecto.

«Detesto la pizza.»

El timbre del microondas suena justo cuando Jeremy tiende la mano para abrir el horno. Saca un plato de pizza, me lo da y se prepara otro.

—¿Cómo va el trabajo en el estudio?

—Bien —respondo. Saco una botella de agua del refrigerador y me siento a la mesa—. Pero tenías razón. Hay muchísimo material. Me llevará un par de días revisarlo.

Se apoya en la alacena mientras espera a que acabe de calentarse su trozo de pizza.

—¿Trabajas mejor por la noche?

—Sí. Suelo quedarme trabajando hasta tarde y después duermo por la mañana. Espero que no sea un problema.

—No, al contrario. Yo también soy un poco búho. La enfermera de Verity se va por la tarde y vuelve a las siete de la mañana, de manera que yo me quedo levantado y le doy a Verity sus medicinas de la medianoche. Después la enfermera toma el relevo al día siguiente, cuando llega.

Extrae su plato del microondas y se sienta a la mesa frente a mí.

Ni siquiera soy capaz de mirarlo a los ojos. Cuando lo miro, no puedo quitarme de la cabeza la parte del texto donde Verity contaba cómo le había metido la mano entre las piernas en el Steak 'n Shake. «Dios mío, no tendría que haberlo leído.» Ahora me ruborizaré cada vez que mire en su dirección. Además, tiene unas manos muy bonitas y eso no ayuda.

Necesito pensar en otra cosa ya mismo.

—¿Alguna vez hablaba contigo de la serie que estaba escribiendo? ¿Tenía planes para los personajes, algún final previsto...?

—Si mencionó algo, no lo recuerdo —contesta con la mirada en el plato, donde mueve la pizza sin prestarle demasiada atención—. Cuando sufrió el accidente, hacía tiempo que no escribía nada. Tampoco hablaba al respecto.

—¿Cuándo fue el accidente?

«Ya sé la respuesta, pero no quiero que sepa que estuve investigando en internet la historia de la familia.»

—Poco después de la muerte de Harper. Estuvo un tiempo en coma inducido y después pasó varias semanas en un centro de rehabilitación intensiva. Hace sólo unas semanas que ha vuelto a casa.

Come un bocado. Me siento mal por sacar el tema, pero no parece que la conversación le moleste.

—Sé que no es fácil, porque no tengo hermanos, y tuve que cuidar yo sola a mi madre antes de su muerte.

—No, no es fácil —conviene—. Por cierto, siento mucho lo de tu madre. No estoy seguro de habértelo dicho cuando me lo contaste en el baño de la cafetería.

Le sonrío, pero no digo nada más. No quiero que me pregunte por mi madre. Quiero seguir hablando de ellos dos: Verity y él.

No dejo de pensar en la autobiografía. Sé muy poco del hombre sentado frente a mí, pero tengo la sensación de conocerlo. Lo conozco, al menos, por la descripción que Verity ha hecho de él.

Siento curiosidad por saber cómo era su matrimonio y por qué eligió Verity aquella frase para cerrar el primer capítulo de su escrito autobiográfico. *Hasta que descubrió lo único que para él era más importante que yo.*

La frase no presagia nada bueno, casi como si Verity estuviera preparando el terreno para revelar en el siguiente capítulo un secreto oscuro y terrible de ese hombre. O tal vez sea una estrategia literaria, para decir a continuación que Jeremy era un santo y que lo más importante para él eran sus hijos.

Sea cual sea el significado de la frase, me muero por leer el siguiente capítulo ahora que estoy aquí, sentada frente a él. Y me fastidia que haya tantas cosas a las que debería estar prestando atención, cuando en realidad lo único que quiero es acomodarme en el sofá y leer más sobre el matrimonio de Jeremy y Verity. Me siento un poco patética.

Es probable que ni siquiera sean ellos los del texto. Conozco a una escritora que usa provisionalmente el nombre de su marido en todo lo que escribe, hasta que encuentra el nombre definitivo de su personaje. Puede que Verity tenga la misma costumbre. Quizá haya escrito simplemente una obra de ficción y el nombre de Jeremy sea un nombre cualquiera, el primero que se le ha ocurrido.

Supongo que hay una sola manera de averiguar si es cierto lo que he leído.

—¿Cómo se conocieron Verity y tú?

Jeremy se mete un trozo de pizza en la boca y sonríe.

—En una fiesta —responde recostándose en la silla. Finalmente, por una vez, no parece triste—. Se había puesto el vestido más increíble que te puedas imaginar. Era rojo, y tan largo que le arrastraba un poco por el suelo. ¡Dios, qué preciosa estaba! —exclama con cierta melancolía—. Nos fuimos juntos de la fiesta. Al salir, vi una limusina estacionada delante de la puerta y, sin pensarlo dos veces, la abrí, entramos y estuvimos un rato charlando. Pero al final apareció el chófer y tuve que reconocer que la limusina no era mía.

Se supone que yo no conozco la historia, de modo que fuerzo una carcajada.

—¿No era tuya?

—No. Sólo quería impresionarla. Tuvimos que salir huyendo, porque el conductor se enfadó bastante. —Sigue sonriendo, como si hubiera retrocedido hasta esa noche y estuviera otra vez con Verity y su cogible vestido rojo—. A partir de ese momento, fuimos inseparables.

No es fácil sonreír pensando en ellos dos, la felicidad que tenían entonces y la tragedia de su vida actual. Me pregunto si Verity habrá explicado detalladamente en su autobiografía cómo pasaron del punto A al B. Al principio menciona la muerte de Chastin, lo que significa que escribió el texto —o al menos le añadió ese pasaje— después de su primera gran tragedia. Me pregunto cuánto tiempo llevaría trabajando en esa historia.

—¿Verity ya era escritora cuando se conocieron?

—No, todavía estaba en la universidad. Más adelante, cuando tuve que aceptar un trabajo de unos meses en Los Ángeles, escribió su primer libro. Creo que fue su manera de pasar el tiempo mientras esperaba mi regreso. Al principio, un par de editoriales rechazaron su manuscrito, pero en cuanto logró venderlo, todo lo demás... fue muy rápido. Nuestra vida cambió prácticamente de la noche a la mañana.

—¿Qué tal le sentó a ella la fama?

—Creo que fue más difícil para mí que para Verity.

—Porque a ti te gusta ser invisible, ¿verdad?

—¿Se me nota tanto?

Me encojo de hombros.

—Yo soy igual que tú. Otra ermitaña.

Se echa a reír.

—Verity no es la típica escritora. Le encantan las entrevistas y estar en el centro de la atención. A mí todo eso me incomoda mucho. Me gusta estar en casa con los niños. —Percibo un sutil cambio en su expresión cuando nota que ha hablado en presente de sus hijas—. Con Crew —se corrige. Menea la cabeza y después se echa hacia atrás, con los dedos entrelazados detrás de la nuca, como si se estuviera desperezando. O como si algo lo incomodara—. A veces me cuesta recordar... que ya no están. —Habla en voz baja. Tiene la mirada vacía, fija en algún punto detrás de mí—. Sigo encontrando pelos de las niñas en el sofá. Calcetines suyos en la secadora. A veces las llamo para enseñarles algo, porque se me olvida que ya no bajarán corriendo la escalera, para ver qué es.

Lo observo con atención. Hay una parte de mí que todavía no acaba de convencerse. Después de todo, escribo novelas de suspense. Sé que si la situación es sospechosa, casi siempre hay una persona implicada. Me debato entre las ganas de averiguar más sobre lo sucedido a las niñas y el impulso de largarme de esta casa cuanto antes.

Pero este hombre que tengo delante no está haciendo teatro para suscitar mi compasión. Está expresando por primera vez sus pensamientos en voz alta.

Yo también quiero hacerlo.

—No ha pasado tanto tiempo desde la muerte de mi madre, pero entiendo lo que quieres decir. Durante toda la

primera semana, me levantaba por la mañana y le prepara-
ba el desayuno, sin darme cuenta de que ya no estaba.

Jeremy baja los brazos y los apoya sobre la mesa.

—Me pregunto cuánto tiempo durará. O si siempre seguirá siendo así.

—Seguramente el tiempo ayudará, pero quizá podrías
considerar la posibilidad de buscar otra casa. Si se mudan
a un lugar donde las niñas no hayan estado nunca, habrá
menos cosas que te recuerden a ellas. Con el tiempo te parecerá normal que ya no estén.

Se pasa una mano por la barba incipiente.

—No estoy seguro de querer una normalidad donde
no queden recuerdos de Harper y Chastin.

—Tienes razón —replico—. Yo tampoco la querría.

Me sigue mirando, pero en silencio. A veces, una mirada entre dos personas dura tanto tiempo que conmociona.
Y obliga a desviar la vista.

Es lo que hago.

Bajo los ojos y paso un dedo por el borde ondulado del
plato. Hace un momento tuve la sensación de que su mirada profundizaba más allá de mis ojos y llegaba hasta mis
pensamientos. Aunque no fuera su intención, lo he vivido
como algo íntimo. Cuando Jeremy me mira, es como si
estuviera explorando los rincones más ocultos de mi ser.

—Tengo que volver al trabajo —anuncio, con una voz
que es apenas algo más que un suspiro.

Él permanece inmóvil durante unos segundos, pero finalmente se incorpora y aparta la silla de la mesa, como si
acabara de salir de un trance.

—Sí —dice mientras recoge los platos—. Yo tengo que
preparar las medicinas de Verity. —Lleva los platos al fre-

gadero y, mientras salgo de la cocina, añade—: Buenas noches, Low.

Mis «buenas noches» se me atraviesan en la garganta cuando lo oigo llamarme de esa manera. Respondo con una sonrisa fugaz y salgo de la cocina, con prisa por volver al estudio de Verity.

Cuanto más tiempo paso con Jeremy, más ansiosa estoy por sumergirme otra vez en el texto autobiográfico, para poder conocerlo un poco mejor.

Recojo la carpeta con el manuscrito del sitio donde la dejé en el sofá, apago las luces del estudio de Verity y me la llevo al dormitorio. Como no hay cerrojo en la puerta, empujo el arcón de madera hasta la entrada, para bloquearla.

Estoy agotada después de viajar todo el día y todavía tengo que bañarme, pero seguramente podré leer al menos otro capítulo antes de quedarme dormida.

«Tengo que seguir leyendo.»

CAPÍTULO 2

Podría escribir novelas enteras sobre los dos primeros años de nuestra relación, pero no se venderían. No había drama entre Jeremy y yo. Casi ninguna discusión. Ninguna tragedia de la que hablar. Únicamente dos años de amor empalagoso y total adoración mutua.

Yo estaba loca por él.

Me había vuelto adicta a Jeremy.

No sé si era saludable, ni si era una dependencia, ni si aún la padezco. Pero cuando una persona encuentra a alguien que erradica toda la negatividad de su vida, es difícil no obsesionarse. Yo necesitaba a Jeremy para mantener mi alma viva. Antes de conocerlo, estaba hambrienta y marchita, pero su presencia se convirtió en mi alimento. A veces sentía que no podía funcionar si no estaba con él.

Llevábamos casi dos años juntos cuando lo trasladaron temporalmente a Los Ángeles. Hacía poco tiempo que me había mudado extraoficialmente a su casa. Digo que fue extraoficial porque sencillamente llegó un momento en que ya no volví a mi apartamento. Dejé de pagar el alquiler y las facturas. Cuando llevaba dos meses instalada de forma definitiva en su casa, Jeremy descubrió que yo ya no vivía en otro sitio.

Una noche, mientras hacíamos el amor, me dijo que me fuera a vivir con él. Suele hacer ese tipo de cosas. Toma grandes decisiones sobre nuestras vidas y las expresa mientras estamos cogiendo.

—Vente a vivir conmigo —me pidió mientras me penetraba poco a poco. Su boca rozaba mis labios—. Rescinde el contrato de alquiler.

—No puedo —susurré.

Dejó de moverse dentro de mí y se separó un poco para mirarme.

—¿Por qué?

Le apoyé las manos en el trasero para que no parara de moverse.

—Porque ya lo rescindí hace dos meses.

Se quedó como paralizado, mirándome con esos ojos de color verde intenso y esas pestañas tan negras que a veces tengo la sensación de que sabrán a regaliz cuando las bese.

—Entonces ¿ya vivimos juntos? —preguntó.

Asentí, pero me di cuenta de que no estaba reaccionando de la manera que yo esperaba. Parecía perplejo.

¿Cómo iba a hacer para arreglarlo? Tenía que tomar el control de la situación y tranquilizarlo. Hacerle ver que tampoco era para tanto.

—Creía que ya te lo había dicho.

Se retiró de dentro de mí y yo lo sentí como un castigo.

—No me has dicho que ahora vivimos juntos, porque te aseguro que lo recordaría.

Me incorporé y me puse de rodillas frente a él, cara a cara. Recorrí con las uñas ambos lados de su mandíbula y atraje su boca hacia la mía.

—Jeremy —le susurré—, no he pasado una sola noche fuera de este apartamento en seis meses. Hace bastante tiempo que vivimos juntos.

Lo cogí por los hombros y lo empujé para tumbarlo boca arriba. Su cabeza se apoyó en la almohada y yo habría querido abalanzarme sobre él y besarlo, pero parecía un poco enfadado conmigo, como si quisiera seguir hablando de un tema que yo consideraba cerrado.

Yo no quería seguir hablando. Quería que me llevara al orgasmo.

Me puse a horcajadas sobre su cara y bajé el cuerpo hasta sentir la humedad de su lengua. Cuando noté que me aferraba por detrás para acercarme todavía más a su boca, eché atrás la cabeza, lista para disfrutar de un momento delicioso.

«Para esto me vine a vivir contigo, Jeremy.»

Me incliné hacia delante, me agarré a la cabecera de la cama y mordí la madera, para sofocar mis gritos.

Y eso fue todo.

Nunca había sido tan feliz y lo seguí siendo hasta que lo trasladaron. Era algo temporal, por supuesto, pero no se le puede retirar a una persona su soporte vital y esperar que funcione de manera independiente.

En cualquier caso, así me sentía yo: como si me hubieran arrebatado el único alimento de mi alma. Sí, desde luego, había pequeños momentos de reconexión, cada vez que me hacía una llamada de voz o de vídeo. Pero las noches de soledad en nuestra cama eran tremendas.

A veces me montaba sobre la almohada y mordía la cabecera mientras me masturbaba, imaginando que lo tenía a él debajo. Pero en cuanto llegaba al orgasmo, caía otra vez en una cama vacía y me quedaba con la mirada perdida en el techo, preguntándome cómo había hecho para sobrevivir todos esos años en que él no había formado parte de mi vida.

Eran pensamientos que no podía revelarle a Jeremy, obviamente. Yo estaba obsesionada con él, pero toda mujer sabe que si quiere conservar a un hombre a su lado para siempre, tiene que actuar como si pudiera prescindir de él al día siguiente.

Entonces empecé a escribir.

No hacía más que pensar en Jeremy de la mañana a la noche. Tenía miedo de no poder disimular lo mucho que me estaba afectando su ausencia si no encontraba la manera de llenar los días hasta su regreso con otros pensamientos. Inventé un Jeremy ficticio y lo llamé Lane. Cuando echaba de menos a Jeremy, escribía un capítulo sobre Lane. Mi vida durante esos meses empezó a girar mucho menos en torno a Jeremy y mucho más en torno a mi personaje. Aunque en el fondo Lane también era Jeremy, el hecho de escribir sobre él, en lugar de obsesionarme, me parecía más productivo.

Escribí toda una novela durante los meses de su ausencia. Cuando se presentó en la puerta para sorprenderme con su regreso inesperado, yo acababa de corregir la última página.

Fue el destino.

Para darle la bienvenida, le comí la verga. Fue la primera vez que tragué. Así de feliz estaba de verlo.

Me comporté como una dama después de tragar. Levanté la vista, con una sonrisa. Él todavía estaba de pie junto a la puerta del apartamento, completamente vestido, pero con los pantalones por las rodillas. Me incorporé, le di un beso en la mejilla y le dije:

—Ahora vuelvo.

Una vez en el baño, cerré la puerta con seguro, abrí la llave del lavabo y vomité en el excusado. Cuando lo dejé correrse en mi boca, no sabía cuánto tendría que tragar ni cuánto tiempo tardaría en tragármelo. No me resultó fácil mantener la compostura con su verga metida en la boca, sofocándome.

Me lavé los dientes y volví al dormitorio, donde lo encontré sentado delante de mi escritorio. Tenía en las manos un par de páginas de mi novela.

—¿Esto lo has escrito tú? —me preguntó, haciendo girar mi silla de oficina para mirarme.

—Sí, pero no quiero que lo leas.

Sentía que las palmas se me estaban poniendo sudorosas, de modo que me las pasé por el vientre para secármelas y seguí andando hacia él. Cuando iba a arrebatarle las páginas de las manos, se puso de pie y las levantó por encima de la cabeza, demasiado alto para que yo pudiera alcanzarlas.

—¿Por qué no?

Di un salto e intenté que bajara el brazo para recuperar mis páginas.

—Está sin corregir.

—Entiendo —dijo retrocediendo un paso—. Pero aun así quiero leerlo.

—No quiero que lo leas.

Tomó el resto del manuscrito y lo apretó contra su pecho. Iba a leerlo, pero yo solamente podía pensar en impedírselo. No sabía si la novela era buena y tenía miedo —tenía pánico— de que Jeremy fuera a quererme menos si me consideraba una escritora mediocre. Intenté subirme a la cama para arrebatarle las páginas impresas, pero él se metió en el baño y cerró la puerta.

Me puse a golpearla.

—¡Jeremy! —grité.

No obtuve respuesta.

Me estuvo ignorando durante diez minutos, mientras yo trataba de desatrancar la puerta con una tarjeta de crédito. Con un clip. Con la promesa de otra felación.

Pasaron quince minutos sin que hiciera ningún ruido.

—¿Verity? —oí al final.

Para entonces yo estaba sentada en el suelo, con la espalda apoyada contra la puerta del baño.

—¿Qué?

—Es bueno lo que has escrito.

No respondí.

—Es muy bueno. Estoy muy orgulloso de ti.

Sonreí.

Fue la primera vez que experimenté la sensación de que a un lector le gustara lo que había creado para él. Ese comentario —ese comentario tan dulce y sencillo— me hizo desear que siguiera leyendo el texto y lo terminara. Después de eso, lo dejé tranquilo. Me fui a nuestra cama, me deslicé entre las mantas y me quedé dormida con una sonrisa en los labios.

Me despertó dos horas después. Sus labios rozaban mi hombro y sus dedos trazaban una línea invisible que bajaba por mi cintura hasta mi cadera. Me estaba rodeando por detrás, abrazado a mí, amoldado a mi cuerpo. ¡Lo había echado tanto de menos...!

—¿Estás despierta? —susurró.

Gemí un poco para que supiera que sí.

Besó un lunar que tengo debajo de la oreja y declaró:

—Eres jodidamente genial.

La sonrisa que se me formó entonces en la cara debió de ser la más grande de toda mi vida. Me hizo darme la vuelta hacia él y me apartó el pelo de la frente.

—Espero que estés lista —dijo.

—¿Para qué? —le pregunté.

—Para la fama.

Me eché a reír, pero él no se estaba riendo. Se quitó los pantalones y me quitó los calzones. Después de penetrarme, añadió:

—¿Crees que lo digo en broma? —Me besó y continuó—: Eso que has escrito te hará famosa. Tienes una mente increíble. Te juro que me la cogería.

Mis risas se mezclaron con jadeos mientras me seguía haciendo el amor.

—¿Me lo estás diciendo porque lo crees? ¿O porque me quieres?

No me respondió enseguida. Empezó a moverse con deliberada lentitud, mientras me miraba a los ojos con particular intensidad.

—Cásate conmigo, Verity.

No reaccioné, porque pensé que habría entendido mal. «¿De verdad acaba de pedirme que me case con él?» Por la seriedad de su expresión, me di cuenta de que nunca había estado tan enamorado de mí como en ese momento. Tendría que haberle dicho que sí de inmediato, porque era lo que me pedía el corazón. Pero en lugar de eso, le pregunté:

—¿Por qué?

—Porque soy tu fan número uno —contestó sonriendo.

Solté una carcajada, pero entonces su sonrisa desapareció y empezó a cogerme de verdad. Con fuerza y con una rapidez que sabía que me volvería loca. La cabecera golpeaba repetidamente contra la pared y se me estaba escurriendo la almohada debajo de la cabeza.

—Cásate conmigo —volvió a pedirme.

Después me metió la lengua en la boca y fue el primer beso de verdad que nos dimos en muchos meses.

Nos necesitábamos tanto en ese momento y era tan difícil mantener unidas nuestras bocas mientras nuestros cuerpos se movían furiosamente que el beso resultó torpe y hasta doloroso.

—De acuerdo —susurré.

—Gracias —dijo él en medio de un suspiro, con más aliento que verdadera voz.

Siguió cogiéndome , convertida ya en su prometida, hasta que los dos quedamos empapados en sudor y yo empecé a sentir el gusto de la sangre en la boca, porque él me había mordido accidentalmente el labio. O tal vez lo había mordido yo a él. No estaba segura, pero tampoco me importaba, porque ahora su sangre era mi sangre.

Cuando finalmente se corrió, lo hizo dentro de mí, sin condón, con la lengua metida en mi boca, su aliento invadiendo mi garganta y mi eternidad entrelazada con la suya.

Después de acabar, se inclinó para buscar sus pantalones en el suelo. Enseguida volvió a tumbarse encima de mí, me levantó una mano y me puso un anillo en el dedo.

«Lo tenía planeado desde el principio.»

Ni siquiera miré el anillo. Levanté las manos por encima de la cabeza y cerré los ojos, porque Jeremy me había metido la mano entre las piernas y yo sabía que quería mirarme mientras me corría.

Y así fue.

Durante dos meses recordamos esa noche como la de nuestro compromiso. Durante dos meses sonreí cada vez que miraba el anillo y me emocioné pensando en cómo iba a ser nuestra boda. Y en cómo iba a ser nuestra noche de bodas.

Pero entonces «la noche en que nos prometimos» se convirtió en «la noche en que concebimos».

Y aquí es donde las cosas se ponen feas. Aquí llegamos a las entrañas de mi autobiografía. Aquí es donde otros autores se pintarían bajo una luz más amable, en lugar de meterse de cabeza dentro de un aparato de rayos X.

Pero no hay luz a donde vamos. Última advertencia.

Vamos a la oscuridad.

6

Lo bueno del estudio de Verity es la vista a través de los ventanales. El cristal empieza en el suelo y llega hasta el techo. Y no hay ningún obstáculo. Nada más que grandes paneles de cristal transparente que permiten abarcarlo todo. «¿Quién los limpiará?» Estudio los paneles de vidrio en busca de una mancha, una huella, cualquier cosa...

Lo malo del estudio de Verity también es la vista a través de los ventanales. La enfermera ha estacionado la silla de ruedas en el porche trasero, justo delante del estudio. Veo a Verity de cuerpo entero, de perfil, mirando al oeste. Hace un día magnífico. La enfermera se ha sentado frente a ella y le está leyendo un libro. Verity tiene la mirada perdida. Me pregunto si entenderá algo de la lectura. Y si es así, ¿cuánto?

Sus finos cabellos se levantan con la brisa, como si los dedos de un fantasma estuvieran jugando con sus mechones.

Cuando la miro, mi empatía se multiplica. Por eso no quiero verla, pero estos cristales no me dejan mirar para otro lado. No oigo lo que lee la enfermera en voz alta, probablemente porque los ventanales también están insonorizados. Pero sé que las dos están ahí, por lo que me resulta difícil concentrarme en el trabajo sin levantar la vista cada pocos minutos.

Me está costando mucho encontrar notas sobre la serie, aunque hasta ahora sólo he revisado una pequeña parte del material. He decidido que la mejor manera de invertir mi tiempo esta mañana será releer los dos primeros libros, tomando notas sobre cada uno de los personajes. Estoy creando una especie de archivo para mí, porque necesito conocer los personajes tan profundamente como los conoce Verity. Tengo que saber qué los motiva, qué los impulsa, qué los mueve a actuar.

Noto movimiento por la ventana. Cuando levanto la vista, veo que la enfermera se dirige a la puerta trasera. Me quedo mirando a Verity unos segundos, para ver si reacciona ahora que la enfermera ha dejado de leerle. Ni se inmuta. Tiene las manos apoyadas sobre el regazo y la cabeza inclinada hacia un lado, como si el cerebro no fuera capaz de enviarle una señal para indicarle que debería enderezar la postura antes de que empiece a dolerle el cuello.

La Verity ingeniosa y llena de talento ya no está. ¿Será su cuerpo la única parte de su persona que ha sobrevivido al accidente? Es como si ella fuera un huevo resquebrajado y vacío, y sólo quedaran pequeños fragmentos de la cáscara.

Volteo la mirada al escritorio e intento concentrarme. No puedo evitar preguntarme cómo estará sobrellevando Jeremy todo esto. Por fuera parece un pilar de concreto, pero por dentro tiene que estar hueco. Es muy decepcionante pensar que su vida ahora es esto: cuidar de un cascarón sin nada dentro.

«Estoy siendo demasiado dura.»

Pero no pretendo ser dura. Es sólo que... No sé. Siento que habría sido mejor para todos que ella no sobreviviera al accidente. De inmediato me siento culpable por pensarlo, pero recuerdo los últimos meses que pasé con mi madre. Sé que mi madre habría preferido la muerte antes que la grave incapacidad que le producía el cáncer. Pero lo suyo duró solamente unos meses, una pequeña parte de su vida... y de la mía. Esto es toda la vida de Jeremy: cuidar de una mujer que ya no es su mujer, atado a una casa que ya no es un hogar. Y no puedo imaginar que Verity pudiera desearle esto a él. Ni que ella quiera vivir así, sin poder hablar con su hijo ni jugar con él.

Espero que no siga presente ahí dentro. Ni siquiera me atrevo a imaginar lo espantoso que puede ser para ella que su mente siga viva pero el daño cerebral le haya arrebatado los medios físicos para expresarse, despojándola de toda capacidad de reacción, interacción o verbalización de lo que piensa.

Vuelvo a levantar la cabeza.

«Me está mirando.»

Me pongo de pie bruscamente y la silla de oficina se desliza hacia atrás, rodando por el suelo de madera. Verity me está mirando a través de la ventana, con la cabeza volteada hacia mí y los ojos fijos en los míos. Me llevo una mano a la boca y doy un paso atrás. Me siento amenazada.

Necesito salir de su campo visual, de modo que me desplazo hacia la izquierda, en dirección a la puerta del estudio. Al principio no consigo escapar de su mirada. Es la *Mona Lisa* y sus ojos me siguen mientras me muevo por la habitación. Pero cuando llego a la puerta del estudio, se interrumpe el contacto.

«Sus ojos no me han seguido.»

Bajo un brazo y me apoyo en la pared. Veo que April vuelve a salir, con una toalla en la mano. Le enjuga la barbilla a Verity y a continuación toma un cojín pequeño y se lo coloca entre el hombro y la mejilla, para levantarle la cabeza. Con la posición de la cabeza ajustada, ya no mira directamente al ventanal.

—¡Mierda! —digo entre dientes, sin dirigirme a nadie en particular.

Tengo miedo de una mujer que apenas puede moverse y es incapaz de hablar, una mujer que no puede voltear la cabeza intencionadamente, ni mucho menos establecer contacto visual con otra persona.

«Necesito beber agua.»

Abro la puerta del estudio, pero dejo escapar un grito cuando empieza a sonar mi teléfono móvil sobre el escritorio.

«Maldición.»

Detesto estos estallidos de adrenalina. Tengo el pulso acelerado, pero hago una inspiración profunda e intento calmarme mientras agarro el teléfono para contestar. Es un número desconocido.

—¿Sí, diga?

—¿La señora Ashleigh?

—Sí, soy yo.

—Le habla Donovan Baker, de Apartamentos Creekwood. Usted presentó una solicitud hace unos días, ¿no?

Es un alivio tener algo diferente en que pensar. Me acerco otra vez al ventanal y veo que la enfermera ha movido la silla de Verity, de manera que ahora sólo puedo verle la nuca.

—Sí, así es.

—La llamo porque acabamos de procesar su solicitud. Por desgracia, en su historial ha aparecido un desahucio reciente y no podemos darle el visto bueno para el apartamento.

«¿Ha aparecido ya?» Hace sólo un par de días que me fui.

—Pero mi solicitud ya estaba aprobada. Habíamos quedado en que me instalaría la semana que viene.

—En realidad, solamente estaba preaprobada. Hasta ahora no habíamos terminado de procesar su solicitud. No podemos aceptar inquilinos con un historial de desahucios recientes. Espero que me entienda.

Me llevo la mano al cuello. No cobraré el adelanto hasta dentro de dos semanas.

—Por favor —le ruego, intentando no parecer tan patética como me estoy sintiendo en este momento—. Nunca me había retrasado en el pago del alquiler. Acabo de firmar un contrato para otro trabajo y, si ocupo ahora el apartamento, dentro de dos semanas podré pagar el alquiler de todo un año. Se lo juro.

—Puede recurrir la decisión, si lo considera conveniente —replica—. La respuesta tardará varias semanas, pero he visto aprobar recursos en casos especiales.

—No dispongo de varias semanas. Ya he dejado mi antiguo apartamento.

—Lo siento —se disculpa—. Le enviaré nuestra decisión por correo electrónico. Al pie del mensaje encontrará la dirección donde puede presentar el recurso. Adiós, señora Ashleigh. Que tenga un buen día.

Ha colgado, pero yo todavía tengo el teléfono apretado contra el oído y la mano apoyada en el cuello. Espero despertar en cualquier momento de esta pesadilla. «Gracias, mamá. Te lo debo a ti.» ¿Qué demonios voy a hacer ahora?

Oigo que llaman a la puerta del estudio. Me doy vuelta, sorprendida otra vez. «Hoy tengo los nervios disparados.» Jeremy está de pie en la entrada, mirándome con auténtica empatía.

He dejado la puerta abierta mientras hablaba por teléfono. Probablemente habrá oído toda la conversación, así que puedo añadir «abochornada» a la lista de adjetivos que me describen en el día de hoy.

Apoyo el teléfono sobre la mesa de Verity y me dejo caer en su silla.

—Mi vida no siempre ha sido un caos tan espantoso.

Jeremy ríe un poco entre dientes mientras entra en la habitación.

—La mía tampoco.

Valoro su comentario. Bajo la vista hacia mi teléfono.

—No es grave —comento mientras hago girar el celular sobre la mesa—. Ya encontraré la manera de solucionarlo.

—Puedo prestarte dinero hasta que tu agente te envíe el cheque del adelanto. Tendré que retirarlo de nuestro fondo de inversión, pero puedo tenerlo dentro de tres días.

Nunca me he sentido tan avergonzada, y sé que él lo debe de estar notando, porque prácticamente estoy hecha un ovillo. Me inclino sobre el escritorio y apoyo la cara sobre las manos.

—Es muy amable de tu parte, pero no voy a aceptarte ningún préstamo.

Se queda un momento en silencio y después se dirige al sofá. Se sienta informalmente, echado hacia delante, con las manos entrelazadas.

—Entonces quédate aquí hasta que cobres el adelanto. Será solamente una semana o dos.

Mira el estudio a su alrededor, como evaluando todo el progreso que no he hecho desde que llegué ayer.

—A nosotros no nos importa. No nos molestas para nada.

Niego con la cabeza, pero no me deja hablar.

—Lowen, este trabajo que has aceptado no es fácil. Prefiero que te quedes aquí más de lo necesario, preparándolo todo, y no que regreses a Nueva York y te des cuenta de que no ha sido suficiente.

Es cierto que necesito más tiempo. Pero... ¿dos semanas en esta casa? ¿Con una mujer que me da miedo, un manuscrito que no debería estar leyendo y un hombre del que conozco demasiados detalles íntimos?

No es buena idea. En absoluto.

Me dispongo otra vez a decirle que no, pero me interrumpe con un ademán.

—Deja de pensar en los demás. Deja de sentirte avergonzada. Di simplemente «de acuerdo».

Echo un vistazo a todas las cajas apiladas contra las paredes, a todo el material que aún ni siquiera he tocado. Y entonces me digo que si me quedo aquí dos semanas, tendré tiempo de leer todos sus libros, tomar notas y posiblemente preparar un esquema de las tres nuevas novelas.

Suspiro y acepto con cierto alivio.

—De acuerdo.

Me sonríe fugazmente y entonces se pone de pie y se dirige a la puerta.

—Gracias —le digo.

Se voltea y me mira. Ojalá lo hubiera dejado marcharse sin decir nada, porque estoy segura de percibir una sombra de arrepentimiento en su expresión. Abre la boca, como para replicar «de nada» o «ni lo menciones», pero vuelve a cerrarla y fuerza una sonrisa. Entonces sale de la habitación y cierra la puerta.

Jeremy me aconsejó hace un rato que saliera al jardín antes de que el sol se ocultara detrás de las montañas.

—Comprenderás por qué Verity no quería tener nada que obstaculizara la vista de su estudio.

Me llevo uno de sus libros para leer en el porche trasero. Hay unos diez asientos para elegir y me decido por una de las sillas en torno a la mesa de jardín. Jeremy y Crew están en el lago, arrancando los tablones viejos del muelle de pesca. Es gracioso ver cómo Crew va recogiendo las tablas que le pasa su padre. Toma una, la lleva hasta una pila enorme y vuelve corriendo para tomar otra. En cada ocasión, Jeremy tiene que esperarlo, porque al niño le lleva más tiempo transportar la madera que a él arrancarla de la estructura. Es la prueba de la paciencia paterna.

Me recuerda un poco a mi padre. Murió cuando yo tenía nueve años, pero no creo haberlo visto nunca enfadado. Ni siquiera se enfadaba con mi madre, pese al frecuente mal genio de ella y a las pullas que solía lanzarle. Sin embargo, me disgustaba su manera de ser, porque a veces su paciencia me parecía debilidad, sobre todo en su trato con mi madre.

Sigo observando a Crew y a Jeremy, mientras intento vanamente acabar el capítulo. Cada vez me cuesta más concentrarme, porque hace un rato Jeremy se ha quitado la camisa, y si bien lo había visto antes sin camisa, ahora no lleva nada debajo. Tiene la piel reluciente por el sudor de las dos horas de trabajo en el muelle. Cuando arranca la madera a martillazos, los músculos de la espalda se le tensan y no puedo dejar de pensar en el último capítulo que leí de la autobiografía de Verity. Había en el texto abundantes detalles sobre su vida sexual, que por lo visto era muy activa, mucho más que la mía en cualquiera de mis relaciones.

Ahora me cuesta mirarlo y no pensar en sexo. No es que quiera tener sexo con él. Ni tampoco que no quiera. Es que, como escritora, sé que Jeremy fue la inspiración de Verity para varios de sus personajes masculinos, y me pregunto si no debería utilizarlo yo también como inspiración para escribir el resto de la serie. No sería ninguna tortura para mí ponerme en el lugar de Verity y visualizar a su marido mientras escribo, durante los próximos veinticuatro meses.

La puerta trasera se cierra de golpe y tengo que dejar de mirar el torso desnudo de Jeremy. April ha salido al porche y me está observando. Voltea la vista hacia el punto donde yo fijaba la mirada hace unos segundos y me mira otra vez a mí. Lo ha notado. Me ha sorprendido contemplando a mi nuevo jefe. Es patético.

¿Cuánto tiempo me habrá estado observando mientras yo lo miraba a él? Me gustaría hundir la cara entre las páginas de este libro, pero en lugar de eso le sonrío como si no hubiera estado haciendo nada malo. De hecho, no estaba haciendo nada malo.

—Ya me voy —anuncia April—. He acostado a Verity y le he encendido la televisión. Si Jeremy pregunta, dile que ya ha cenado y ha tomado sus medicinas.

No sé por qué me lo cuenta a mí, que no estoy a cargo de nada.

—De acuerdo. Hasta mañana.

No me devuelve el saludo. Entra de nuevo en la casa y deja que la puerta se cierre una vez más de un golpe. Al cabo de un minuto oigo el ruido del motor de su coche, que baja por el sendero y se pierde entre los árboles. Vuelvo a prestar atención a Jeremy y a Crew, y veo que Jeremy está arrancando otra tabla.

Crew, por su parte, está de pie junto a la pila de madera desechada y me está mirando. Sonríe y me saluda con la mano. Yo también levanto la mano para saludarlo a mi vez, pero enseguida cierro los dedos sobre la palma, al darme cuenta de que no me está saludando a mí. Su mirada se dirige hacia un punto más alto, a la derecha.

«Está mirando a la ventana del dormitorio de Verity.»

Me volteo y miro hacia arriba, justo en el instante en que la cortina se mueve para volver a cubrir la ventana. Dejo caer el libro sobre la mesa y, al hacerlo, vuelco la botella de agua. Me pongo de pie y retrocedo tres pasos, para ver mejor la ventana, pero no hay nadie. Estoy boquiabierta. Vuelvo a mirar a Crew, pero se ha girado y ahora va andando hacia el muelle, dispuesto a recoger otra tabla.

Estoy imaginando cosas.

«Pero ¿por qué saludaba a la ventana? Si ella no estaba allí, ¿por qué saludaba?»

No tiene sentido. Si ella se hubiera asomado a la ventana, la reacción de Crew habría sido mucho más intensa, teniendo en cuenta que su madre no ha vuelto a caminar ni a hablar desde el accidente.

Aunque también es posible que al niño no le parezca un milagro que su madre se asome a la ventana. Sólo tiene cinco años.

Miro el libro, que ha quedado empapado, y lo agito para sacudirle el agua. Dejo escapar un suspiro nervioso. Llevo así todo el día. Probablemente sigo alterada desde que pensé que Verity me estaba mirando, y por eso he creído ver que la cortina se movía.

Una parte de mí desearía olvidarlo, encerrarme en el estudio y trabajar el resto de la noche. Pero sé que no seré capaz de hacerlo si antes no subo a ver cómo está. Tengo que asegurarme de que no he visto lo que he creído ver.

Dejo el libro abierto sobre la mesa del porche, para que se seque, vuelvo a entrar en la casa y me dirijo a la escalera. Me muevo sigilosamente. No sé muy bien por qué siento la necesidad de guardar un silencio absoluto, para asomarme y mirarla. Sé que probablemente es incapaz de procesar la mayor parte de lo que pasa a su alrededor. Aunque hiciera ruido, no notaría mi presencia. Aun así, subo la escalera en silencio y avanzo con la mayor cautela por el pasillo, hasta la puerta de su habitación.

Está entornada, y desde el pasillo puedo ver la ventana que da al jardín trasero. Apoyo la palma de la mano sobre la puerta y la abro un poco más. Me muerdo el labio inferior y asomo la cabeza.

Verity está acostada en la cama, con los ojos cerrados y las manos a ambos lados del cuerpo, encima de las sábanas.

Dejo escapar un suspiro de alivio y enseguida siento un alivio todavía mayor cuando termino de abrir la puerta y veo un ventilador de pie que oscila entre la cama de Verity y la ventana que da al jardín. Cada vez que el ventilador apunta a la ventana, la cortina se mueve.

Esta vez, mi suspiro es sonoro.

«¡Era el maldito ventilador! ¡A ver si te centras, Lowen!»

Lo apago, porque hace demasiado frío para tenerlo encendido. Me sorprende que April lo haya dejado funcionando. Vuelvo a mirar a Verity, pero sigue dormida. Cuando llego a la puerta, me detengo un momento. Miro el control remoto, apoyado sobre la cómoda. Levanto la vista hacia el televisor, colgado de la pared.

No está encendido.

April ha dicho que había encendido el televisor antes de marcharse, pero está apagado.

Ni siquiera me volteo para mirar a Verity otra vez. Cierro la puerta y bajo corriendo la escalera.

No volveré a entrar en ese dormitorio. ¿Por qué estoy tan asustada? ¿La persona más indefensa de la casa es la que más miedo me da? No tiene sentido. No me estaba mirando a través de la ventana del estudio. No estaba en la ventana, mirando a Crew. Y no ha apagado el televisor. Lo más probable es que el aparato tenga un temporizador o que April haya pulsado dos veces el botón de encendido sin darse cuenta y se haya ido sin notar que lo había apagado.

Aunque sé muy bien que todo está en mi cabeza, vuelvo al estudio de Verity, cierro la puerta y me dispongo a leer un capítulo más de su autobiografía. Si conozco más la situación desde su punto de vista, puede que me convenza de que es inofensiva y consiga tranquilizarme de una puñetera vez.

CAPÍTULO 3

Sabía que estaba embarazada porque tenía las tetas más grandes y mejores que nunca.

Siempre le he prestado mucha atención a mi cuerpo, a todos los cambios, a la alimentación y la manera de mantenerlo en forma. Después de ver en la infancia cómo se iba expandiendo el contorno de la cintura de mi madre por su dejadez, hago ejercicio a diario, y en ocasiones más de una vez al día.

Aprendí muy pronto que los seres humanos no estamos hechos de una sola cosa. Somos dos partes, que componen el todo.

Tenemos una conciencia, que incluye la mente, el alma y todos los elementos intangibles.

Y tenemos un físico, que es la máquina imprescindible para la supervivencia de nuestra conciencia.

Si destrozas la máquina, te mueres. Si descuidas la máquina, también te mueres. Si crees que la conciencia puede sobrevivir a la máquina, te mueres poco después de descubrir tu error.

En realidad, es muy sencillo. Cuida tu parte física. Dale de comer lo que necesita y no lo que tu conciencia te dice que quiere. Si cedes ante un impulso que en último término le hará daño a tu cuerpo, serás como uno de esos padres sin autoridad que ceden ante los caprichos de sus hijos. «¿Has tenido un mal día? ¿Quieres comerte toda la caja de galletas? Claro que sí, cariño.

Aquí la tienes. Y ya que estás, bébete también este refresco azucarado.»

Cuidar de tu cuerpo no es diferente de cuidar a un niño. A veces es difícil, otras veces es una pesadez y hay momentos en que desearías rendirte, pero si lo haces, has de saber que pagarás las consecuencias dieciocho años más tarde.

La comparación es muy adecuada en el caso de mi madre. Me dedicaba tanta atención a mí como la que dedicaba a su cuerpo. Prácticamente nula. A veces me pregunto si todavía estará gorda. Si habrá seguido descuidando la máquina. No puedo saberlo, porque hace años que no nos vemos.

Pero no me interesa hablar aquí de una mujer que ha decidido no dirigirme la palabra. Lo que quiero es hablar de lo primero que perdí por culpa del embarazo.

A Jeremy.

Al principio no noté que me lo habían robado.

En un primer momento, cuando descubrimos que «la noche en que nos prometimos» había sido también «la noche en que concebimos», me alegré. Me sentí feliz porque Jeremy era feliz. Pero en esas primeras semanas, aparte de notar que tenía las tetas mejor que nunca, no supe lo que significaba el embarazo, ni lo perjudicial que podía ser para la máquina que tanto trabajo me había costado mantener.

En torno al tercer mes, unas semanas después de descubrir que estaba embarazada, empecé a notar la diferencia. Era una protuberancia mínima pero inconfundible. Acababa de salir de la regadera y estaba delante del espejo, mirándome de perfil. Tenía la mano apoyada sobre el vientre y noté extrañada la curva del abdomen.

Me disgustó mucho. Me prometí que haría ejercicio tres veces al día. Había visto el efecto de los embarazos en las mujeres, pero también sabía que la mayor parte del daño se produce durante el tercer trimestre. Si encontraba la manera de dar a luz antes de tiempo, tal vez hacia la semana treinta y tres o la treinta y cuatro, era posible que pudiera eludir la parte más dañina del embarazo. La ciencia médica ha progresado mucho y los bebés nacidos en esas semanas casi siempre salen bien.

—¡Vaya!

Bajé la mano y miré a la puerta. Jeremy estaba apoyado en el marco, con los brazos cruzados sobre el pecho. Me sonreía.

—Ya se te empieza a notar.

—No es verdad —respondí metiendo la barriga para dentro.

Se echó a reír y se me acercó por detrás para rodearme con sus brazos. Apoyó las dos manos sobre mi vientre y me miró en el espejo. Después me besó en un hombro.

—Nunca has estado tan preciosa.

Era una mentira para hacerme sentir mejor, pero se lo agradecí. Incluso sus mentiras eran importantes para mí. Apreté sus manos y entonces me hizo girar para ponerme de cara hacia él y me besó. Después me hizo caminar hacia atrás hasta llegar a la encimera del baño. Me hizo sentar encima y se me puso entre las piernas.

Estaba completamente vestido, porque acababa de volver del trabajo, mientras que yo estaba completamente desnuda, recién salida de la regadera. Lo único que se interponía entre nosotros eran sus pantalones y la curva de mi vientre, que yo seguía intentando disimular.

Empezó a cogerme en el baño, pero acabamos en la cama.

Tenía la cabeza apoyada sobre mi pecho y estaba trazando círculos con los dedos sobre mi vientre cuando notó que me hacía ruido el estómago. Intenté aclararme la garganta para disimularlo, pero él se echó a reír.

—Alguien tiene hambre.

Dije que no, pero él levantó la cabeza de mi pecho y me miró.

—¿Qué le apetece a mi niña?

—Nada. No tengo hambre.

Soltó otra carcajada.

—No te lo digo a ti. Se lo digo a ella —replicó dándome unas palmaditas en el abdomen—. ¿No se supone que las mujeres embarazadas tienen antojos extraños y comen todo el tiempo, por ellas y por sus bebés? Tú comes muy poco. Y ahora te está rugiendo el estómago. —Se sentó en la cama—. Tengo que alimentar a mis chicas.

Sus chicas.

—Ni siquiera sabes si es una niña.

Me sonrió.

—Lo sé. Es una corazonada.

Habría querido hacer una mueca de escepticismo, porque técnicamente no era nada. Ni niño ni niña. Solamente una masa informe. Todavía no había llegado a ser nada, por lo que era absurdo suponer que la cosa que me estaba creciendo dentro pudiera tener hambre o desear un tipo determinado de comida. Pero yo no podía expresar lo que pensaba, porque Jeremy estaba absolutamente extasiado con el bebé y en el fondo no me importaba que lo tratara como algo más de lo que era.

A veces su entusiasmo me impulsaba a mí a entusiasmarme.

Durante las semanas siguientes, su exaltación me ayudó a sobrellevar mi estado. Cuanto más gorda me ponía, más atento se volvía y más besos me daba en el vientre por la noche, cuando los dos estábamos en la cama.

Por las mañanas me sujetaba el pelo mientras yo vomitaba. Cuando estaba en la oficina, me enviaba mensajes con posibles nombres para el bebé. Se obsesionó tanto con mi embarazo como yo con él. Cuando fui por primera vez a ver al médico, vino conmigo.

Y fue una suerte que también estuviera presente en la segunda visita, porque fue cuando se me vino el mundo encima.

Gemelas.

Eran dos.

Aquel día salí en silencio de la consulta del médico. Ya me preocupaba la perspectiva de tener un bebé y de verme obligada a tratar con cariño a lo único que Jeremy podía querer más que a mí. Pero de repente, cuando supe que eran dos, y que además eran niñas, ya no pude asimilar la idea de ser la tercera persona más importante en la vida de Jeremy.

Intentaba forzar una sonrisa cada vez que me hablaba de ellas. Me comportaba como si me colmara de felicidad cada vez que me acariciaba el vientre, pero en realidad me disgustaba, porque sabía que solamente lo hacía porque ellas estaban dentro. Aunque hubiese podido adelantar el parto, ya no importaba. Ahora que eran dos, los efectos sobre mi cuerpo serían igualmente devastadores. Me estremecía día y noche ante la idea de que estuvieran creciendo dentro de mí, estirándome la piel, arruinándome los pechos, el vientre y —lo peor de todo— el templo entre mis piernas donde Jeremy rendía culto todas las noches.

«¿Cómo podrá quererme Jeremy después de esto?»

Durante el cuarto mes de embarazo, empecé a desear un aborto espontáneo. Cada vez que iba al baño, rezaba por encontrar sangre. Imaginaba que, cuando hubiera perdido a las gemelas, Jeremy volvería a considerarme lo más importante del mundo. Me mimaría, me adoraría, me atendería y se preocuparía por mí, y no sólo por lo que me pudiera estar creciendo dentro.

Empecé a tomar pastillas para dormir cuando él no me veía y a beber vino cuando no estaba en casa. Hice todo lo que pude para destruir lo que iba a apartarlo de mí, pero nada funcionó. Siguieron creciendo. La piel del vientre se me siguió estirando.

Durante el quinto mes, estábamos tumbados de lado en la cama y Jeremy me estaba cogiendo por detrás. Con la mano izquierda me agarraba el pecho y con la derecha me agarraba el vientre. No me gustaba que me tocara el abdomen durante el sexo. Me hacía pensar en los bebés y se me quitaban las ganas de coger.

Cuando dejó de moverse, pensé que quizá había llegado al orgasmo, pero enseguida me di cuenta de que había parado porque las había sentido moverse a ellas. Se retiró de mi interior y me hizo girarme para mirarlo. Tenía la palma de la mano apoyada sobre mi vientre.

—¿Lo has notado? —preguntó.

Sus ojos brillaban de entusiasmo, pero había perdido la erección. Estaba excitado por algo que no tenía nada que ver conmigo. Apoyó el oído sobre mi estómago y se puso a esperar a que una de ellas volviera a moverse.

—Jeremy —susurré. Me dio un beso en la barriga y levantó la vista. Yo me puse a acariciarle la cabeza y a enredar los dedos en su pelo—. ¿Tú las quieres?

Me sonrió, porque pensó que yo esperaba que dijera que sí.

—Más que a nada en el mundo.

—¿Más que a mí?

Dejó de sonreír. Mantuvo la mano sobre mi vientre, pero se incorporó y deslizó un brazo bajo mi cuello.

—De otra manera —respondió mientras me besaba la mejilla.

—De otra manera, sí. Pero ¿más? ¿Es más intenso el amor que sientes por ellas que el que sientes por mí?

Sus ojos escrutaron los míos, y yo esperaba que se echara a reír y contestara: «¡No, nada de eso!». Pero no se rio. Me miró con expresión de absoluta sinceridad y asintió:

—Sí.

«¿De verdad?» Su respuesta me destrozó. Me sofocó. Acabó con mi vida.

—Pero se supone que así debe ser —continuó—. ¿Por qué lo preguntas? ¿Te sientes culpable porque las quieres más que a mí?

No respondí. ¿Realmente pensaba que yo podía quererlas más que a él? ¡Si ni siquiera las conocía!

—No debes sentirte culpable —prosiguió—. A mí me gusta que las quieras más que a mí. Después de todo, el amor entre nosotros está sujeto a condiciones, mientras que el que sentimos por ellas es incondicional.

—Mi amor por ti es incondicional —protesté.

Sonrió.

—No, no es cierto. Yo podría hacer cosas que nunca me perdonarías. Pero a tus hijas las perdonarás siempre.

Se equivocaba. No les perdonaba que existieran. Ni que hubieran obligado a Jeremy a ponerme a mí en un tercer lugar. Ni que nos hubieran arrebatado «la noche en que nos prometimos».

Todavía no habían nacido, pero ya me estaban robando cosas que antes eran mías.

—Verity —susurró Jeremy mientras me enjugaba una lágrima que yo acababa de derramar—, ¿estás bien?

Negué con la cabeza.

—No puedo creer que puedas quererlas tanto, cuando ni siquiera han nacido.

—Lo sé —dijo con una sonrisa.

Yo no lo había dicho como un cumplido, pero él lo interpretó así. Apoyó la cabeza sobre mi pecho y volvió a acariciarme el vientre.

—Ya verás cómo me pongo cuando nazcan.

«¿Está a punto de llorar?»

Nunca había llorado por mí. Por mi causa. Por algo relaciona-do conmigo.

«Quizá no hemos discutido lo suficiente.»

—Tengo que ir al baño —musité.

No era cierto. Solamente necesitaba apartarme de él y de todo el amor que estaba derramando en todas direcciones menos en la mía.

Me dio un beso y, cuando me levanté de la cama, se giró y me dio la espalda, olvidando por completo que no habíamos termi-nado de coger.

Se quedó dormido mientras yo estaba en el baño, tratando de abortar a sus hijas con una percha de alambre. Lo intenté duran-te media hora, hasta que sentí dolores en el vientre y la sangre empezó a correrme por las piernas. Estaba segura de que iría a peor.

Volví a la cama, a la espera del aborto. Me temblaban los brazos y tenía las piernas entumecidas por llevar mucho tiempo agachada. Me dolía el abdomen y tenía ganas de vomitar, pero no me moví, porque quería estar con él en la cama cuando suce-diera. Quería que se levantara horrorizado cuando viera la san-gre. Quería que sintiera pánico, que se preocupara, que sufriera y llorara por mí.

Por mí.

7

La última página del capítulo se me desliza de las manos.

Cae lentamente al suelo y desaparece bajo la mesa de escritorio, como si intentara huir de mí. De inmediato me pongo de rodillas para buscarla y devolverla a la pila de papeles que ya he decidido esconder. Estoy conmocionada.

Cuando aún estoy de rodillas en medio del estudio de Verity, siento que se me llenan los ojos de lágrimas. Pero no las derramo. Consigo contenerlas con varias inspiraciones profundas y me concentro en el dolor lacerante de las rodillas para pensar en otra cosa. Solamente sé que este texto fue escrito por una mujer profundamente perturbada, la mujer en cuya casa estoy viviendo. Levanto con lentitud la cabeza hasta fijar la mirada en el techo. Ahí está ella ahora mismo, en el piso de arriba, durmiendo, o comiendo, o mirando al infinito con sus ojos vacíos. La siento acechándome, contrariada por mi presencia.

De repente me doy cuenta de que todo es verdad.

Ninguna madre escribiría algo así sobre sí misma ni sobre sus hijas si no fuera cierto. Una madre que nunca habría pensado ni sentido algo así no sería capaz de imaginarlo. Por muy buena escritora que fuera Verity, jamás se habría puesto en entredicho como madre, escribiendo una cosa tan espantosa, si no lo hubiera vivido de verdad.

Siento que la cabeza me da vueltas por la preocupación, el miedo y la tristeza. Si realmente hizo algo así —si de verdad intentó abortarlas en un acceso de celos—, ¿qué más habrá sido capaz de hacer?

¿Qué debió ocurrirle realmente a esas niñas?

Tardo un instante en asimilarlo y después guardo la carpeta con el manuscrito en un cajón, debajo de una pila de papeles diversos. No quiero que Jeremy la encuentre nunca. Pienso destruir el texto antes de irme. No quiero imaginar cómo se sentiría si lo leyera. Ya ha sufrido bastante por la muerte de sus dos hijas. ¿Cómo se sentiría si supiera lo que intentó hacerles su madre?

Espero que Verity fuera mejor madre después de dar a luz a sus hijas, pero, sinceramente, me encuentro demasiado alterada para seguir leyendo. Ni siquiera sé si quiero leer otra cosa.

Necesito beber algo. Y no un simple vaso de agua, ni tampoco un refresco o un zumo de fruta. Voy a la cocina y abro el refrigerador, pero no encuentro vino. Abro los gabinetes encima del refrigerador , pero no hay ninguna bebida alcohólica. Busco en la alacena debajo del fregadero y está vacío. Vuelvo a abrir el refrigerador, pero lo único que veo son los envases individuales de los zumos de Crew y varias botellas de agua, que no me ayudarán a quitarme esta sensación.

—¿Estás bien?

Me volteo y veo a Jeremy, sentado a la mesa del comedor con un montón de papeles desplegados delante. Parece preocupado por mí.

—¿Hay alguna bebida alcohólica en la casa?

Apoyo firmemente las manos en las caderas para disimular que me tiemblan los dedos. «Ni se imagina cómo era ella en realidad.»

Me observa un momento y después se dirige a la despensa. En el estante más alto hay una botella de Crown Royal.

—Siéntate —me indica, todavía con cara de preocupación.

Me mira mientras me siento también a la mesa y dejo caer la cabeza sobre las manos.

Lo oigo abrir una lata de refresco y mezclar su contenido con el whisky. Al cabo de unos segundos, me pone el vaso delante. Me lo llevo a los labios con tanta precipitación que derramo unas gotas sobre la mesa. Ahora Jeremy ha vuelto a sentarse y me observa atentamente.

—Lowen —dice mientras intento beber con expresión impávida el Crown Royal con Coca-Cola que me ha servido. Al final hago una mueca, porque está muy fuerte—. ¿Qué ha pasado?

«Verás, Jeremy. Tu mujer, con una grave lesión cerebral, me ha estado observando. Se ha asomado a la ventana de su dormitorio y ha saludado a tu hijo. Y además, hace años, intentó abortar a tus hijas mientras tú dormías tranquilamente en su habitación.»

—Tu mujer... —contesto finalmente—. Sus libros son... Verás... Había un pasaje escalofriante... He sentido mucho miedo.

Se me queda mirando un momento, sorprendido. Después se echa a reír.

—¿En serio? ¿Te has puesto así por un libro?

Me encojo de hombros y bebo un poco más.

—Es una gran escritora —afirmo mientras apoyo el vaso sobre la mesa—. Y supongo que yo me asusto fácilmente.

—Pero ¡tú escribes el mismo tipo de literatura!

—También mis libros me causan este efecto algunas veces —miento.

—Quizá deberías pasarte a las novelas románticas.

—Seguramente lo haré, cuando acabe este contrato.

Vuelve a reír, meneando la cabeza, y empieza a recoger los papeles que tiene delante.

—Te has perdido la cena. Aún debe de estar caliente, si te apetece.

—Sí, por favor. Necesito comer algo. —Puede que me ayude a calmarme. Voy con mi vaso hasta la cocina, donde encuentro una cazuela de pollo en un recipiente cubierto con papel de aluminio. Me sirvo un plato, saco una botella de agua del refrigerador y vuelvo a sentarme a la mesa—. ¿Lo has hecho tú?

—Ajá.

Pruebo un poco.

—Está buenísimo —digo con la boca llena.

—Gracias.

Me sigue mirando, pero ahora parece más divertido que preocupado. Me alegra que la diversión vaya ganando terreno. Ojalá yo también encontrara divertida la situación, pero lo que acabo de leer me hace dudar de Verity. De su estado actual. De su honestidad.

—¿Te puedo hacer una pregunta?

Jeremy asiente.

—Si te parece que soy demasiado entrometida, dímelo. ¿Hay alguna posibilidad de que Verity se recupere por completo?

Niega con la cabeza.

—Los médicos no creen que vuelva a hablar o a caminar, si no lo ha conseguido hasta ahora.

—¿Ha quedado paralítica?

—No, no tiene dañada la columna vertebral. Pero la cabeza... Es como un bebé. Sólo conserva los reflejos básicos. Puede comer, beber, parpadear, moverse un poco... Pero nada de lo que hace es deliberado. Espero que con la rehabilitación mejore un poco, pero...

Desvía la vista hacia la entrada de la cocina cuando oye que su hijo viene bajando la escalera. Enseguida aparece Crew, vestido con un pijama de Spiderman, y salta a las rodillas de Jeremy.

«¡Crew!» Mientras estaba leyendo, se me olvidó el niño. Si Verity hubiera seguido odiando a esas niñas tanto como las odiaba antes de que nacieran, jamás habría aceptado tener otro hijo.

Eso significa que debió de establecer un vínculo con ellas. Probablemente por eso escribió ese texto, porque al final llegó a quererlas tanto como las quería Jeremy. Es posible que escribir sobre los pensamientos que la habían atormentado durante el embarazo fuera una especie de catarsis para ella. Como cuando un católico se confiesa.

Esas ideas, combinadas con la explicación que me ha dado Jeremy de su estado actual, me tranquilizan. Verity tiene la capacidad física y mental de una recién nacida. Todo lo demás me lo estoy imaginando.

Crew apoya la espalda contra su padre. Tiene delante su iPad y Jeremy mira su teléfono. Es muy agradable verlos juntos.

He estado tan concentrada en las tragedias que ha vivido esta familia que necesito hacer un esfuerzo para prestar más atención a las cosas positivas que aún tiene. Y una de ellas, sin lugar a dudas, es la relación de Jeremy con su hijo. Crew lo adora. Se ríe mucho cuando está con él y se ve que está cómodo en su presencia. Y Jeremy no tiene miedo de demostrarle su afecto. De hecho, ahora mismo le ha dado un beso en la sien.

—¿Te has lavado los dientes? —pregunta.

—Sí —responde Crew.

Jeremy se pone de pie y levanta con él al niño, sin el menor esfuerzo.

—Es hora de irse a la cama. —Se lo echa al hombro—. Dile buenas noches a Laura.

Crew me saluda con la mano y Jeremy sale de la cocina y sube con su hijo la escalera.

Observo que usa mi seudónimo cuando hay alguien delante, pero me llama Lowen cuando estamos a solas. También observo que me gusta mucho que lo haga. Pero no quiero que me guste.

Termino la cena y friego los platos mientras Jeremy sigue con Crew en el piso de arriba. Cuando acabo, me siento un poco mejor. No sé si habrá sido el whisky, la comida o el hecho de haber comprendido que probablemente Verity escribió ese capítulo espantoso porque el siguiente era mucho mejor: un capítulo donde descubre que esas niñas son una bendición para ella.

Salgo de la cocina y me fijo en varias fotos de familia colgadas de las paredes del pasillo. Me detengo para contemplarlas. La mayoría son de los niños, pero en algunas aparecen Verity y Jeremy. Las niñas son el vivo retrato de su madre, mientras que Crew se parece mucho más a Jeremy.

Eran una familia preciosa, tanto que me resulta doloroso mirar las fotos. Aun así, las sigo mirando y observo que las gemelas son prácticamente indistinguibles entre sí. Una de ellas aparece siempre sonriendo y tiene una pequeña cicatriz en la mejilla. La otra no sonríe casi nunca.

Levanto la mano para tocar una de las fotos de la gemela con la cicatriz en la mejilla y me pregunto cuánto tiempo hacía que la tenía y cómo debió de hacérsela. Sigo la hilera de fotografías hasta llegar a una mucho más antigua, donde aparecen las dos niñas cuando eran bebés. La más sonriente ya tiene la cicatriz en la mejilla, por lo que debió de hacérsela siendo muy pequeña.

Jeremy baja la escalera y me encuentra mirando las fotos. Se detiene a mi lado. Le señalo a la gemela con la cicatriz.

—¿Cuál de las dos es ésta?

—Chastin —contesta. Después señala a la otra—. Y ésta es Harper.

—Se parecen mucho a Verity.

No lo estoy mirando, pero con el rabillo del ojo veo que asiente con la cabeza.

—¿Cómo se hizo Chastin esta cicatriz?

—Ya la tenía cuando nació —responde Jeremy—. La doctora dijo que era una cicatriz de tejido fibroso. Es algo que se ve a veces, sobre todo en gemelos, que tienen muy poco espacio en el vientre materno.

Esta vez lo miro, preguntándome si será la explicación correcta. O si tal vez, de alguna manera, no sería una secuela del fracasado intento de aborto de Verity.

—¿Tenían la misma alergia las dos niñas? —pregunto.

En cuanto lo digo, me llevo una mano a la boca y me la tapo con fuerza, arrepentida. La única razón por la que sé que una de las gemelas padecía alergia a los cacahuetes es porque he buscado artículos sobre su muerte en la prensa. Y ahora Jeremy sabe que he estado investigando la muerte de su hija.

—Lo siento.

—No te preocupes —replica en voz baja—. En cuanto a tu pregunta, no. Solamente Chastin era alérgica a los cacahuetes.

No dice nada más, pero siento que me está mirando. Volteo la cabeza y nuestros ojos se encuentran. Me sostiene un momento la mirada y después baja la vista hacia mi mano. Me la toma con delicadeza y la hace girar con la palma hacia arriba.

—¿Y tú? ¿Cómo te hiciste esto? —dice mientras recorre con el pulgar la cicatriz que me surca la palma de la mano.

Cierro el puño, pero no porque quiera ocultar la cicatriz. Está muy desvaída y ya casi nunca la recuerdo. Me he esforzado en no pensar en ella, pero la escondo dentro del puño por la sensación que he tenido cuando me ha tocado, como si su contacto me quemara y me horadara la piel.

—No lo recuerdo —contesto rápidamente—. Gracias por la cena. Voy a bañarme.

Indico con un gesto el pasillo detrás de él, en dirección al dormitorio principal. Se aparta de mi camino. Cuando llego a la habitación, abro la puerta, la cierro de inmediato y apoyo la espalda contra la hoja de madera, intentando calmarme.

No es que él me haga sentir incómoda. Jeremy Crawford es un buen hombre. Debe de ser que el manuscrito me tiene alterada, porque no tengo ninguna duda de que Jeremy supo repartir equitativamente su amor entre sus tres hijos y su esposa. Ni siquiera ahora les escatima su cariño. Aunque su mujer está virtualmente catatónica, le sigue brindando con generosidad su amor.

Jeremy es la clase de hombre capaz de causar adicción en una mujer como Verity. Pero jamás entenderé cómo pudo ella obsesionarse con él hasta el punto de padecer unos celos tan destructivos cuando estaba embarazada de sus hijas.

Aun así, entiendo la atracción que sentía por Jeremy. La entiendo mucho más de lo que me gustaría.

Cuando me separo de la puerta, siento un tirón en el pelo y tengo que retroceder. ¿Qué demonios es esto? Mi pelo se ha enredado en algo. Cuando consigo soltarme, me volteo para ver en qué se había enganchado.

En un cerrojo.

Jeremy debe de haberlo mandado instalar hoy mismo. Ha sido muy considerado. Levanto la mano para cerrarlo.

¿Pensará que quiero bloquear la puerta del dormitorio porque no me siento segura en esta casa? Espero que no, pues no es por eso. Si quiero cerciorarme de que la puerta quede bien cerrada, es para protegerlos a ellos.

Voy al baño y enciendo la luz. Me miro la mano y recorro con los dedos la cicatriz.

Mi madre empezó a preocuparse tras mis primeros episodios de sonambulismo. Me llevó a un psicólogo con la esperanza de que la terapia diera mejor resultado que los somníferos. Mi terapeuta nos aconsejó crear un entorno que me resultara poco familiar e interponer obstáculos que me resultaran difíciles de salvar en estado de sonambulismo. Un cerrojo en la puerta es uno de esos obstáculos.

Y aunque estoy casi segura de haber cerrado el pestillo en aquella ocasión, hace tantos años, eso no explica por qué me desperté a la mañana siguiente con la muñeca fracturada y cubierta de sangre.

8

He decidido no seguir leyendo el texto autobiográfico de Verity. Han pasado dos días desde que leí el pasaje sobre su intento de aborto, y la carpeta sigue en el fondo del cajón del escritorio, escondida e intacta. Sin embargo, siento que está ahí. Respira conmigo en el estudio de Verity. Siento su aliento bajo el montón de papeles que le he puesto encima. Cuanto más leo, más alterada me siento. Y más difícil me resulta concentrarme. No digo que no vaya a terminarlo nunca, pero mientras no avance en el trabajo que he venido a hacer, no puedo permitirme esa distracción.

Ahora que he dejado de leerlo, noto que la presencia de Verity no me perturba tanto como hace unos días. De hecho, ayer salí a despejarme, después de pasar todo el día trabajando en el estudio, y me encontré a Verity y a su enfermera sentadas a la mesa con Crew y Jeremy, cenando. Los primeros días que estuve aquí me quedé en el estudio mientras ellos cenaban, por lo que no sabía que sentaban a Verity a la mesa para comer. No quise parecer invasiva y me volví al estudio.

Hoy ha venido una enfermera diferente. Se llama Myrna. Es un poco mayor que April. Sonriente y regordeta, tiene unas mejillas sonrosadas que le dan cierto aire de muñeca pepona. A primera vista, es mucho más agradable que April. Honestamente, no creo que April sea desagradable, pero tengo la sensación de que desconfía de mí cuando estoy con Jeremy. O de Jeremy cuando está conmigo. No sé con seguridad por qué le disgusta mi presencia, pero entiendo que la tendencia a proteger a sus pacientes la hace juzgar severamente a la mujer instalada en la casa de la persona discapacitada que tiene a su cuidado. Estoy segura de que sospecha que Jeremy y yo nos encerramos todas las noches en el dormitorio principal cuando ella se va. «Ojalá fuera cierto.»

Myrna trabaja los viernes y los sábados, y April el resto de la semana. Hoy es viernes, y si bien tenía pensado mudarme hoy a mi nuevo apartamento, me alegro de que las cosas hayan salido de otra manera, porque no habría tenido tiempo para prepararme. Ha sido muy positivo poder quedarme aquí más de lo previsto. Estos dos últimos días he leído dos libros más de la serie y, a decir verdad, me han gustado mucho. Es fascinante ver cómo Verity escribe siempre desde el punto de vista de la mala. Y ya tengo bastante claro hacia dónde debo continuar la serie. Pero, por si acaso, seguiré buscando apuntes, ahora que realmente sé lo que estoy buscando.

Estoy sentada en el suelo, revisando el contenido de una caja, cuando me llega un mensaje de Corey.

Pantem ha publicado esta mañana una nota de prensa para presentarte como la nueva coautora de la serie de Verity. Te he enviado el enlace por correo electrónico, por si quieres echarle un vistazo.

Nada más abrir mi correo electrónico, oigo que llaman a la puerta del estudio.

—¡Adelante!

Jeremy abre y asoma la cabeza.

—Hola. Voy al supermercado a comprar provisiones. Si me haces una lista, te traeré lo que necesites.

De hecho, necesito un par de cosas, entre ellas tampones, aunque me queda solamente un día o dos de regla. No traje suficientes, porque no esperaba pasar tanto tiempo aquí. Sin embargo, no estoy segura de querer contárselo a Jeremy. Me pongo de pie y me sacudo el polvo de los pantalones.

—¿Te importa que vaya contigo? Será más fácil.

Abre un poco más la puerta y responde:

—Al contrario. Salimos dentro de diez minutos.

El coche de Jeremy es un Jeep Wrangler gris oscuro con ruedas de diámetro aumentado, cubierto de lodo. No lo había visto hasta ahora, porque estaba en el garaje, pero no es el tipo de vehículo que me esperaba que Jeremy condujera. Lo veía más bien al volante de un Cadillac CTX o un Audi A8, algo más adecuado para un hombre de traje y corbata. No sé por qué sigo viéndolo como el hombre de negocios pulcro y profesional que conocí el primer día. De hecho, este tipo que conozco ahora va siempre en mezclilla o pantalones de deporte, pasa todo el día trabajando al aire libre y tiene una colección de botas embarradas que deja en el vestíbulo junto a la puerta trasera. En realidad, un Jeep Wrangler le cuadra mucho más que cualquiera de los coches que me empeño en asignarle en mi imaginación.

Cuando ya hemos salido del sendero de su casa y hemos recorrido unos cientos de metros por la carretera, apaga la radio.

—¿Has visto la nota de prensa de Pantem? —pregunta.

Saco mi teléfono móvil del bolso.

—Corey me ha enviado el enlace, pero se me ha olvidado mirarlo.

—No es más que un par de líneas en el *Publishers Weekly* —explica Jeremy—. Breve y simple, como tú querías.

Abro el correo electrónico y sigo el enlace. Pero no me dirige a la revista del sector editorial. Corey me ha enlazado el anuncio que el equipo de relaciones públicas de Verity ha publicado en sus redes sociales.

Pantem Press tiene el placer de anunciar que las siguientes novelas de la serie «Las nobles virtudes», el gran éxito de Verity Crawford, contarán con la colaboración de Laura Chase en calidad de coautora. Verity está encantada de que Laura se haya unido al proyecto y espera con entusiasmo la creación compartida de un final inolvidable para la serie.

«¿Encantada, Verity? ¡Sí, claro!» Al menos, ya sé que nunca más deberé creerme lo que digan las notas de prensa. Empiezo a leer los comentarios debajo del anuncio.

— ¿Y quién demonios es Laura Chase?

— ¿POR QUÉ DEJA VERITY SU CRIATURA EN MANOS AJENAS?

— ¡No! ¡No, no, no y no!

— Así funcionan las cosas, ¿no? Cuando un escritor mediocre tiene éxito, contrata a otro todavía más mediocre para que le haga el trabajo.

Dejo de mirar el teléfono, pero con eso no me basta. Lo pongo en silencio, lo guardo en el bolso y cierro la cremallera.

—La gente es tremenda —murmuro entre dientes.

Jeremy se echa a reír.

—No hay que leer nunca los comentarios. Es algo que Verity me enseñó hace tiempo.

Hasta ahora nunca había tenido que leer comentarios, porque me había mantenido al margen de las redes sociales y del público.

—Es bueno saberlo.

Cuando llegamos al supermercado, Jeremy se baja del Jeep de un salto y corre a abrirme la puerta. Me siento un poco incómoda, porque no estoy habituada a este tipo de tratamiento, pero probablemente él se sentiría todavía más incómodo si dejara que yo me las arreglara sola. Es exactamente el tipo de hombre que Verity describe en su autobiografía.

Pero es la primera vez que un hombre me abre la puerta de un coche. «¡Vaya!» ¿Cómo debo tomármelo?

Cuando me tiende la mano para ayudarme a bajar del Jeep, me pongo tensa, porque no puedo evitar mi reacción cada vez que me toca. Quiero que siga tocándome, aunque debería querer lo contrario.

¿Sentirá él lo mismo?

Imagino que hace mucho tiempo que el sexo ha quedado relegado de su vida. ¿Lo echará de menos?

Tiene que haber sido muy difícil la adaptación. No debe de ser sencillo tener una pareja en la que todo parece girar en torno al sexo, al menos al principio, y encontrarse de repente en una relación totalmente asexuada.

«¿Por qué estoy pensando en su vida sexual mientras entramos en el supermercado?»

—¿Te gusta cocinar? —me pregunta Jeremy.

—No me disgusta. Pero siempre he vivido sola y no cocino a menudo.

Consigue un carro y vamos juntos a la sección de frutas y verduras.

—¿Cuál es tu plato favorito?

—Los tacos.

Se echa a reír.

—Tienes gustos sencillos.

Toma todas las verduras necesarias para preparar unos tacos. Yo me ofrezco para hacerles espaguetis una noche. Es lo único que puedo afirmar honestamente que sé cocinar.

Mientras recorre las estanterías de zumos, le digo que vuelvo enseguida, que voy a buscar un par de cosas fuera de la sección de alimentación. Además de los tampones, necesito algunas cosas más: champú, calcetines y dos o tres camisetas, porque he traído muy pocas.

No sé por qué me da vergüenza comprar tampones con él. No será la primera vez que los ve. Conociéndolo, incluso es probable que los haya comprado en más de una ocasión para Verity. Parece el tipo de marido que lo haría sin pensarlo dos veces.

Lo encuentro en la sección de envasados y, mientras voy hacia él, noto que lo flanquean dos mujeres que han abandonado sus carros para ir a hablarle. Tiene la espalda apoyada en el expositor de los helados, como si quisiera fundirse con el aparato y huir de sus interlocutoras. A ellas solamente les veo la nuca, pero cuando cruzo una mirada con Jeremy, una de ellas, una rubia bastante atractiva, se voltea para ver a quién está mirando. La morena me parece al principio menos agresiva, pero sólo hasta que se gira en mi dirección. Sus ojos me hacen cambiar de idea de inmediato.

Me acerco al carro tímidamente, con cautela, como si fuera un animal salvaje. ¿Qué hago? ¿Quedará mal que ponga dentro las cosas que he cogido? Decido colocarlas en la cesta superior, como para marcar una clara línea de separación: «Hemos venido juntos, pero no estamos juntos». Las dos mujeres me miran simultáneamente y noto que sus cejas se arquean un poco más con cada artículo que deposito en el carro. La que está más cerca de Jeremy, la rubia, se ha fijado en mis tampones. Me mira otra vez e inclina la cabeza.

—¿Y tú eres...?

—Laura Chase —responde Jeremy—. Y ellas son Patricia y Caroline, Laura.

La rubia reacciona como si acabaran de servirle una ración de noticias para toda la semana.

—Somos amigas de Verity —aclara Patricia, y a continuación me mira con manifiesta condescendencia—. Por cierto, Verity debe de estar muy recuperada, si ya recibe visitas de amigas. —Voltea hacia Jeremy en busca de una explicación—. ¿O Laura es amiga tuya?

—Laura ha venido de Nueva York para trabajar con Verity.

Patricia sonríe, al tiempo que profiere un sonido vagamente afirmativo y se voltea para mirarme.

—¿Cómo se hace para trabajar con una escritora? Creía que era un oficio más bien solitario.

—Es lo que suele pensar la gente que no es de la profesión —repone Jeremy, y enseguida las saluda para poner fin a la conversación—. Buenas tardes, chicas.

Empieza a empujar el carro, pero Patricia lo detiene poniéndole una mano encima.

—Transmítele mi cariño a Verity y dile que espero que se recupere muy pronto del todo.

—Se lo diré —contesta Jeremy, dejándola atrás—. Saluda a Sherman de mi parte.

Patricia hace una mueca.

—Mi marido se llama William.

Jeremy asiente con la cabeza.

—Ah, sí, tienes razón. Siempre los confundo.

Oigo que Patricia resopla mientras nos alejamos. Cuando llegamos al siguiente pasillo, le pregunto:

—¿Quién es Sherman?

—El tipo con el que coge a espaldas de su marido.

Perpleja, volteo para mirarlo. Está sonriendo.

—¡Carajo! —exclamo entre carcajadas.

Cuando llegamos a la caja, sigo sonriendo. Creo que nunca había oído una réplica tan absolutamente legendaria en la vida real.

Jeremy empieza a colocar los artículos sobre la cinta de la caja.

—Probablemente no debería haber descendido a su nivel, pero no soporto a los hipócritas.

—Sí, pero, sin los hipócritas, no habría momentos tan épicos y llenos de karma como el que acabo de presenciar.

Jeremy saca el resto de los artículos del carro. Yo intento mantener separadas mis cosas, pero no me deja pagar lo mío.

No puedo quitarle la vista de encima mientras pasa la tarjeta de crédito por el lector. Siento algo que no sabría definir muy bien. ¿Enamoramiento? Sería bastante normal. Siendo como soy, no me extrañaría acabar enamorada de un hombre tan devotamente consagrado a su mujer enferma que es incapaz de ver a nadie más. Ni siquiera de ver cómo era en realidad su mujer.

«Aquí tenemos a Lowen Ashleigh, enamorándose de un hombre casado, con una mochila más grande incluso que la suya.»

Eso sí que es karma.

Hace sólo cinco días que llegué, pero parecen más. Aquí los días tardan en pasar, mientras que en Nueva York... Ya se sabe que allí todo es más veloz.

Esta mañana oí a Myrna decirle a Jeremy que Verity tenía fiebre. Por eso la enfermera no la ha bajado en todo el día. No me ha dado ninguna pena, porque me he ahorrado su presencia y no he tenido que verla por la ventana del estudio, cuando la sacan al jardín.

Ahora estoy mirando a Jeremy. Está sentado solo, en el porche trasero, contemplando el lago desde una mecedora que hace más de diez minutos que no se mece. Está sentado completamente inmóvil. De vez en cuando, se acuerda de parpadear. Lleva cierto tiempo fuera.

Ojalá supiera qué pensamientos le pasan por la mente. ¿Estará pensando en las niñas? ¿En Verity? ¿En lo mucho que ha cambiado su vida a lo largo del último año? Hace días que no se afeita y la barba se le está volviendo más espesa. Le sienta bien, pero no creo que haya nada que pueda sentarle mal.

Me inclino sobre el escritorio de Verity y apoyo la barbilla en la mano. De inmediato me arrepiento de haberme movido, porque Jeremy lo nota. Voltea la cabeza y me mira a través de la ventana. Me gustaría desviar la vista y fingir que estoy trabajando, pero es demasiado obvio que lo he estado observando, ahora que estoy inclinada sobre la mesa, con el mentón apoyado sobre la mano. Quedaría peor si intentara disimularlo, de modo que me limito a sonreírle amablemente.

Él no me devuelve la sonrisa, pero no desvía la vista. Me sostiene la mirada durante varios segundos y siento que sus ojos me remueven por dentro. Me pregunto si él sentirá algo cuando yo lo miro.

Hace una lenta inspiración, se levanta de la silla y se dirige al lago. Cuando llega, agarra el martillo y empieza a arrancar las pocas tablas viejas que aún quedan.

Probablemente necesitaba un momento de paz, sin que Crew, o Verity, o la enfermera o yo misma invadiéramos su intimidad.

Necesito un Trankimazin. Hace más de una semana que no tomo uno. Me deja atontada y me dificulta concentrarme para escribir o investigar. Pero estoy cansada de los momentos que me aceleran el pulso en esta casa, como este de ahora. Cuando la adrenalina se desborda, no me siento capaz de controlarla. Ya sea por culpa de Jeremy, de Verity o de los libros de Verity, parece que siempre haya algo que me altera el nivel de ansiedad. Mi reacción ante esta casa y ante la gente que la habita es una distracción mucho mayor que el leve atontamiento producido por una pastilla.

Voy al dormitorio, a buscar el frasco de ansiolíticos en el bolso. En cuanto lo abro, oigo un grito en el piso de arriba.

«Crew.»

Dejo caer el frasco de pastillas sobre la cama y corro a la escalera. Oigo llorar al niño. Parece que está en la habitación de Verity.

Aunque algo en mí me dice que dé media vuelta y corra en sentido contrario, sé que es un niño pequeño que puede necesitar ayuda, así que sigo adelante.

Cuando llego a la puerta, la abro sin llamar. Crew está sentado en el suelo, con la mano en la barbilla. Tiene sangre en los dedos. A su lado hay un cuchillo.

—¡Crew!

Lo levanto en brazos y lo llevo corriendo al baño, al final del pasillo. Lo dejo sentado en la encimera del lavabo.

—Déjame ver.

Le aparto los dedos temblorosos de la barbilla, para ver si la herida es grave. Está sangrando, pero no parece muy profunda. Es un corte, justo debajo del mentón. Debe de haberse caído al suelo con el cuchillo en la mano.

—¿Te has cortado con el cuchillo?

Me mira con ojos muy grandes y niega con la cabeza, quizá para no reconocer que tenía un cuchillo en la mano. Estoy segura de que a Jeremy no le parecería bien.

—Mamá me ha dicho que no tocara el cuchillo.

Me quedo paralizada.

—¿Te lo ha dicho tu madre?

No responde.

—Crew —le digo, agarrando una toalla. Mientras la humedezco, siento palpitar el corazón en la garganta, pero intento disimular el miedo—. ¿Tu mamá habla contigo?

El niño tiene el cuerpo rígido y lo único que mueve es la cabeza, para hacer un gesto negativo. Le comprimo la herida con la toalla antes de oír los pasos de Jeremy, que sube corriendo la escalera. También debe de haber oído el grito de su hijo.

—¡Crew! —lo llama.

—Estamos aquí.

Cuando aparece por la puerta, se le ve preocupado. Me aparto, sin dejar de comprimir la herida del niño con la toalla.

—¿Estás bien?

Crew asiente y Jeremy me quita la toalla de las manos. Se inclina, mira la herida en la barbilla de su hijo y después me mira a mí.

—¿Qué ha pasado?

—Creo que se ha cortado —contesto—. Estaba en la habitación de Verity. Había un cuchillo en el suelo.

Jeremy mira a Crew, con una expresión que ahora es más de decepción que de miedo.

—¿Qué estabas haciendo con un cuchillo?

El niño niega con la cabeza, sorbiéndose los mocos e intentando contener el llanto.

—Yo no tenía ningún cuchillo. Solamente me he caído de la cama.

En parte me siento culpable, como si hubiera delatado al pobre niño. Intento arreglarlo.

—No lo tenía en la mano. Lo he visto en el suelo y he supuesto que se habría cortado.

Todavía estoy alterada por lo que ha dicho Crew sobre Verity y el cuchillo, pero hago un esfuerzo para recordar que en esta casa todos hablan de Verity en presente: la enfermera, Jeremy, Crew... Seguramente Verity le dijo hace tiempo que no jugara con cuchillos, y ahora mi imaginación está convirtiendo ese detalle en algo mucho más grande de lo que es.

Jeremy abre el armario detrás de Crew y saca un botiquín. Cuando lo cierra, veo que me está mirando por el reflejo de la puerta.

—Ve a mirar —me pide solamente con el movimiento de los labios mientras señala el pasillo con la cabeza.

Salgo del baño, pero me detengo un momento. No quiero entrar en esa habitación, por muy indefensa que esté Verity. Sin embargo, también soy consciente de la necesidad de impedir que Crew tenga acceso a un cuchillo, por lo que sigo adelante.

La puerta de Verity sigue abierta, de modo que entro de puntillas, para no despertarla. «Como si pudiera.» Rodeo la cama, hasta el sitio donde he encontrado a Crew en el suelo.

No hay ningún cuchillo.

Miro a mi alrededor, por si lo he empujado con el pie hacia algún sitio cuando he levantado al niño en brazos. Como sigo sin verlo, me agacho y miro debajo de la cama. No veo absolutamente nada, excepto una fina capa de polvo. Deslizo la mano por detrás de la mesilla de noche, junto a la cama, pero tampoco hay nada.

Estoy segura de haber visto un cuchillo. No me estoy volviendo loca.

«¿O sí?»

Me apoyo en el colchón para levantarme del suelo, pero enseguida me echo atrás, cuando sorprendo a Verity mirándome. Ha cambiado la posición de la cabeza. La tiene volteada a la derecha y me está mirando a los ojos.

«¡Mierda!» Siento que el miedo me sofoca mientras me arrastro por el suelo para alejarme de su cama. Me detengo a dos o tres metros de distancia, y aunque la posición de su cabeza es la única diferencia que noto desde que he entrado en la habitación, mi pánico me dice que huya cuanto antes. Me pongo de pie, apoyándome en la cómoda, y me desplazo hacia la puerta sin dejar de mirarla, siempre de cara hacia ella. Intento contener el terror, pero no puedo estar segura de que no vaya a abalanzarse sobre mí en cualquier momento, con el cuchillo que ha recogido del suelo.

Cierro la puerta al salir y me quedo en el pasillo, aferrada a la perilla, hasta que logro controlar el pánico. Respiro hondo cinco veces, con la esperanza de que Jeremy no note el miedo en mis ojos cuando vuelva para decirle que no he encontrado ningún cuchillo.

Pero había un cuchillo.

Me tiemblan las manos. Desconfío de ella. Desconfío de la casa. Sé que necesito quedarme unos días más para hacer mi trabajo de la mejor manera posible, pero preferiría dormir una semana entera en un coche de alquiler en las calles de Brooklyn antes que pasar una noche más en esta casa.

Me llevo la mano al cuello en tensión y vuelvo al baño.

Jeremy le está vendando la barbilla a Crew.

—Has tenido suerte de no necesitar puntos —le está comentando al niño.

Después lo ayuda a lavarse la sangre de las manos y le dice que se vaya a jugar. Crew pasa corriendo a mi lado, rumbo al dormitorio de Verity.

Me parece extraño que le resulte divertido jugar con el iPad sentado en la cama de su madre. Pero supongo que solamente quiere estar a su lado.

«Toda tuya, pequeñín. Yo no pienso acércarme.»

—¿Has tomado el cuchillo? —pregunta Jeremy mientras se seca las manos en una toalla.

Intento que no se me note el miedo en la voz.

—No he podido encontrarlo.

Me mira durante un segundo y me dice:

—Pero has visto uno, ¿no?

—Creía que sí, pero puede que me haya equivocado. Ahora no estaba.

Jeremy pasa a mi lado para salir del baño.

—Miraré yo.

Se dirige al dormitorio de Verity, pero voltea y hace una pausa cuando llega a la puerta.

—Gracias por ayudar a Crew. —Después me sonríe, con una expresión decididamente traviesa—. Ya sé lo ocupada que has estado todo el día.

Me hace un guiño, antes de entrar en la habitación.

Cierro los ojos mientras asimilo el bochorno. «Me lo merecía.» Probablemente piense que lo único que hago es pasar el rato mirando por la ventana.

Quizá debería tomarme dos Trankimazin, en lugar de uno.

Cuando vuelvo al estudio de Verity, empieza a ponerse el sol, lo que significa que pronto Crew se bañará y se irá a la cama, y Verity estará en su habitación toda la noche. Me siento un poco más segura, porque por alguna causa que no acierto a comprender, ella es lo único que me da miedo en esta casa. Pero por la noche no tengo que verla. De hecho, la noche se ha convertido en mi momento favorito de la jornada desde que estoy aquí, porque es cuando veo menos a Verity y más a Jeremy.

No sé durante cuánto tiempo más podré seguir tratando de convencerme de que no siento nada por él. Ni durante cuánto tiempo más intentaré persuadirme de que

Verity es mejor persona de lo que es. Tras leer todos los libros de su serie, estoy empezando a comprender que la clave del éxito de sus novelas de suspense es su manera de escribirlas desde el punto de vista de la malvada de la historia.

A los críticos les encanta ese rasgo suyo. Cuando escuché el audiolibro de su primera novela, mientras venía hacia aquí, me encantó que la narradora pareciera un poco psicótica. Enseguida sentí curiosidad por saber cómo haría Verity para meterse en la mente de sus villanos. Pero eso fue antes de conocerla.

Técnicamente, todavía no la conozco, pero sé cómo es la Verity que escribió su autobiografía. Es evidente que su manera de escribir la serie de novelas no ha sido un experimento aislado. Después de todo, a los escritores siempre nos aconsejan que escribamos sobre lo que conocemos. Estoy empezando a creer que Verity escribe desde el punto de vista del villano porque ella lo es. La maldad es lo único que conoce.

Yo también me siento un poco mala cuando abro el cajón y hago justamente lo que juré no volver a hacer: leer otro capítulo.

CAPÍTULO 4

Estaban empeñadas en vivir, es evidente.

Nada de lo que probé funcionó. El intento de provocarme un aborto, las diferentes pastillas que tomé, la caída «accidental» por la escalera... Lo único que conseguí fue hacerle una pequeña cicatriz en la mejilla a una de las niñas. Una cicatriz de la que sé con certeza que soy responsable. Una cicatriz de la que Jeremy no dejaba de hablar ni un momento.

Unas horas después de que me llevaran a mi habitación tras el nacimiento —por cesárea, gracias a Dios—, vino el pediatra a ver a las niñas. Cerré los ojos, fingiendo dormir, porque me daba miedo tener que hablar con el médico. Temía que me descubriera y comprendiera que yo no sabía ser la madre de esas cosas lloronas.

Jeremy le preguntó por la cicatriz antes del final de la visita. El doctor le quitó importancia y dijo que era relativamente frecuente que los gemelos idénticos se arañasen entre ellos en el vientre materno, pero él no pareció convencido.

—Es una herida demasiado profunda para ser un simple arañazo.

—Podría ser una cicatriz de tejido fibroso —repuso el doctor—. No se preocupe. Se irá borrando con el tiempo.

—No me preocupa la estética —replicó Jeremy, casi a la defensiva—, sino que pueda ser algo más grave.

—No lo es. Sus hijas están perfectamente sanas. Las dos.

«Quién lo habría dicho.»

Se fue el pediatra, la enfermera ya no estaba y nos quedamos solos Jeremy, las niñas y yo. Una de ellas estaba dormida en esa especie de cuna de plástico que tienen en los hospitales. Jeremy tenía a la otra en brazos y le estaba sonriendo, cuando notó que yo tenía los ojos abiertos.

—Hola, mami.

«Por favor, no me llames así.»

Le sonreí de todos modos. Le sentaba bien la paternidad. Parecía feliz. Su felicidad tenía muy poco que ver conmigo, pero incluso a pesar de mis celos, podía valorar su estado de ánimo de forma objetiva. Probablemente iba a ser el tipo de padre que cambia los pañales de sus bebés y les da el biberón. Yo sabía que con el tiempo llegaría a apreciar esa vertiente suya. Solamente necesitaba acostumbrarme a la situación. A ser madre.

—Tráeme a la de la cara estropeada —le pedí.

Jeremy hizo una mueca, dejando traslucir que mis palabras lo habían ofendido. Supongo que no fue la mejor manera de decirlo, pero todavía no les habíamos puesto nombres y la cicatriz era la única manera de identificarla.

Me la trajo y la puso en mis brazos. La miré, esperando que me invadiera una marea de emociones, pero ni siquiera sentí un goteo de sentimientos. Le toqué la mejilla y recorrí la cicatriz con los dedos. «La percha no debía de ser lo bastante robusta.» Tenía que haber usado algo que no cediera tan fácilmente a la presión. ¿Una aguja de tejer, quizá? No sé si habría sido suficientemente larga.

—El doctor ha dicho que la cicatriz puede ser un arañazo —rio Jeremy—. ¡Imagínate! ¡Pelearse antes de nacer!

Le sonreí a la niña. No porque tuviera ganas de sonreírle, sino porque era lo que se esperaba de mí. No quería que Jeremy pensara que yo no la adoraba tanto como él. Le puse el dedo meñique en la manita para que me lo agarrara.

—Chastin —susurré—. Te quedarás con el mejor nombre, ya que tu hermana ha sido mala contigo.

—Chastin —repitió Jeremy—. Me encanta.

—Y Harper —dije—. Chastin y Harper.

Eran dos de los nombres que me había enviado Jeremy en uno de sus mensajes. A mí me parecían bien, pero no me entusiasmaban. Los elegí porque él me los había mencionado más de una vez y supuse que serían sus preferidos. Me dije que si notaba lo mucho que me estaba esforzando para demostrarle mi amor, quizá no se fijaría en las dos áreas donde mi amor flaqueaba.

Chastin comenzó a llorar. Se retorcía en mis brazos y yo no sabía muy bien qué hacer. Empecé a sacudirla, pero noté que le hacía daño, de modo que lo dejé. Sus gritos eran cada vez más estridentes.

—Debe de tener hambre —sugirió Jeremy.

Yo estaba tan convencida de que no sobrevivirían el parto, después de todo lo que les había hecho, que prácticamente no había pensado en lo que pasaría después del nacimiento. Sabía que la lactancia materna era la mejor opción para ellas, pero no tenía la menor intención de hacerles eso a mis pechos, sobre todo teniendo en cuenta que eran dos bebés.

—Parece que alguien tiene hambre —dijo una enfermera, invadiendo de repente la habitación—. ¿Vas a amamantar?

—No —respondí de inmediato.

Quería que se fuera enseguida por donde había entrado.

Jeremy me miró con cara de preocupación.

—¿Estás segura?

—Son dos bebés —repliqué.

No me gustó su expresión, como si yo lo hubiera defraudado. Me apenó pensar que así sería a partir de entonces. Jeremy siempre se pondría de su parte. Yo ya no le importaba.

—No es más difícil que darles el biberón —comentó la enfermera invasiva—, y de hecho es más práctico. ¿Quieres intentarlo? ¿Hacer la prueba?

Yo no podía dejar de mirar a Jeremy, esperando que me salvara de esa tortura. Me dolía que quisiera que yo las amamantara, habiendo otras alternativas perfectamente adecuadas. Pero asentí con la cabeza y me quité la bata, porque quería complacerlo. Quería que se alegrara de que yo fuera la madre de sus hijas, aunque a mí no me produjera ninguna alegría.

Me bajé el tirante del camisón y acerqué a Chastin. Jeremy nos observaba atentamente. Vio cómo se agarraba la niña al pezón, cómo movía la cabecita adelante y atrás, cómo se aferraba a mi piel con su manita, cómo empezaba a chupar.

No me gustó.

El bebé estaba chupando algo que Jeremy había lamido muchas veces. No me pareció correcto. ¿Cómo volvería a encontrar atractivas mis tetas, después de ver que dos bebés se aferraban a ellas día tras día para comer?

—¿Te hace daño? —preguntó Jeremy.

—No, no mucho.

Me apoyó una mano en la cabeza y me apartó el pelo de la cara.

—Parece que te duela.

«No es dolor. Es asco.»

Observando a Chastin mientras se alimentaba de mí, se me revolvía el estómago. No obstante, hice todo lo posible para que Jeremy no notara lo mucho que me repugnaba. Estoy segura de que a muchas madres les parecerá maravilloso. A mí me resultó muy perturbador.

—No puedo —susurré dejando caer la cabeza sobre la almohada.

Jeremy tendió los brazos para apartar a Chastin de mi pecho y yo suspiré aliviada cuando me la quitó de encima.

—No te preocupes —dijo él para tranquilizarme—. Les daremos biberón.

—¿Seguro? —intervino la enfermera—. Se estaba agarrando perfectamente al pecho.

—Sí, no hay nada que discutir. Les daremos biberón.

La enfermera asintió y anunció que iría a buscar un bote de leche de fórmula, antes de salir de la habitación.

Yo sonreí, porque había comprobado que mi marido todavía me apoyaba. Estaba de mi parte. En esos instantes, yo había sido lo primero para él y eso era un gran placer para mí.

—Gracias —contesté.

Besó a Chastin en la frente y se sentó con ella al borde de mi cama. Se la quedó mirando unos segundos, meneando la cabeza con expresión incrédula.

—¿Cómo es posible que sienta una necesidad tan grande de protegerla, cuando hace solamente un par de horas que la conozco?

Habría querido recordarle que siempre había sido protector conmigo, pero no me pareció el momento adecuado. Casi me sentía una intrusa en algo de lo que no formaba parte: el vínculo padre-hija en el que nunca me incluirían. Ya quería más a esas niñas de lo que nunca me había querido a mí. Con el tiempo acabaría tomando partido por ellas, aunque yo tuviera razón. Era mucho peor de lo que había imaginado.

Se llevó una mano a la cara y se enjugó una lágrima.

—¿Estás llorando?

Jeremy volteó hacia mí como movido por un resorte, desconcertado por mis palabras. Sentí pánico. Pero me recuperé enseguida.

—Ya sé que ha sonado raro —me justifiqué—. Pero lo he dicho porque me maravilla que llores de emoción. Me encanta ver lo mucho que las quieres.

Su repentina tensión desapareció gracias a mi reacción inmediata. Volvió a mirar a Chastin y confesó:

—Nunca había sentido tanto amor por alguien. ¿Tú sabías que eras capaz de sentir tanto amor?

Puse los ojos en blanco y pensé: «Claro que lo sabía, Jeremy. Hace tiempo que siento todo este amor por ti. Desde hace cuatro años. Gracias por darte cuenta».

10

No sé por qué estoy sorprendida cuando vuelvo a guardar el manuscrito en su sitio. El contenido del cajón se agita ruidosamente cuando lo cierro con rabia. «¿Por qué estoy enfadada?» No es mi vida, ni mi familia. He leído todas las reseñas de los libros de Verity antes de venir aquí, y en nueve de cada diez el autor confiesa haber tenido ganas de arrojar el libro o el Kindle a la otra punta de la habitación en algún momento de la lectura.

Yo querría hacer lo mismo con su autobiografía. Esperaba que tras el nacimiento de las niñas hubiera visto la luz, pero no. Sólo vio más oscuridad.

¡Parece tan dura y fría! Pero yo no soy madre. ¿Será que muchas madres se sienten así al principio? Si es así, no lo dicen. Quizá sea como cuando una madre asegura no tener un hijo favorito, aunque en realidad lo tiene. Tal vez es una cosa que todas las madres saben, pero ninguna comenta. Algo que solamente descubres cuando tienes hijos.

O puede que Verity simplemente no mereciera ser madre. A veces pienso en tener un hijo. Pronto cumpliré treinta y dos años, y mentiría si dijera que no me preocupa que la oportunidad no llegue a presentárseme nunca. Pero si alguna vez estoy en una relación con alguien a quien pueda considerar como un padre para mis hijos, estoy segura de que se parecerá mucho a Jeremy. En lugar de apreciar al padre maravilloso que tenía a su lado, Verity le tenía rencor.

El amor de Jeremy por sus hijas parecía sincero desde el principio. Todavía me lo parece. Y no hace tanto que las perdió. Es algo que se me olvida con frecuencia. Probablemente estará atravesando aún las diferentes fases de duelo, mientras cuida a Verity, se ocupa de Crew y vigila que los ingresos de los que depende la familia no se acaben de la noche a la mañana. Sólo una fracción de lo que ha vivido Jeremy sería intolerable para algunas personas. Pero él lo soporta todo a la vez y sigue adelante.

He encontrado varias cajas de fotos en el altillo del estudio de Verity, mientras revisaba otras cosas. He bajado una, pero todavía no he mirado su contenido. Tengo la sensación de que sería otra invasión de su privacidad por mi parte. Esta familia ha confiado en mí para que termine la serie de novelas, o al menos Jeremy lo ha hecho, y yo no dejo de distraerme del trabajo, por culpa de mi obsesión con Verity.

Pero si Verity pone tanto de sí misma en sus libros, realmente necesito conocerla tanto como sea posible. De hecho, esto no es fisgonear; es investigar. Ya está. Ya tengo la justificación que necesitaba.

Llevo la caja de fotos a la mesa de la cocina, abro la tapa y saco unas cuantas. Me pregunto quién las habrá mandado imprimir. En estos tiempos la gente no suele tener muchas fotografías en papel, gracias al invento de los celulares con cámara. Pero ¡hay tantas fotos de los niños en la caja! Alguien se ha tomado el trabajo de tener todas las fotos en soporte físico. Apuesto a que ha sido Jeremy.

Tomo una foto de Chastin, un primer plano de su cara. Contemplo un momento la cicatriz. Ayer no podía parar de pensar al respecto, de modo que hice una búsqueda en Google para ver si los intentos de aborto realmente pueden causar lesiones en el feto.

Nunca más volveré a hacer una búsqueda semejante en Google. Por desgracia, muchos bebés sobreviven a los intentos de aborto y nacen con secuelas mucho más espantosas que una pequeña cicatriz. Chastin tuvo mucha suerte. Harper y ella fueron muy afortunadas.

O lo fueron... hasta que dejaron de serlo.

Oigo los pasos de Jeremy en la escalera. No intento esconder la caja con las fotos, aunque no sé cómo se tomará que esté aquí sentada mirándolas.

Cuando entra en la cocina, le sonrío y las sigo mirando. Se detiene en su camino hacia el refrigerador y noto que se ha fijado en la caja sobre la mesa.

—Siento que, cuanto más la conozco, mejor puedo entender su manera de pensar —le explico—. Me ayuda a escribir.

Desvío la vista hacia una imagen de Harper, la gemela que casi nunca sonríe en las fotos.

Jeremy se sienta a mi lado y agarra una de las fotografías de Chastin.

—¿Por qué Harper no sonreía nunca?

Se inclina hacia mí y me quita de la mano la foto de Harper.

—A los tres años le diagnosticaron el síndrome de Asperger. No era muy expresiva.

Pasa un dedo sobre su foto y después la aparta y saca otra de la caja. Es una de Verity con las niñas. Me la da. Las tres están vestidas igual, con pijamas idénticos. Si es cierto que Verity no quería a las niñas, en la foto lo disimula muy bien.

—Es nuestra última Navidad antes del nacimiento de Crew —comenta Jeremy.

Saca unas cuantas más y empieza a mirarlas. De vez en cuando hace una pausa para ver mejor una foto de las niñas, pero pasa rápidamente las de Verity.

—Mira —dice mientras saca una de la pila—. Ésta es mi foto favorita de las gemelas. Por una vez, Harper está sonriendo. Le encantaban los animales, así que cuando cumplieron cinco años, contratamos un zoo para que viniera a instalarse en el jardín.

Sonrío mirando la foto, pero sobre todo porque Jeremy aparece en ella con una expresión de felicidad poco frecuente.

—¿Cómo eran?

—Chastin era muy protectora. ¡También tenía mucho genio! Ya desde muy pequeña se dio cuenta de que Harper no era como ella. La cuidaba mucho. Intentaba decirnos a Verity y a mí cómo teníamos que tratarla. ¡Y, Dios mío, cuando nació Crew, pensamos que tendríamos que dejárselo a ella! Estaba obsesionada. —Deja una foto de Chastin en la pila de las que ya ha mirado—. Habría sido una madre maravillosa.

Después toma una de Harper.

—Harper era muy especial para mí. A veces no estoy seguro de que Verity la entendiera tanto como yo, pero era casi como si pudiera intuir lo que pensaba, ¿sabes? Le costaba expresar sus emociones, pero yo sabía qué le gustaba, qué la hacía feliz y qué la entristecía, aunque ella no supiera comunicárselo al mundo. En general, creo que era feliz. Cuando nació Crew, al principio no le prestó atención. No le hizo ningún caso, hasta que su hermano tuvo tres o cuatro años y pudo jugar con ella. Hasta entonces, se comportó con él como si fuera un mueble más. —Agarra una foto donde aparecen los tres hermanos—. Crew no ha preguntado nunca por ellas. Ni una sola vez. Ni siquiera las menciona.

—¿Te preocupa?

Me mira.

—No sé si debería sentir preocupación o alivio.

—Probablemente las dos cosas —reconozco.

A continuación, toma una foto de Verity y Crew, de cuando el niño acababa de nacer.

—Estuvo en terapia durante unos meses, pero temí que las sesiones fueran un recordatorio semanal de las tragedias que hemos vivido, así que las interrumpí. Si cuando sea mayor noto en algún momento que necesita tratamiento psicológico, volveré a llevarlo. Quiero asegurarme de que esté bien.

—¿Y tú?

Vuelve a mirarme.

—Yo ¿qué?

—¿Cómo estás tú?

No aparta la mirada y contesta de inmediato:

—A mí el mundo se me vino abajo cuando murió Chastin. Y después, cuando murió Harper, se me acabó del todo. —Baja la vista hacia la caja de fotos—. Cuando recibí la noticia de Verity... lo único que sentí fue ira.

—¿Hacia quién? ¿Hacia Dios?

—No —responde Jeremy con voz serena—. Estaba furioso con Verity.

Me mira otra vez, y ni siquiera tiene que explicar por qué estaba enfadado con su mujer. «Cree que se estrelló contra el árbol a propósito.»

El silencio es absoluto en la habitación... y en toda la casa. Jeremy ni siquiera respira.

Al final, se pone de pie. Yo también me incorporo, porque siento que es la primera vez que reconoce ante alguien lo que acaba de decirme. Quizá también ante sí mismo. Me doy cuenta de que quiere ocultarme lo que está pensando, porque se vuelve de espaldas y entrelaza las dos manos detrás de la nuca. Yo le apoyo una mano en el hombro y me muevo hasta situarme frente a él, lo quiera o no. Deslizo las manos en torno a su cintura y apoyo la cara contra su pecho mientras lo abrazo. Con un profundo suspiro, me apoya los brazos en la espalda. Me estrecha contra su pecho y me percato de que hace mucho tiempo que necesitaba este abrazo.

Permanecemos así durante mucho más de lo que debería durar un abrazo, hasta que resulta evidente para los dos que no deberíamos seguir entrelazados. La fuerza de sus brazos cede y, al cabo de unos segundos, ya no estamos abrazados. Pero seguimos muy juntos y en contacto, sintiendo el peso de todo el tiempo transcurrido desde que cualquiera de los dos ha sentido algo así. El silencio en la casa es absoluto, de modo que oigo cuando trata de contener la respiración. Percibo toda su indecisión mientras su mano se mueve lentamente por mi espalda hacia mi cabeza.

Tengo los ojos cerrados, pero los abro porque quiero verlo. Apoyo la cabeza en su mano, cuando levanto la vista para mirarlo a los ojos.

Él también me está mirando y no puedo saber si está a punto de besarme o de apartarse de mí. Pero en cualquier caso, ya es tarde. Intuyo todas las cosas que ha intentado no decirme en su manera de tocarme. En su respiración contenida.

Siento que me lleva hacia sus labios. Pero de repente levanta la vista y deja caer la mano.

—Hola, pequeño —saluda mirando por encima de mi hombro.

Da un paso atrás. Me suelta. Yo me agarro al respaldo de la silla, sintiendo que mi peso se ha multiplicado por dos ahora que él no me sujeta.

Echo un vistazo a la puerta y veo que Crew nos está mirando. Totalmente inexpresivo. Se parece mucho a Harper en este momento. Descubre la caja de fotos sobre la mesa y corre hacia ella. Prácticamente se abalanza sobre la caja.

Yo me echo atrás, desconcertada por su comportamiento. Recoge todas las fotos y las deposita airadamente dentro de la caja.

—Crew —dice Jeremy en tono calmado. Intenta tomar a su hijo de la muñeca, pero el chiquillo se aparta—. ¡Eh! —exclama inclinándose sobre él.

Percibo el desconcierto en la voz de Jeremy, como si ésta fuera una faceta de Crew que nunca hubiera visto hasta ahora.

El niño empieza a gritar, sin dejar de recoger y guardar las fotos con gesto violento.

—Crew —insiste Jeremy, ya incapaz de disimular su preocupación—, sólo las estábamos mirando.

Intenta apartar al niño de la mesa, pero el pequeño se le escurre de las manos. Vuelve a tomarlo y lo aprieta contra su pecho.

—¡Llévatelas! —me grita Crew—. ¡No quiero verlas!

Recojo las fotos restantes y las guardo en la caja. Le pongo la tapa y me la llevo de la mesa mientras Crew intenta soltarse de Jeremy, que sin embargo lo levanta en brazos y lo saca precipitadamente de la cocina. Oigo que suben la escalera, mientras yo me quedo en la cocina, agitada y preocupada.

«¿Qué ha ocurrido?»

Pasan unos minutos y el piso de arriba está en silencio. No oigo a Crew debatirse ni llorar. Creo que es un buen signo. Pero siento débiles las rodillas y pesada la cabeza. Necesito tumbarme. Quizá no debería haber tomado dos ansiolíticos esta noche. O quizá no debería haber sacado unas fotos y habérselas enseñado a una familia que todavía no ha salido del duelo. O quizá no debería haber permitido que un hombre casado estuviera a punto de besarme. Me froto la frente, consciente de pronto del impulso de huir de esta casa llena de tristeza y no volver nunca.

«¿Por qué sigo aquí?»

11

Incluso en pleno día, cuando el sol monta guardia sobre esta parte del mundo, el ambiente es siniestro dentro de esta casa. Son las cuatro de la tarde. Jeremy está trabajando otra vez en el muelle y Crew juega en la arena, a escasa distancia.

Una energía inquietante impregna la casa. Siempre está presente y no soy capaz de dejar de prestarle atención. Parece empeorar por la noche, cuando se vuelve más sombría e intensa. Estoy segura de que está sobre todo en mi cabeza, pero eso no me tranquiliza, porque las cosas que acechan en la mente pueden ser tan peligrosas como las amenazas más tangibles.

Anoche me levanté para ir al baño. Me pareció oír un ruido en el pasillo: pasos más ligeros que los de Jeremy, pero más pesados que los de Crew. Entonces, poco después, los peldaños empezaron a crujir, uno tras otro, como si alguien estuviera subiendo de manera deliberadamente silenciosa. Me costó bastante volver a dormirme después de eso, porque en una casa grande como ésta, los ruidos son inevitables. Y la imaginación de una escritora convierte cada ruido en amenaza.

Miro sobresaltada la puerta del estudio. Sigo agitada, incluso ahora, aunque lo único que oigo es la voz de April en la cocina, hablando con alguien. Suele utilizar ese tono tranquilizador cuando habla con Verity, como si quisiera revivirla con sus palabras. A Jeremy no lo he oído nunca hablar con su mujer, pero ha reconocido que está enfadado con ella. ¿La querrá todavía? ¿Se sentará en su habitación y le dirá cuánto echa de menos el sonido de su voz? Estoy segura de que Jeremy haría algo así. O lo habría hecho en otro tiempo. «¿Pero ahora?»

Se ocupa de ella y a veces le da de comer, pero nunca he visto que le hable directamente. Quizá crea que la verdadera Verity ya no está ahí, como si la persona que está a su cuidado ya no fuera su esposa.

Tal vez sea capaz de separar la rabia y la decepción hacia Verity de lo que siente hacia esa mujer incapacitada, porque ya no las ve como la misma persona.

Voy a la cocina porque tengo hambre, pero también porque siento curiosidad por la forma de interactuar de April con Verity. Quiero ver si Verity reacciona de alguna manera visible a las palabras y los actos de la enfermera.

April está sentada a la mesa, dándole de comer. Abro la puerta del refrigerador y las observo. Los maxilares de Verity se mueven mecánicamente, como si fuera un robot, cada vez que la enfermera le da una cucharada de puré de papa. Siempre le dan alimentos blandos: puré de papa, zumo de manzana, crema de verduras... Comida de hospital, sencilla y fácil de tragar. Yo tomo uno de los flanes de Crew y me siento a la mesa con April y Verity. La enfermera me recibe con una mirada fugaz y una inclinación de cabeza, pero nada más.

Tras comer unas cucharadas del flan, intento darle un

poco de conversación a esta mujer que se niega a interactuar conmigo.

—¿Cuánto hace que eres enfermera?

April le saca la cuchara de la boca a su paciente y vuelve a meterla en el puré.

—Lo suficiente para que me falten pocos años para retirarme.

—Qué bien.

—Pero tú eres mi paciente favorita —le dice a Verity—. Con diferencia.

Dirige sus respuestas a Verity, aunque las preguntas se las estoy haciendo yo.

—¿Cuánto tiempo llevas trabajando con Verity?

Una vez más, April se dirige a ella.

—¿Cuánto hace que empezamos con esto? —le pregunta, como si Verity fuera a responderle—. ¿Cuatro semanas? —Se voltea para mirarme—. Sí, me contrataron oficialmente hace unas cuatro semanas.

—¿Conocías a la familia? ¿Antes del accidente?

—No. —Le limpia la boca a Verity y deja la bandeja sobre la mesa—. ¿Puedo hablar contigo un momento? —añade señalando el pasillo con la cabeza.

Me le quedo mirando, sin entender por qué tenemos que irnos de la cocina para hablar. Pero al final me levanto y la sigo. Me apoyo contra la pared, comiendo todavía mi flan. April está frente a mí, con las manos en los bolsillos de la bata.

—No tienes por qué saberlo, sobre todo teniendo en cuenta que nunca has convivido con alguien en el estado de Verity, pero es una falta de respeto hablar de ella como si no estuviera presente.

Tengo la cuchara en la boca. Hago una pausa y vuelvo a meterla en el recipiente del flan.

—Lo siento. Lo he hecho sin saber lo que estaba haciendo.

—Suele suceder, especialmente si crees que la otra persona no puede entenderte. El cerebro de Verity ya no procesa las cosas como antes, obviamente, pero no sabemos hasta qué punto nos entiende. Tienes que cuidar lo que dices en su presencia.

Cuadro los hombros, abandonando mi postura informal contra la pared. No pensaba que hubiera sido ofensiva.

—Por supuesto —convengo asintiendo con la cabeza.

April sonríe y, por una vez, su sonrisa parece sincera.

El momento es incómodo, pero afortunadamente breve, porque de repente Crew pasa corriendo entre nosotras en dirección a la cocina. April va detrás de él.

—¡Mamá! —grita Crew, entusiasmado—. ¡Mamá, mamá, he encontrado una tortuga!

Se le pone delante y le tiende la tortuga para que la vea mientras le pasa los dedos por el caparazón.

—¡Mírala, mamá!

Ahora la ha levantado un poco más, para que Verity pueda mirar a los ojos a la tortuga. Evidentemente, no lo hace. El niño sólo tiene cinco años y es probable que ni siquiera pueda entender las razones por las que su madre ya no puede hablarle, ni mirarlo, ni reaccionar ante su entusiasmo. Siento mucha pena por él, ya que probablemente aún espera que Verity se recupere del todo.

—Crew —le digo acercándome—, ¿me enseñas la tortuga?

Voltea y me la muestra.

—No es una tortuga mordedora. Papá dice que las mordedoras tienen rayas en el cuello.

—¡Oh! —exclamo—. ¡Es preciosa! Vamos fuera, a ver si encontramos una cubeta donde ponerla.

Crew salta de alegría y pasa corriendo a mi lado. Lo sigo al jardín y lo ayudo a buscar, hasta que encontramos una vieja cubeta roja donde meter a la tortuga. Entonces Crew se sienta en la hierba y se pone la cubeta sobre las rodillas.

Me siento a su lado, en parte porque empiezo a sentir mucha pena por este niño, pero también porque desde este punto del jardín tenemos una vista excelente del muelle donde está trabajando Jeremy.

—Papá no me deja tener otra tortuga, porque maté a la última que tuve.

Giro la cabeza hacia Crew.

—¿Cómo que la mataste?

—Se me perdió dentro de casa —contesta—. Mamá la encontró debajo de su cama y estaba muerta.

«Ah, muy bien.» Mi mente se estaba yendo hacia un sitio mucho más siniestro. Por un instante, pensé que el niño había matado a la tortuga intencionadamente.

—Podríamos dejarla ir aquí mismo, en la hierba —le propongo—. Así podrías ver adónde va. Tal vez te conduzca hasta su casa secreta, donde vive con su familia de tortugas.

Crew la saca de la cubeta.

—¿Tendrá un marido tortuga?

—Puede ser.

—También es posible que tenga hijitos.

—Así es.

La deja en la hierba, pero la tortuga está demasiado asustada para moverse. La observamos un rato, esperando que salga del caparazón. Con el rabillo del ojo, veo que Jeremy viene hacia nosotros. Cuando está cerca, levanto la vista, haciendo pantalla con la mano sobre los ojos.

—¿Qué han encontrado?

—Una tortuga —responde Crew—. Pero no te preocupes. No me la voy a quedar.

Jeremy me sonríe agradecido y después se sienta en la hierba junto a él. El niño se le acerca un poco más, pero al tocarlo, se aparta.

—¡Qué asco! ¡Estás todo sudado!

Es cierto que está sudoroso, pero a mí no me parece un asco.

Crew se pone de pie.

—Tengo hambre. Me prometiste que saldríamos a cenar esta noche. Hace años que no cenamos fuera.

Jeremy se echa a reír.

—¿Años? ¡Si te llevé al McDonald's la semana pasada!

—Sí —asiente Crew—, pero antes de que mis hermanas murieran, salíamos a cenar casi todos los días.

Observo que a Jeremy se le tensan los hombros con ese comentario. Él mismo me había contado que Crew no había vuelto a mencionar a las niñas desde su muerte, por lo que éste debe de ser un momento muy importante.

Hace una inspiración profunda y después le da una palmada a Crew en la espalda.

—Tienes razón. Ve a lavarte las manos y prepárate. Tenemos que estar de vuelta antes de que se vaya April.

Crew sale corriendo hacia la casa, sin acordarse ya de la

tortuga. Jeremy lo sigue un instante con la mirada, con expresión pensativa. Después se pone de pie y me tiende la mano para ayudarme a levantarme.

—¿Quieres venir con nosotros? —pregunta.

Me está invitando a una cena con su hijo, pero mi anhelante corazón responde como si me acabara de proponer una cita. Sonrío, sacudiéndome la hierba de los pantalones.

—¡Sí, me encantaría!

Desde que llegué a casa de Jeremy, no había tenido ningún motivo para cuidar especialmente mi aspecto físico. Aunque tampoco me he esforzado mucho antes de salir, Jeremy debe de haber notado el rímel, el brillo de labios y el pelo, que ahora llevo suelto. Cuando llegamos al restaurante, mientras sostenía la puerta para que yo pasara, me dijo en voz baja:

—Estás preciosa.

Su piropo me bajó hasta el estómago y todavía lo siento, aunque ya hemos terminado de cenar. Crew está sentado del mismo lado de la mesa que Jeremy. No ha parado de contar chistes desde que acabó el postre.

—¡Tengo otro! —exclama—. ¿Qué quiere decir E. T.?

Jeremy ni siquiera intenta contestar, porque dice que ya ha oído un millón de veces los chistes de Crew. Yo sonrío y hago ver que no sé la respuesta.

—¡Quiere decir que quiere volver a su casa! —contesta, y al decirlo casi se cae de la silla de risa. Su reacción me hace reír más que los propios chistes.

Y enseguida:

—¿Qué le dice una impresora a otra?

—No lo sé. ¿Qué le dice? —respondo yo.

—¿Esa hoja es tuya o es impresión mía?

No he parado de reír desde que ha empezado a contar chistes.

—Es tu turno —anuncia Crew.

—¿El mío? —pregunto.

—Sí, es tu turno de contar un chiste.

Dios mío, siento la presión de un niño de cinco años.

—Muy bien, déjame pensar. —Unos segundos después, chasqueo los dedos—. Muy bien, ya lo tengo. ¿Qué es verde, peludo y te puede matar si se cae de un árbol?

Crew se apoya en la mesa, con la barbilla entre las manos.

—Hum. No lo sé.

—Un piano verde y peludo.

Crew no se ríe de mi chiste. Tampoco Jeremy. Al principio.

Porque al cabo de unos segundos suelta una carcajada que me llena de ternura.

—No lo entiendo —confiesa Crew.

Jeremy se sigue riendo.

—¿Cuál es la gracia? —insiste Crew.

—Ninguna —contesta Jeremy—. Tiene gracia porque no es gracioso.

Crew me mira.

—Los chistes no se hacen así.

—Muy bien, tengo otro —digo—. ¿Qué es rojo y con forma de cubo?

Crew se encoge de hombros.

—Un cubo azul pintado de rojo.

178

Jeremy se esfuerza para no reír de manera demasiado estentórea. Sus carcajadas son probablemente lo mejor que me ha pasado desde que estoy aquí.

Crew frunce la nariz.

—No se te da muy bien contar chistes.

—¿Cómo que no? ¡Si tengo mucha gracia! —replico riendo.

Crew menea la cabeza defraudado.

—Espero que no pongas chistes en tus libros.

Jeremy se echa atrás en el asiento, haciendo un esfuerzo para controlar la risa, mientras la camarera viene hacia nosotros con la cuenta. Jeremy se la quita de las manos.

—Invito yo —consigue decir entre carcajadas.

Cuando volvemos a casa, Crew llega a la puerta antes que nosotros.

—¡Ve y dile a April que hemos vuelto! —acierta a decirle Jeremy mientras se aleja.

Después cierra la puerta entre el garaje y la casa, y los dos hacemos una pausa antes de seguir por el pasillo. Estamos en un rincón oscuro, junto a la escalera, pero un rayo de luz procedente de la cocina le ilumina la cara.

—Gracias por la cena. Lo he pasado muy bien.

Jeremy se quita la cazadora.

—Yo también —manifiesta.

Me sonríe mientras deja la cazadora en el colgador junto a la puerta. Lo noto distinto esta noche, menos agobiado que de costumbre.

—Debería sacar a Crew más a menudo.

Asiento con las manos metidas en los bolsillos traseros. Los siguientes segundos se llenan de un silencio espeso. Se diría que hemos llegado a ese momento al final de las citas de verdad, cuando no sabes si corresponde dar un beso o despedirte con un abrazo.

Evidentemente, ninguna de las dos posibilidades sería apropiada en este caso, porque no ha sido una cita.

«¿Por qué entonces lo parecía?»

Dejamos de mirarnos a los ojos al oír que Crew viene por la escalera. Jeremy baja la vista un instante, pero antes de marcharse, noto que deja escapar un suspiro de alivio, como si Crew hubiera interrumpido algo que más adelante podría haber lamentado. Algo que probablemente yo no habría lamentado.

Hago una inspiración profunda y voy directa al estudio de Verity. Cierro la puerta. Necesito distraerme. Siento un vacío, un dolor en el estómago que no creo que se me vaya a pasar. Porque necesito más momentos con él. Momentos que no puedo tener. Que no debo tener.

Paso las páginas del texto de Verity con la esperanza de encontrar una escena íntima de ella con Jeremy.

No sé muy bien en qué tipo de persona me he convertido por hacer algo así. Leer la autobiografía es un error en muchos sentidos, pero no es tan malo como lo sería atravesar esa muralla física que hay entre los dos.

No puedo tener a Jeremy en la vida real, pero puedo averiguar cómo es en la cama, para alimentar todas las fantasías que probablemente tendré a partir de ahora.

CAPÍTULO 5

Estaba al borde del colapso nervioso. Lo intuía. O puede que sólo estuviera al borde de un estallido, de un sofoco, de una crisis de llanto. Fuera lo que fuese, no era apropiado.

Ya no podía más. Cuando no lloraba una niña, lloraba la otra. Si una no quería comer, la otra sí. Casi nunca dormían al mismo tiempo. Jeremy era una gran ayuda y hacía la mitad del trabajo, pero si hubiésemos tenido un solo bebé, yo al menos podría haber descansado un poco. Pero eran dos, por lo que era como si tuviéramos una familia monoparental cada uno.

Jeremy todavía trabajaba de agente inmobiliario cuando nacieron las niñas. Pidió dos semanas de baja para ayudarme con los bebés, pero las dos semanas se acabaron pronto y necesitaba volver a trabajar. No nos podíamos permitir una niñera, porque el adelanto recibido por mi primera novela era mínimo. Me aterrorizaba quedarme sola con las niñas nueve horas al día, cuando él se fuera a trabajar.

Sin embargo, resultó que la vuelta al trabajo de Jeremy fue lo mejor que podía pasarme.

Se iba a las siete de la mañana. Yo me levantaba con él, por lo que me veía cuidar a las niñas. Pero en cuanto se marchaba, las dejaba otra vez en sus cunas, desenchufaba el vigilabebés y me metía de nuevo en la cama. Desde que volvió al trabajo, empecé a dormir más que nunca. Vivíamos en un apartamento que hacía esquina, y la habitación de las niñas no tenía ningún otro piso al lado, por lo que nadie las oía llorar.

Yo tampoco las oía, gracias a los tapones en los oídos.

Tres días después de que Jeremy volviera a trabajar, comencé a sentir que mi vida retornaba a la normalidad. Dormía mucho durante el día, pero antes de que regresara Jeremy, les daba de comer a las niñas, las bañaba y me ponía a hacer la cena. Todas las noches, cuando él llegaba, estaban tranquilas, porque finalmente habían recibido la atención que necesitaban. La cena olía deliciosa y Jeremy se maravillaba por lo bien que me desenvolvía en mi nueva vida.

Ni siquiera me molestaba que las niñas se despertaran por la noche para comer, porque mis horarios estaban trastocados. Dormía sobre todo mientras Jeremy estaba trabajando. Y las niñas dormían bastante bien por la noche, a causa del agotamiento de pasar el día entero llorando. Probablemente les hacía bien llorar. Yo podía escribir por la noche, mientras el resto de la familia dormía, por lo que incluso estaba mejor que antes en lo referente a mi carrera como escritora.

Lo único que fallaba era la cama. El médico aún no me había dado permiso para mantener relaciones sexuales, porque sólo habían pasado cuatro semanas desde el nacimiento de las niñas. Pero yo sabía que si no mantenía viva esa parte de nuestra pareja, el mal podía extenderse rápidamente a las otras. Una vida sexual defectuosa es como un virus. Un matrimonio puede ser saludable en todos los demás aspectos, pero si el sexo no funciona, el resto de la relación empieza a infectarse.

No pensaba permitir que nos pasara eso a nosotros.

La noche anterior lo había intentado, pero Jeremy temía hacerme daño. Aunque el nacimiento había sido por cesárea, le preocupaba la incisión. Había leído en internet que ni siquiera podía estimularme con los dedos sin recibir el visto bueno del médico, y todavía faltaban dos semanas para la visita. Se negaba a tener sexo conmigo hasta que un profesional sanitario lo aprobara.

Pero yo no quería esperar tanto. No podía. Lo echaba de menos. Echaba de menos esa conexión con él.

Esa noche Jeremy se despertó a las dos de la madrugada, con mi lengua en su verga. Estoy segura de que se puso duro como una piedra antes incluso de despertarse.

Solamente sé que estaba despierto porque buscó mi cabeza con la mano y enredó los dedos en mi pelo. Fue el único movimiento que hizo. Ni siquiera levantó la cabeza de la almohada para mirarme, y por alguna razón, me gustó que no lo hiciera. Tampoco sé si abrió los ojos. Se quedó quieto y en silencio, mientras yo lo volvía loco con mi lengua.

Lo lamí, lo acaricié y lo toqué durante quince minutos, sin metérmelo nunca en la boca. Sabía que lo deseaba intensamente, porque estaba cada vez más agitado y necesitaba ese desahogo, pero yo no quería que se corriera en mi boca. Quería que consiguiera ese alivio cogiéndome a mí, por primera vez en varias semanas.

Su mano se movía con impaciencia, haciendo presión sobre mi nuca, empujándome la cabeza, como si me estuviera rogando silenciosamente que le comiera la verga. Yo me negaba y seguía luchando contra la presión de su mano, sin dejar de besársela y lamérsela, cuando lo único que él quería era hundírmela en la boca.

Cuando estuve segura de que lo había excitado tanto que su deseo superaba la preocupación que pudiera sentir por mí, me aparté. Entonces me siguió. Me tumbé de espaldas, abrí las pier-

183

nas y me penetró sin pensar ni por un segundo si era demasiado pronto. Ni siquiera lo hizo con suavidad. Fue como si mi lengua le hubiera provocado una locura pasajera, porque se movía con tanta fuerza que de hecho me hizo daño.

Duró casi una hora y media, porque en cuanto acabó la primera vez, volví a chupársela hasta que volvió a empalmarse. Lo hicimos dos veces y en ningún momento dijimos ni una palabra. E incluso cuando ya habíamos terminado y yo estaba aplastada bajo el peso de su cuerpo exhausto, tampoco hablamos. Rodó hacia la cama y me envolvió con todo su cuerpo. Las sábanas estaban empapadas de sudor y semen, pero estábamos demasiado cansados para que nos importara.

Entonces supe que todo estaba bien. Estaríamos bien. Jeremy seguía adorando mi cuerpo tanto como antes.

Las niñas nos habían robado muchas cosas, pero en ese instante tuve la certeza de que su deseo era lo único que siempre seguiría siendo mío.

12

Ese capítulo ha sido el más difícil de leer para mí. Me cuesta creer que una madre pudiera dormir tranquila mientras sus bebés lloraban a voz en cuello al final del pasillo. Verity es una persona cruel e insensible.

Al principio me pareció una sociópata, pero ahora me inclino más por considerarla una psicópata.

Guardo la carpeta con la autobiografía y uso la computadora de Verity para refrescar la memoria sobre la definición exacta de «psicópata». Leo con atención cada rasgo de su personalidad. Por lo que veo, los psicópatas son «mentirosos patológicos, astutos y manipuladores», «no sienten culpa ni arrepentimiento», «son insensibles y carecen de empatía» y «su respuesta emocional es superficial».

Verity reúne todas esas características. Lo único que me hace dudar del diagnóstico es su obsesión por Jeremy. Los psicópatas no suelen enamorarse, y cuando lo hacen, su amor es efímero. Tienden a pasar rápidamente de una persona a otra. Pero Verity no quería sustituir a Jeremy por nadie. Estaba totalmente volcada en él.

Jeremy está casado con una psicópata y no lo sabe, porque ella ha hecho todo lo posible para ocultarlo.

Oigo unos golpes suaves en la puerta y enseguida minimizo la ventana en la pantalla de la computadora. Cuando abro, encuentro a Jeremy en el pasillo. Tiene el pelo mojado y lleva puesta una camiseta blanca y unos pantalones negros de pijama.

Así como está ahora es como más me gusta: descalzo, informal, desaliñado... Es tremendamente sexy y me da mucha rabia la atracción que siento por él. ¿Me atraería tanto si no fuera por los detalles íntimos que he leído en ese texto?

—Siento molestarte, pero necesito un favor.

—Sí, claro. Dime.

Me hace un gesto para que lo siga.

—Hay un acuario viejo en algún lugar del sótano. Necesito que me sostengas la puerta para que pueda subirlo. Es para Crew.

Sonrío.

—¿Vas a dejar que se quede la tortuga?

—Sí, parecía muy entusiasmado. Ya es más mayor, así que espero que no se olvide de darle de comer. —Llega a la puerta que conduce al sótano y la abre—. Como ves, se abre hacia dentro y, si subes cargado, es imposible abrirla.

Enciende la luz y empieza a bajar la escalera. El sótano no parece una extensión de la casa, sino un lugar olvidado y solitario, como un niño abandonado. Los peldaños crujen y hay polvo en el pasamanos adosado a la pared. En circunstancias normales, ni siquiera me plantearía bajar a un sótano tan poco acogedor, sobre todo en una casa que ya de por sí me aterroriza. Pero el sótano es la única parte de la casa que aún me queda por ver y siento curiosidad. ¿Qué clase de cosas ha podido guardar Verity ahí abajo?

La escalera que conduce al sótano está oscura, porque el interruptor junto a la puerta solamente enciende una luz dentro del sótano propiamente dicho. Cuando llego al pie de la escalera, siento alivio al ver que el lugar no es tan siniestro como me temía. A la izquierda hay una mesa de escritorio que parece llevar mucho tiempo sin uso. Tiene encima varios montones de carpetas y papeles. Parece un sitio donde abandonar cosas, más que un lugar donde sentarse a trabajar.

A la derecha hay muchas cajas amontonadas a lo largo de los años. Unas están cerradas y otras no tienen tapa. De una de ellas asoma el monitor de un vigilabebés. Me estremezco al pensar en el capítulo que acabo de leer, donde Verity reconocía que lo desenchufaba durante el día para no oír llorar a las gemelas.

Jeremy está rebuscando entre las cajas.

—¿Solías trabajar aquí abajo? —le pregunto.

—Sí. Tenía una agencia inmobiliaria y casi todos los días me traía trabajo a casa, así que ésta era mi oficina. —Levanta una sábana, la aparta y saca a la luz un acuario cubierto de polvo—. ¡Aquí está!

Se pone a inspeccionar su contenido, para cerciorarse de que aún conserva todas las piezas.

Yo sigo pensando en la vida laboral que acaba de decir que ha dejado atrás.

—¿Era tuya la agencia?

Levanta el acuario y lo trae al escritorio, que está en el otro extremo de la habitación. Aparto unos cuantos papeles y carpetas para que pueda apoyarlo.

—Así es. Empecé el mismo año que Verity comenzó a escribir novelas.

—¿Te gustaba?

Jeremy asiente.

—Sí. Era mucho trabajo, pero se me daba bien. —Enchufa la luz de la cubierta del acuario, para ver si todavía funciona—. Cuando Verity escribió su primer libro, los dos pensábamos que lo suyo era más un pasatiempo que una verdadera profesión. Cuando lo publicó, seguimos sin darle demasiada importancia. Pero se corrió la voz y sus ventas se multiplicaron. Al cabo de un par de años, sus ingresos empezaron a dejar en ridículo los míos. —Se echa a reír, como si fuera un recuerdo entrañable y no un detalle que en algún momento hubiera podido fastidiarlo—. Cuando se quedó embarazada de Crew, los dos sabíamos que mi trabajo no era necesario para la familia. Seguía trabajando por costumbre y no porque mis ingresos tuvieran una repercusión real en nuestro nivel de vida. La decisión era evidente. Tenía que dejar el trabajo, porque me consumía demasiado tiempo.

Desenchufa la luz del acuario y, en cuanto lo hace, oímos detrás de nosotros un chasquido y en ese mismo instante se apaga la única bombilla que teníamos en el sótano.

Está oscuro como boca de lobo. Sé que lo tengo justo delante, pero no lo veo. Se me acelera el pulso y entonces siento en el brazo el contacto de su mano.

—Apóyate aquí —me indica, dirigiendo mi mano hacia su hombro—. Debe de ser un fusible. Camina detrás de mí y, cuando lleguemos a lo alto de la escalera, pasa delante y abre la puerta.

Siento que se le tensan los músculos cuando levanta el acuario. Mantengo la mano apoyada sobre su hombro, caminando detrás de él mientras se dirige a la escalera. Sube cada peldaño lentamente, quizá para facilitarme que lo siga. Cuando por fin se detiene, se gira para apoyar la espalda contra la pared y yo me deslizo para pasar delante y buscar a tientas la perilla. Cuando abro la puerta, un torrente de luz se derrama en la escalera.

Jeremy sale primero y, en cuanto salgo detrás de él, cierro la puerta tan precipitadamente que parece que he dado un portazo. Dejo escapar un suspiro agitado y él estalla en carcajadas.

—No te gustan los sótanos, ¿verdad?

Niego con la cabeza.

—No me gustan los sótanos oscuros.

Jeremy lleva el acuario a la cocina y lo estudia.

—Tiene demasiado polvo —dice finalmente. Vuelve a levantarlo de la mesa—. ¿Te importa si lo lavo en la regadera de tu baño? Será más fácil que aquí en el fregadero.

Respondo que no me importa en absoluto.

Se lleva el acuario al baño del dormitorio principal. Una parte de mí querría ir tras él y ayudarlo, pero me contengo. Vuelvo al estudio y hago un gran esfuerzo para concentrarme en la serie de novelas en las que supuestamente debería estar trabajando. Pero me siguen distrayendo los pensamientos sobre Verity, como cada vez que termino un capítulo de su autobiografía. Y, sin embargo, no puedo dejar de leerla. Es como si se hubiera producido un descarrilamiento y Jeremy ni siquiera hubiera notado que iba en el tren.

Me obligo a trabajar en la serie de novelas, en lugar de seguir leyendo el texto, pero cuando Jeremy termina de lavar el acuario en mi baño, he avanzado muy poco. Decido acabar por hoy y volver a mi dormitorio.

Después de lavarme la cara y los dientes, miro entre las blusas y camisetas que traje y que ahora están colgadas en el ropero, para ver si tengo algo que pueda usar como pijama. No me convence nada de lo que veo, de modo que me pongo a curiosear entre las camisas de Jeremy. La que me prestó mantuvo su olor durante todo el día, mientras la llevé puesta. Finalmente encuentro una camiseta de algodón que parece perfecta para dormir. A la altura del pecho, a la izquierda, tiene impreso un texto en letras pequeñas: FINCAS CRAWFORD.

Me pongo la camiseta y me voy a la cama. Antes de acostarme, me fijo en las marcas de dientes en la cabecera. Me acerco un poco más y las recorro con el dedo pulgar.

Observo la cabecera en toda su longitud y advierto que hay más marcas de dientes. Hay cinco o seis sitios diferentes donde Verity ha mordido la madera, algunos solamente visibles desde muy cerca.

Me subo de rodillas a la cama, de cara a la pared, y me pongo una almohada entre las piernas, imaginando que me encuentro en esta posición, a horcajadas sobre la cara de Jeremy mientras me agarro a la cabecera. Cierro los ojos y deslizo una mano por debajo de su camiseta mientras imagino que es su mano la que me recorre el vientre y acaricia mis pechos.

Mis labios se separan en un gemido, pero un ruido en el piso de arriba interrumpe el momento. Levanto la vista al techo y oigo el traqueteo de la cama de hospital de Verity, que ha empezado a moverse.

Me quito la almohada de debajo y me acuesto, sin dejar de mirar el techo, preguntándome qué habrá en la mente de Verity, si es que hay algo. ¿Será completa su oscuridad?

¿Oirá lo que le dicen los demás? ¿Sentirá el calor del sol sobre la piel? ¿Sabrá distinguir qué persona la toca en cada momento?

Pongo los brazos a los lados y me quedo inmóvil, tratando de imaginar cómo sería perder el control de mis movimientos. Me quedo quieta en la cama, aunque cada vez tengo más ganas de moverme. Me pica la nariz. Me pregunto si a Verity le molestará no ser capaz de levantar una mano para rascarse. O si podrá sentir que alguna parte del cuerpo le pica.

Cierro los ojos y solamente puedo pensar que tal vez Verity se merezca esa oscuridad, ese silencio y esa quietud. Pero, para ser una psicópata, aún tiene a mucha gente girando a su alrededor, como si fuera un sol inmóvil.

13

El olor es diferente cuando abro los ojos. También los ruidos.

No estoy desorientada respecto al sitio donde me encuentro. Sé que estoy en la casa de Jeremy. Pero... ésta no es mi habitación.

Estoy mirando a la pared. Las paredes del dormitorio principal son de un tono gris claro. Ésta es amarilla. «Amarilla, como las paredes de los dormitorios del piso de arriba.»

La cama donde estoy acostada empieza a moverse, pero no porque alguien la mueva. Es diferente; es algo... mecánico.

Aprieto con fuerza los párpados. ¡Por favor, Dios mío, no! «No, no, no, por favor, no puedo estar en la cama de Verity.»

Estoy temblando de pies a cabeza. Abro los ojos poco a poco y giro el rostro tan lentamente como puedo. Cuando veo la puerta, después la cómoda y finalmente el televisor colgado de la pared, ruedo de la cama y caigo al suelo. Llego a cuatro patas hasta la pared y me levanto con la espalda apoyada en la fría superficie. Cierro los ojos. El pánico es tan grande que no me puedo controlar.

Los temblores me sacuden todo el cuerpo y estoy tan agitada que oigo mi propia respiración. Cuando veo a Verity en la cama, dejo escapar un grito.

Me tapo la boca con la mano.

«Está oscuro fuera. Todos duermen. Tengo que guardar silencio.»

Hace mucho tiempo que no me pasaba. Años, probablemente. Pero ha vuelto a ocurrirme y estoy aterrorizada. No sé cómo he podido acabar aquí. ¿Será porque estaba pensando en ella?

«El sonambulismo no sigue ninguna pauta, Lowen. No debes buscarle ningún sentido. No guarda relación con tus intenciones.»

Oigo las palabras de mi terapeuta, pero no puedo asimilarlas. «Necesito salir de aquí. ¡Muévete, Lowen!»

Me deslizo con la espalda pegada a la pared, manteniéndome tan lejos como puedo de la cama, en dirección a la puerta del dormitorio. Llego allí con los ojos llenos de lágrimas y finalmente me volteo, giro la perilla y huyo de la habitación.

En ese momento, Jeremy viene a mi encuentro y detiene mi huida rodeándome con sus brazos.

—Eh, ¿qué pasa? —me dice, girándome hacia él para que lo mire.

Ve las lágrimas en mis mejillas y el terror en mis ojos. Me suelta y, en cuanto lo hace, echo a correr. Huyo corriendo por el pasillo y la escalera, y no me detengo hasta llegar a mi habitación. Doy un portazo y me meto en la cama.

«¡Mierda! ¡Mierda!»

Me acurruco encima de las mantas, mirando a la puerta. La muñeca me duele cada vez más. La rodeo con la otra mano y la recojo sobre el pecho.

De repente, la puerta del dormitorio se abre y se cierra detrás de Jeremy. No lleva camiseta. Solamente unos pantalones rojos de pijama. Es lo único que veo cuando viene hacia mí: unos cuadros rojos borrosos. Enseguida lo tengo a mi lado de rodillas, con una mano apoyada sobre mi brazo y sus ojos inquisitivos en los míos.

—Lowen, ¿qué ha pasado?

—Perdóname —susurro, enjugándome los ojos—. Perdóname.

—¿Por qué?

Sacudo la cabeza y me siento en la cama. Tengo que explicárselo. Acaba de sorprenderme en el dormitorio de su mujer en plena noche y es probable que ahora mismo se agolpen las preguntas en su mente. Preguntas para las que en realidad no tengo respuesta.

Se sienta en el borde de la cama, con una pierna recogida, para poder voltearse hacia mí. Me apoya las dos manos sobre los hombros y me mira con expresión grave.

—¿Qué ha pasado, Low?

—No lo sé —respondo sin dejar de mecerme adelante y atrás—. A veces camino dormida. Hace mucho tiempo que no me pasaba, pero he tomado dos ansiolíticos esta noche y creo que tal vez... No sé...

Me siento al borde del colapso nervioso. Jeremy debe de percibirlo, porque me atrae hacia sí e intenta calmarme con un abrazo. No me pregunta nada más durante un par de minutos. Me acaricia suavemente la cabeza y, aunque me reconforta saber que cuento con su apoyo, me siento culpable. Indigna de sus atenciones.

Cuando se aparta, la pregunta prácticamente le brota de los labios.

—¿Qué estabas haciendo en el cuarto de Verity?

—No lo sé. Me desperté allí. Tuve miedo, grité y...

Me toma las dos manos y las aprieta para tranquilizarme.

—Tranquila. Todo está bien.

Me gustaría darle la razón, pero no puedo. «¿Cómo voy a dormir en esta casa, después de lo que ha pasado?»

Ni siquiera recuerdo cuántas veces me he despertado en sitios extraños. Antes me pasaba con tanta frecuencia que durante un tiempo tuve tres pasadores para cerrar por dentro la puerta del dormitorio. Despertarme en un lugar que me resulta extraño no es una novedad para mí. Pero ¿por qué, entre todas las habitaciones de la casa, he tenido que elegir la de Verity?

—¿Por eso querías un cerrojo en tu puerta? —inquiere—. ¿Para que te impidiera salir?

Asiento con la cabeza, pero por alguna causa que no comprendo, a él le hace gracia mi respuesta.

—¡Dios mío! —dice riendo—. ¡Pensaba que querías cerrar la puerta porque tenías miedo de mí!

Me alegro de que encuentre motivos para reír en este momento, porque yo no veo ninguno.

—¡Eh! —me llama en voz baja, levantándome la barbilla para que lo mire—. No pasa nada. No tienes que preocuparte. El sonambulismo es inofensivo.

Niego con la cabeza, expresando mi profundo desacuerdo.

—No, no, Jeremy. No es verdad. —Todavía me estoy agarrando la muñeca con la otra mano—. Yo he salido a la calle estando sonámbula. He encendido el horno y los fuegos de la cocina. Incluso... —Me cuesta respirar—. Incluso me he fracturado la muñeca y ni siquiera lo he notado hasta la mañana siguiente, al despertar.

Una marea de adrenalina me corre por las venas cuando pienso que ahora puedo añadir lo que acaba de ocurrir a la lista de cosas perturbadoras que he hecho en sueños. Aunque estaba dormida, fui capaz de subir la escalera y acostarme en esa cama. Si he podido hacer algo tan inquietante, ¿qué más soy capaz de hacer?

¿Abrí el cerrojo de la puerta durante el episodio de sonambulismo o se me olvidó echarlo antes de acostarme? Ni siquiera lo recuerdo.

Me levanto de la cama y me dirijo al ropero. Agarro mi malcta y la poca ropa que traje.

—Tengo que irme.

Jeremy no dice nada, de modo que sigo haciendo la maleta. Estoy en el baño, reuniendo mis cosas para guardarlas, cuando aparece en la puerta.

—¿Te vas?

Asiento.

—Me desperté en su habitación, Jeremy, incluso después de que me instalaras un cerrojo en la puerta. ¿Y si vuelve a pasar? ¿Y si asusto a Crew? —Abro la puerta de la regadera para tomar la maquinilla de afeitar que utilizo para depilarme—. Tendría que haberte dicho todo esto antes de quedarme aquí la primera noche.

Jeremy me quita la maquinilla de las manos y vuelve a colocar mi neceser en la encimera del lavabo. Después, me atrae hacia sí y me apoya una mano en la cabeza mientras me estrecha contra su pecho.

—Eres sonámbula, Low. —Me da un beso tranquilizador en la coronilla—. Eres sonámbula. Y nada más. No es nada grave.

«¿Nada grave?»

Me río un poco, contra mi voluntad.

—Ojalá mi madre hubiera pensado lo mismo.

Cuando Jeremy se aparta de mí, noto preocupación en sus ojos. Pero ¿está preocupado por mí o por mi culpa? Me conduce de vuelta al dormitorio y me indica que me siente en la cama mientras empieza a colgar otra vez en el ropero las blusas que yo había guardado en la maleta.

—¿Quieres hablar de eso? —pregunta.

—¿De qué parte, exactamente?

—¿Por qué pensaba tu madre que era tan grave?

No, no quiero hablar. Debe de notarlo en mi expresión, porque se interrumpe cuando iba a colgar otra blusa. La deja de nuevo en la maleta y se sienta en la cama.

—No quiero parecer excesivamente severo —comenta mirándome con expresión firme—, pero tengo un hijo. Verte tan preocupada por lo que podrías ser capaz de hacer empieza a preocuparme a mí también. ¿Por qué tienes tanto miedo de ti misma?

Una pequeña parte de mí desearía defenderse, pero no hay nada que defender. No puedo decirle que soy inofensiva porque no estoy segura de serlo. No puedo prometerle que no volveré a sufrir otro episodio de sonambulismo porque he tenido uno hace veinte minutos. Quizá lo único que podría decirle es que no soy ni remotamente tan espeluznante como su mujer, pero ni yo misma estoy segura de creerlo.

Todavía no doy miedo, pero no tengo suficiente confianza para asegurar que siempre será así.

Bajo la vista a la cama y trago saliva, preparándome para contárselo todo. Empieza a dolerme otra vez la muñeca. Me la miro y recorro con los dedos la cicatriz que me atraviesa la palma de la mano.

—No sentí lo que me pasó en la muñeca, cuando me la fracturé —le explico—. Me desperté una mañana, cuando tenía diez años, y sentí un dolor intenso que irradiaba desde la muñeca hasta el hombro. Entonces fue como si me estallara un relámpago en la cabeza. Grité, porque el dolor era insoportable. Mi madre vino corriendo a mi cuarto. Recuerdo que yo estaba en la cama, con el dolor más horrible que había sentido nunca, y de repente me di cuenta de que el cerrojo estaba descorrido. Y, sin embargo, yo me acordaba de haberlo echado la noche anterior.

Levanto la vista y vuelvo a mirar a Jeremy.

—No recordaba nada de lo sucedido, pero había sangre en las sábanas, en la almohada, en el colchón... Yo misma estaba ensangrentada. Y tenía los pies embarrados, como si hubiera salido de casa por la noche. Pero ni siquiera recordaba haber salido de mi cuarto. En casa teníamos cámaras de seguridad en la fachada y en varias habitaciones. Antes de ver las grabaciones, mi madre me llevó al hospital para que me suturaran el corte de la mano y me hicieran una radiografía de la muñeca. Cuando volvimos a casa por la tarde, nos sentamos en el salón para ver los vídeos.

Me giro hacia la mesilla de noche y tomo mi vaso de agua, porque tengo la boca seca. Antes de que prosiga mi relato, Jeremy me apoya una mano en la rodilla y empieza a mover el pulgar adelante y atrás, como para tranquilizarme. Yo fijo la vista en su mano mientras termino de contarle lo ocurrido.

—A las tres de la madrugada, aparecía yo en la grabación, saliendo por la puerta principal. En el vídeo se veía que me subía a la fina barandilla del porche y me quedaba ahí parada. No hacía nada más. Simplemente, me quedaba ahí..., de pie sobre la barandilla. ¡Durante una hora, Jeremy! Vimos la grabación durante toda una hora, esperando y preguntándonos si no se habría estropeado la cámara, porque no era normal que alguien permaneciera tanto tiempo en equilibrio. Era antinatural, pero yo seguía inmóvil. No decía nada. Y de improviso... salté. Debí de romperme la muñeca al caer, pero en la grabación no se me notaba ninguna reacción. Me apoyé en el suelo con las dos manos para levantarme, me puse de pie y subí los peldaños del porche. Se veía que la muñeca ya me estaba sangrando y que caían gotas de sangre al suelo del porche, pero mi expresión era impasible, como si estuviera muerta. Subí directamente a mi habitación y me quedé dormida.

Lo miro a los ojos.

—No recuerdo haber vivido nada de eso. ¿Cómo pude causarme tanto daño sin siquiera notarlo? ¿Cómo pude permanecer de pie sobre una barandilla durante una hora sin perder el equilibrio? La grabación de las cámaras me asustó mucho más que las heridas.

Vuelve a abrazarme y yo me siento tan agradecida que lo estrecho con fuerza.

—Después de eso, mi madre me envió dos semanas a una clínica psiquiátrica, para que me evaluaran —le sigo contando con la boca contra su pecho—. Cuando volví a casa, se había trasladado a otra habitación, al final del pasillo, y había puesto tres cerrojos por dentro de la puerta. ¡Mi madre me tenía miedo!

Jeremy hunde la cara en mi pelo y deja escapar un suspiro.

—Siento mucho que hayas pasado por todo eso.

Cierro los ojos y aprieto los párpados.

—Y siento mucho que tu madre no supiera manejar la situación de otra forma —agrega Jeremy—. Debió de ser muy duro para ti.

Todo en su manera de hablar y de comportarse es exactamente lo que necesito esta noche. Su voz es serena y considerada, sus brazos protectores, y su presencia me resulta muy reconfortante. No quiero que deje de abrazarme. No quiero pensar en la perspectiva de despertarme otra vez en la cama de Verity. No quiero reflexionar sobre lo poco que confío en mi propia mente cuando estoy dormida, e incluso cuando estoy despierta.

—Podemos seguir hablando mañana —dice apartándose de mí—. Prepararé un plan para que te sientas más cómoda. De momento, intenta dormir, ¿de acuerdo?

Me aprieta las manos para darme ánimos y se gira para dirigirse a la puerta. Siento pánico al ver que se va. No quiero que me deje sola en esta habitación. Me aterroriza volver a dormirme.

—¿Cómo hago para pasar el resto de la noche? ¿Será suficiente el cerrojo de la puerta?

Jeremy mira el despertador. Son las cinco menos diez. Se queda pensando un momento y al final regresa a mi lado.

—Acuéstate —me indica apartando las sábanas.

Me meto en la cama y él se acuesta conmigo, a mi espalda. Me rodea con un brazo y me acomoda la cabeza debajo de su barbilla.

—Son casi las cinco. Ya no volveré a dormirme. Pero me quedaré contigo hasta que te duermas.

No me acaricia la espalda ni intenta calmarme de ninguna otra forma. El brazo con el que me rodea está rígido, como para no dejarme malinterpretar de ningún modo nuestra posición en la cama. Pero en la incomodidad que está padeciendo en este momento, aprecio que está haciendo un esfuerzo para que yo esté cómoda.

Intento cerrar los ojos y dormir, pero no hago más que ver a Verity. La veo todo el tiempo y oigo el ruido de su cama en el piso de arriba, moviéndose.

Son más de las seis cuando Jeremy supone que me he dormido. Su brazo se mueve y sus dedos se detienen un instante en mi pelo. Es un gesto breve, tan breve como el beso que me deposita en la sien, pero su efecto aún perdura cuando ya se ha marchado de la habitación y ha cerrado la puerta.

14

No volví a conciliar el sueño. Por eso ahora me estoy sirviendo mi segundo café, aunque apenas pasan de las ocho de la mañana.

Estoy de pie junto al fregadero, mirando por la ventana. Empezó a llover en torno a las cinco, cuando estaba con Jeremy en la cama, fingiendo que dormía.

Veo que el coche de April viene subiendo por el sendero fangoso. «Me pregunto si él le contará lo ocurrido.»

No lo he visto esta mañana. Supongo que estará en el piso de arriba, donde suele quedarse hasta que llega la enfermera. No quiero estar en la cocina cuando entre April, así que me dispongo a regresar al estudio. Inesperadamente, me choco con Jeremy, pero él suaviza el golpe retrocediendo un paso y tomándome por los hombros. Sus reflejos han evitado que se me vuelque el café.

Parece cansado, pero no puedo juzgarlo, porque sé que la culpa es mía.

—Buenos días —me saluda en un tono que me hace sospechar que para él estos días lo son todo menos buenos.

—Buenos días —contesto.

Lo digo susurrando, aunque no sé muy bien por qué.

Se me acerca casi hasta tocarme y se inclina sobre mí como para impedir que nadie oiga lo que está a punto de decir.

—¿Qué te parece si pongo un cerrojo en la puerta de tu dormitorio?

No entiendo lo que intenta decirme.

—Ya lo has hecho.

—Por fuera de la puerta —aclara.

«Ah.»

—Puedo cerrarlo cuando te vayas a dormir y abrirlo antes de que te despiertes. Si en algún momento necesitas salir, puedes enviarme un mensaje o llamarme por teléfono y yo vendré en un segundo a abrirte la puerta. Creo que dormirías mejor si supieras que no puedes salir de la habitación.

Me cuesta asimilarlo. No sé por qué su propuesta me parece mucho más drástica que bloquear la puerta por dentro, si al fin y al cabo el propósito es el mismo: evitar que yo salga del dormitorio. Aunque la idea no acaba de gustarme del todo, la perspectiva de salir de la habitación en cualquier momento de la noche me gusta mucho menos.

—Me parece bien. Gracias.

April entra en la casa y se detiene en la cocina. Jeremy todavía me está mirando y no le presta atención.

—Creo que hoy deberías tomarte el día libre y descansar.

Desvío la vista de la enfermera y vuelvo a mirar a Jeremy.

—Prefiero mantenerme ocupada.

Se me queda mirando un momento en silencio y finalmente asiente con expresión comprensiva.

—Buenos días —dice April después de dejar los zapatos embarrados en el vestíbulo.

—Buenos días, April —responde Jeremy de manera completamente inocente, como alguien que no tiene nada que ocultar, y pasa a su lado en su camino hacia la puerta trasera.

Ella no se mueve. Me mira fijamente por encima de las gafas caídas sobre la punta de la nariz.

—Buenos días, April.

Yo no parezco tan inocente como Jeremy. Vuelvo al estudio de Verity y empiezo la jornada de trabajo, aunque todavía no he podido superar lo sucedido anoche.

Paso la mañana entera poniendo al día el correo electrónico. Corey me ha reenviado varias solicitudes de entrevistas por correspondencia, algo que nunca hasta ahora me había pasado. Muchas de las preguntas se repiten. Todos quieren saber por qué me ha contratado Verity, qué pienso aportar a la seric de novelas y en qué medida me ha preparado mi experiencia pasada para colaborar con ella. Copio y pego muchas de las respuestas.

Después de comer, me concentro en desarrollar un esquema argumental para el séptimo libro. Ya he renunciado a encontrar uno entre los papeles de Verity, de modo que me dispongo a construir la novela desde cero. No es fácil, porque estoy agotada después de la noche que he pasado y tengo los nervios alterados. Pero intento no pensarlo.

Por la tarde, llega al estudio un agradable olor a tacos que me hace sonreír. Sé que Jeremy los está preparando porque se lo pedí yo. Estoy segura de que me guardará un plato, como hace siempre. No estoy en condiciones de sentarme a cenar con April y Verity. No me sentiría cómoda.

Paso los minutos siguientes pensando en Verity y preguntándome por qué me aterroriza tanto. Miro el cajón
donde está su autobiografía. «Un capítulo más. Sólo eso.»

CAPÍTULO 6

Habían pasado seis meses desde su nacimiento y yo todavía habría preferido que no existieran.

No obstante, ahí estaban, y Jeremy las quería con locura. Yo lo intentaba, pero a veces me preguntaba si realmente valdría la pena. Había días en que habría hecho las maletas y me habría largado para no volver nunca. Jeremy era lo único que me retenía. Sabía que una vida sin él no era una vida que me interesara. Tenía dos opciones: vivir con él y las dos niñas a las que Jeremy quería mucho más que a mí, o vivir sin él.

Debía aceptarlos a los tres o rechazarlos en bloque. Ojalá hubiera tomado precauciones para no tenerlas. Ojalá no hubiera pensado que era capaz de hacerlo y que todo iba a salir bien. Nada había salido bien. Al menos, para mí. Era como si mi familia estuviera dentro de una de esas bolas llenas de nieve falsa. Dentro, todo era acogedor y perfecto. Pero yo no formaba parte de ese mundo. Lo miraba desde fuera.

Aquella noche estaba nevando, pero en nuestro apartamento la temperatura era agradable. Sin embargo, me desperté con escalofríos. O quizá fueran temblores. No podía parar de temblar. Había tenido una pesadilla tan vívida que me siguió afectando tiempo después de despertarme, como una especie de cruel resaca.

Soñé con nuestro futuro, el de las niñas, Jeremy y yo. Las gemelas parecían tener ocho o nueve años. En realidad no estaba segura, porque no sabía mucho sobre niños, ni sobre su aspecto en cada fase de la infancia. Pero recuerdo haberme despertado con la sensación de que tenían ocho o nueve años.

En el sueño, iba caminando por el pasillo y me paraba a echar un vistazo en el dormitorio de las niñas. Lo que vi me desconcertó. Harper estaba encima de Chastin y le estaba aplastando la cara con una almohada. Corrí hacia ellas, pensando con horror que quizá fuera demasiado tarde, y separé bruscamente a Harper de su hermana. Retiré la almohada y, cuando vi a Chastin, me llevé la mano a la boca para no gritar.

No había nada. La cara de Chastin era una superficie uniforme, como una cabeza calva vista por detrás. Le había desaparecido la cicatriz, pero también los ojos y la boca. No había nada que sofocar.

Miré a Harper, que me devolvió la mirada con expresión siniestra.

—¿Qué le has hecho? —le pregunté.

Y entonces me desperté.

Mi reacción no se debió tanto al sueño en sí como a la sensación de que era una premonición. Y al efecto que tuvo en mí.

Me senté en la cama, me abracé las rodillas y empecé a mecerme adelante y atrás sin comprender lo que estaba sintiendo. ¿Dolor? Sí, era dolor. Y... una pena inmensa.

Era una pena desgarradora lo que había sentido en mi sueño. Cuando pensé que Chastin estaba muerta, habría querido caer de rodillas y ponerme a llorar. Era lo mismo que sentía cuando pensaba en la posibilidad de que Jeremy muriera. Me quedaba paralizada.

Me eché a llorar, abrumada por los sentimientos. ¿Habría conectado por fin con ellas? ¿Por lo menos con Chastin? ¿Se sentirían así todas las madres? ¿Con un amor tan profundo que la sola idea de perder a la criatura podía causarles un dolor físico?

Era la emoción más intensa que había experimentado desde la concepción de las niñas. Era abrumadora, aunque sólo la sintiera por una de ellas.

Jeremy se giró en la cama. Abrió los ojos y me vio sentada, abrazándome las rodillas.

—¿No te sientes bien?

No quería que me interrogara, porque casi siempre conseguía sonsacarme lo que estaba pensando. La mayoría de las veces, al menos. No quería hablarle del sueño. ¿Cómo iba a reconocer que finalmente había surgido en mí el amor por una de nuestras hijas sin admitir al mismo tiempo que hasta el momento no había sentido nada por ninguna de las dos?

Tenía que hacer algo. Distraerlo para que no me hiciera demasiadas preguntas. Sabía por experiencia que no sería capaz de seguir preguntando con la verga metida en mi boca.

Me arrastré hacia él y, cuando estuve encima, con la boca lista para actuar, ya tenía una buena erección. Le comí todo lo que pude.

Me encantaba oírlo gemir. Era un amante silencioso, pero cuando lo sorprendía con la guardia baja, ya no lo era tanto. En ese momento, estaba fuera de sí. Antes de que se corriera, me pregunté cuántas mujeres habrían conseguido que gimiera de esa forma. ¿Cuántos labios habrían conocido la tibieza de ese pene?

Dejé que se deslizara fuera de mi boca.

—¿Cuántas mujeres más te han comido la verga?

Arqueó las cejas y bajó la vista para mirarme desconcertado.

—¿De verdad lo quieres saber?

—Siento curiosidad.

Se echó a reír, dejando caer otra vez la cabeza sobre la almohada.

—No lo sé. Nunca me he parado a contarlas.

—¿Tantas han sido? —le dije riendo. Me subí a horcajadas sobre él. Me encantaba cuando se movía debajo de mí y me agarraba los muslos—. Si la respuesta no es inmediata, significa que han sido más de cinco.

—Más de cinco, sí, seguro —contestó.

—¿Y más de diez?

—Tal vez... Es posible... Sí, sin duda.

Es extraño que sus antiguas amantes no me pusieran celosa y, en cambio, me muriera de celos por dos bebés. Quizá fuera porque las gemelas estaban en su vida en ese momento, mientras que todas esas zorras del pasado eran historia antigua.

—¿Más de veinte?

Levantó las manos hasta mis pechos y me los rodeó y apretó. Se le estaba poniendo la cara que solía poner cuando estaba a punto de cogerme salvajemente.

—Es una buena aproximación —susurró atrayéndome hacia sí. Acercó sus labios a los míos y deslizó una mano hacia abajo, entre nuestros cuerpos—. ¿Cuántos hombres te han lamido esto de aquí?

—Dos. No soy un putón como tú.

Se echó a reír con la boca contra mis labios y me tumbó en la cama.

—Pero tú estás loca por este putón.

—Un putón retirado —aclaré.

No había interpretado bien la expresión de su cara esa noche. No me cogió salvajemente. Me hizo el amor. Besó cada centímetro de mi cuerpo. Me obligó a quedarme inmóvil mientras me acariciaba y me atormentaba, cuando lo único que yo quería era chuparle la verga. Cada vez que intentaba moverme y tomar la iniciativa, me lo impedía.

No sé por qué me gusta tanto darle placer, pero me complace mucho más que recibirlo de él. Quizá tenga algo que ver con los lenguajes del amor o alguna otra tontería similar. Mi lenguaje amoroso son los actos de servicio. El de Jeremy es dejar que le chupen la verga. Somos la pareja perfecta.

Estaba a punto de correrse cuando una de las gemelas empezó a llorar. Jeremy soltó un gruñido, yo puse los ojos en blanco y los dos tendimos una mano hacia el monitor del vigilabebés: él, para mirarlo, y yo, para apagarlo.

Sentí que Jeremy estaba perdiendo la erección dentro de mí, de modo que tiré del cable del monitor para desenchufarlo. Todavía se oía el llanto al final del pasillo, pero yo confiaba en taparlo con mis gemidos si seguíamos donde lo habíamos dejado.

—Voy a ver —dijo Jeremy, tratando de apartarse de mí.

Pero lo hice tumbarse en la cama y me puse encima suyo.

—Ya iré yo cuando tú hayas terminado. Déjala llorar unos minutos. Le hará bien.

Al principio no pareció gustarle la idea, pero cuando volví a meterme su verga en la boca, acabó por aceptarla.

Yo había mejorado mucho en la técnica de tragar, en comparación con la primera vez. Cuando sentí que estaba próximo al orgasmo, fingí que me ahogaba. No sé por qué, pero eso siempre lo hacía correrse de manera casi automática, como si lo excitara que yo me estuviera ahogando con su pene enorme. «¡Hombres!» Gruñó, fingí otra vez que me sofocaba, y acabó enseguida. Tragué, me limpié la boca y me levanté.

—Duérmete. Ya me ocupo yo.

En esta ocasión era verdad que quería ocuparme. Era la primera vez que sentía algo diferente de la irritación ante la idea de tener que levantarme para ir a darles de comer a las niñas. Pero quería que fuera Chastin. Ansiaba abrazarla, mimarla y demostrarle mi amor. Estaba emocionada cuando llegué a la puerta de su dormitorio.

Pero mi entusiasmo se tornó en disgusto cuando vi que era Harper la que estaba llorando.

«¡Qué decepción!»

Sus cunas estaban dispuestas con las cabeceras unidas, y me sorprendió que Chastin pudiera seguir durmiendo pese a lo mucho que lloraba Harper. Sin prestar atención a la llorona, fui directamente a mirar a mi otra hija.

Sentía tanto amor por ella en ese momento que hasta me dolía. También me hacía daño lo mucho que deseaba que Harper se callara.

Levanté a Chastin de la cuna y la llevé a la mecedora. Cuando me senté con ella, la sentí agitarse en mis brazos. Pensé en el sueño que había tenido y en el terror experimentado al ver que Harper intentaba hacerle daño. Me habría puesto a llorar allí mismo, solamente ante la idea de perderla algún día, de que algún día el sueño pudiera convertirse en realidad.

Quizá fue intuición materna. Tal vez muy dentro de mí sabía que algo terrible iba a sucederle a Chastin y por eso había experimentado de repente ese amor inmenso por ella. ¿Sería la manera que tenía el universo de apremiarme para que amara a esa niñita tanto y tan intensamente como pudiera, porque no iba a tenerla conmigo tanto tiempo como a Harper?

Quizá fuera por eso por lo que aún no sentía nada por Harper. Porque Chastin era la única cuya vida iba a quedar truncada. Iba a morir y solamente quedaría Harper.

Comprendí que había sepultado el amor por Harper en algún lugar dentro de mí. Que lo estaba guardando para más adelante, cuando Chastin ya no estuviera conmigo.

Apreté con fuerza los párpados, porque los gritos de Harper me estaban causando dolor de cabeza.

«¡A ver si te callas de una puta vez! ¿No puedes dejar de llorar? ¡Estoy tratando de establecer un vínculo con mi bebé!»

Intenté no prestarle atención durante unos minutos más, pero tenía miedo de que Jeremy empezara a preocuparse. Al final volví acostar a Chastin, sorprendida de que siguiera durmiendo. «Ella sí que es una niña buena.» Me acerqué a la cuna de Harper y la miré, llena de rabia. Sentía como si ella fuera la culpable de mi sueño.

Quizá no lo había interpretado bien. Tal vez no fuera una premonición, sino una advertencia. Si yo no hacía algo con Harper antes de que fuera tarde, Chastin moriría.

De pronto, sentí un impulso apremiante de rectificar el futuro. Nunca en mi vida había tenido un sueño tan vívido. Sentía que si no hacía algo en ese mismo instante, el sueño se haría realidad en cualquier momento. Por primera vez, no podía soportar la idea de perder a Chastin. Me hacía sufrir tanto como la de perder a Jeremy.

No sabía cómo poner fin a una vida, y menos a la de un bebé. La única vez que lo había intentado, el resultado había sido una simple cicatriz. Pero había oído hablar del síndrome de muerte súbita. Jeremy me había dado un artículo para leer. Sabía que se produce con cierta frecuencia, pero no tenía suficiente información para saber si es posible diferenciarlo de la muerte por asfixia.

Por otro lado, había oído que una persona se puede ahogar con su propio vómito mientras duerme. Probablemente sería más difícil atribuir ese tipo de muerte a un acto intencionado.

Toqué con un dedo los labios de Harper. La niña empezó a mover la cabeza a los lados, pensando que sería el biberón. Se agarró a mi dedo y empezó a succionarlo, pero al notar que no salía nada, lo soltó y se puso a llorar de nuevo y a patalear. Le metí el dedo más profundamente en la boca.

Como seguía llorando, le metí el dedo todavía más profundamente en la garganta. Pareció que se sofocaba, pero de alguna manera consiguió seguir llorando. «Puede que un dedo no sea suficiente.»

Le metí dos dedos en la boca y la garganta, hasta apoyarle los nudillos contra las encías y lograr que dejara de llorar. La estuve observando un momento y al poco tiempo se le empezaron a poner rígidos los brazos, entre cada sacudida violenta del cuerpecito. Las piernas se le quedaron trabadas.

«Esto le habría hecho ella a su hermana si yo no lo estuviera haciendo antes. Le estoy salvando la vida a Chastin.»

—¿Está bien? —preguntó de improviso la voz de Jeremy.

«Mierda, mierda, mierda, mierda.»

Le saqué los dedos de la boca a Harper, la levanté de la cuna y me la apoyé en el pecho, para que Jeremy no viera que estaba boqueando para tomar aire.

—No lo sé —contesté volteándome hacia él—. No consigo calmarla. Lo he intentado todo.

Mientras hablaba, le acariciaba la cabeza a Harper, para demostrarle a Jeremy cuánto me preocupaba.

Entonces me vomitó encima. En cuanto vomitó, se puso a gritar. A aullar. Su voz era áspera y parecía que se ahogaba entre grito y grito. Era un llanto que ninguno de los dos habíamos oído hasta ese momento. Jeremy la tomó rápidamente, apartándola de mí para tratar de calmarla.

Ni siquiera le importó que me hubiera vomitado encima. Ni

siquiera me miró. Estaba enfermo de preocupación, mientras la inspeccionaba con la frente surcada de arrugas y el entrecejo fruncido. Pero de toda esa preocupación, ni una pequeña fracción era para mí. Sólo le importaba Harper.

Me fui directamente al baño, conteniendo la respiración para no oler el vómito. Era lo que más detestaba de la maternidad: los putos vómitos.

Mientras estaba en el baño, Jeremy le preparó a Harper un biberón y, cuando salí de la regadera, ya se había quedado dormida. Jeremy estaba sentado en nuestra cama, conectando otra vez el monitor.

Cuando ya me dirigía a acostarme, me quedé paralizada. En la pantalla del monitor se veía claramente la imagen de Harper y Chastin en sus cunas.

«¿Cómo he podido olvidar la jodida cámara?»

Si Jeremy hubiera visto lo que le estaba haciendo a Harper, habría roto conmigo para siempre.

«¿Cómo he podido ser tan descuidada?»

Dormí muy poco aquella noche, preguntándome qué habría hecho Jeremy si me hubiera sorprendido tratando de salvar a Chastin de su hermana.

15

«¡Dios mío!»

Me doblo sobre mí misma, sintiendo que todo lo que he leído me ha hecho daño físicamente.

—Por favor... Por favor... —digo en voz alta, sin saber por qué ni a quién se lo estoy diciendo.

Necesito salir de esta casa. Siento que no puedo respirar. Debería salir al aire libre y tratar de quitarme de la cabeza lo que acabo de leer.

Cada vez que leo su texto autobiográfico me pongo tan tensa que al final me duele el estómago. He mirado por encima varios capítulos después del quinto, pero ninguno era tan horripilante como el que detallaba su intento de asfixiar a su hija de seis meses.

En los capítulos siguientes, Verity se centra sobre todo en Jeremy y en Chastin, prácticamente sin mencionar a Harper, lo que resulta cada vez más perturbador a medida que avanza la lectura. Habla del día que Chastin cumplió un año y de cuando la niña pasó por primera vez la noche en casa de la madre de Jeremy, a los dos años. Todo lo que en su manuscrito había sido al principio «las gemelas» pasa a ser únicamente «Chastin». Si no lo supiera, pensaría que a Harper le ocurrió algo mucho antes de cuando realmente sucedió.

Sólo cuando las niñas tuvieron tres años, Verity volvió a escribir sobre las dos. Pero en cuanto empiezo el capítulo, oigo que llaman a la puerta del estudio.

Abro rápidamente el cajón del escritorio y guardo el manuscrito.

—Adelante.

Cuando Jeremy aparece en la puerta, tengo una mano apoyada en el ratón y la otra sobre la falda.

—He hecho tacos.

Le sonrío.

—¿Ya es hora de cenar? —pregunto.

—Son más de las diez. Nosotros cenamos hace tres o cuatro horas.

Miro el reloj de la computadora. ¿Cómo he podido perder así la noción del tiempo? «Supongo que es lo que pasa cuando lees la historia de una psicópata que maltrata a sus hijos.»

—Creía que eran las ocho.

—Llevas doce horas encerrada aquí dentro —me informa—. Esta noche tendremos lluvia de meteoros. Haz una pausa y ven a verla, y también a comer algo. Además, te he preparado un margarita.

Un margarita y tacos. «Suficiente para ser feliz.»

Ceno en el porche trasero, sentados los dos en sendas mecedoras, mirando la lluvia de estrellas fugaces. Al principio no se veían muchas, pero ahora vemos una por minuto, por lo menos.

Decido ir a verlas tumbada en la hierba, mirando al cielo. Al cabo de un momento, Jeremy viene y se acuesta a mi lado.

—Se me había olvidado cómo era el cielo por la noche —digo en voz baja—. Llevo demasiado tiempo viviendo en Manhattan.

—Por eso me fui de Nueva York —comenta él.

Señala una estrella fugaz que ha aparecido a la izquierda y la seguimos por el cielo hasta que desaparece.

—¿Cuándo compraron esta casa Verity y tú?

—Cuando las niñas tenían tres años. Ya se habían publicado los dos primeros libros de Verity y se estaban vendiendo muy bien, de modo que decidimos arriesgarnos.

—¿Por qué Vermont? ¿Tienen familia aquí alguno de los dos?

—No. Mi padre murió cuando yo era adolescente y mi madre, hace tres años. Pero yo crecí en el estado de Nueva York, en una granja de alpacas, por extraño que parezca.

Volteo hacia él riendo.

—¿De verdad? ¿Alpacas?

Asiente con una sonrisa.

—¿Cómo se hace para ganar dinero criando alpacas?

Jeremy suelta una carcajada.

—De hecho, no se gana ni un céntimo. Por eso estudié Administración de Empresas y decidí dedicarme al sector inmobiliario. No me interesaba heredar una granja llena de deudas.

—¿Tienes previsto volver pronto al trabajo?

Se queda pensando un segundo.

—Me gustaría. He estado esperando el momento justo, para que el cambio no sea demasiado brusco para Crew, pero no parece que llegue nunca.

Si fuéramos amigos, en este instante haría algo para consolarlo, tal vez tomarlo de la mano. Pero algo en mi interior desea con demasiada intensidad ser algo más que su amiga y eso nos impide tener una simple amistad. Si dos personas se sienten atraídas, sólo pueden tener una relación o no tenerla. No hay puntos intermedios.

Y como está casado... dejo la mano quieta, apoyada sobre mi pecho, y me abstengo de tocarlo.

—¿Y los padres de Verity? —pregunto, para que la conversación siga fluyendo.

No quiero que note mi respiración agitada.

Levanta la mano y hace un ademán vago.

—Prácticamente no los conozco. Ni siquiera antes de que dejaran de hablarle a Verity los veíamos con frecuencia.

—¿Dejaron de hablarle? ¿Por qué?

—Es difícil justificarlos —responde—. Son gente rara, Victor y Marjorie. Religiosos hasta la médula. Cuando se enteraron de que Verity escribía novelas de misterio y suspense, se lo tomaron como si de repente hubiera roto con su religión y se hubiera pasado a un culto satánico. Le dijeron que, si no lo dejaba, no volverían a dirigirle la palabra.

Es increíble. ¿Cómo pueden unas personas ser tan... frías? Por un segundo, siento empatía por Verity y me pregunto si su falta de instinto materno será un rasgo hereditario. Pero mi empatía se evapora cuando recuerdo lo que le hizo a Harper en la cuna.

—¿Cuánto duró su distanciamiento?

—Verás —contesta Jeremy—, Verity escribió su primer libro hace más de diez años. Por tanto, ha durado todo este tiempo. Más de diez años.

—¿Siguen sin hablarle? ¿Están enterados de lo que ha pasado?

Jeremy asiente con un gesto.

—Los llamé cuando murió Chastin. Les dejé un mensaje de voz. No me llamaron. Después, cuando Verity sufrió el accidente, su padre me tomó el teléfono. Cuando le conté lo ocurrido a las niñas y a Verity, escuchó en silencio y al cabo de un rato dijo: «Dios castiga a los réprobos, Jeremy». Le colgué. Desde entonces no he vuelto a saber nada de ellos.

Me llevo una mano al corazón y me quedo mirando al cielo sin salir de mi asombro.

—¡Vaya!

—Así es —susurra.

Nos quedamos callados un rato. Vemos otras dos estrellas fugaces, una por el sur y otra por el este. Jeremy las señala las dos veces, pero no dice nada. Después hay una pausa, tanto en la conversación como en los meteoros, y entonces él se apoya sobre un codo en la hierba y me mira.

—¿Crees que debería llevar otra vez a Crew al psicólogo?

Inclino la cabeza para mirarlo. En la posición en que se encuentra ahora, nuestras caras están a unos treinta centímetros de distancia. No más de cuarenta, en todo caso. Estamos tan cerca que siento el calor que desprende su cuerpo.

—Sí.

Parece agradecer mi sinceridad.

—Ajá —exclama, pero no vuelve a tumbarse en la hierba. Me sigue mirando, como si quisiera preguntarme algo más—. ¿Y tú? ¿Has ido a terapia?

—Sí, y es lo mejor que me ha pasado. —Vuelvo a mirar otra vez el cielo nocturno, porque no quiero ver la expresión de su cara cuando siga hablando—. Después de verme en aquel vídeo, subida a la barandilla, me preocupaba tener un deseo oculto de morir. Cada noche luchaba para no dormirme. Tenía miedo de hacerme daño yo misma intencionadamente. Pero mi terapeuta me ayudó a comprender que el sonambulismo no guarda relación con la voluntad de la persona que lo padece. Y después de varios años de repetírmelo, al final he llegado a creerlo.

—¿Tu madre iba a terapia contigo?

Me echo a reír.

—No. Ni siquiera quería hablar de mi terapia. Algo ocurrió aquella noche, cuando me rompí la muñeca, que la hizo cambiar. O al menos hizo cambiar nuestra relación. A partir de aquel momento, perdimos la conexión. De hecho, mi madre me recuerda mucho a...

Me interrumpo de golpe, porque estoy a punto de decir que me recuerda a Verity.

—¿A quién?

—A la protagonista de las novelas de Verity.

—¿Tan mala es? —replica.

Sonrío.

—¿No dijiste que no habías leído las novelas?

Vuelve a tumbarse en la hierba, interrumpiendo el contacto visual que teníamos hasta ahora.

—Sólo la primera.

—¿Por qué no has leído las otras?

—Porque... me costaba asimilar que todo eso hubiera salido de su imaginación.

Querría decirle que su preocupación está justificada, porque las ideas de su mujer son siniestramente similares a la forma de pensar del personaje principal de sus libros.

Pero no quiero que tenga esa impresión de ella en este momento. Después de todo lo que ha sufrido, se merece al menos poder conservar una imagen positiva de su matrimonio.

—Se enfadaba mucho conmigo porque no leía sus originales. Necesitaba mi aprobación, aunque la recibía constantemente de todos los demás: sus lectores, su editora, la crítica... Por alguna razón, parecía como si mi aprobación fuera la única que le importara.

«Porque estaba obsesionada contigo.»

—¿Y tú? ¿De quién necesitas aprobación? ¿Quién te confirma que eres buena escritora? —me pregunta.

Me volteo para mirarlo.

—Nadie, en realidad. Mis libros no se venden mucho. Cuando leo una crítica positiva o recibo una carta de un lector, siempre tengo la sensación de que están hablando de otra persona, quizá porque soy un poco ermitaña y nunca hago presentaciones ni firmo libros. No publicito mi imagen, y aunque sé que mis libros tienen algunos seguidores fieles, todavía no he tenido la experiencia de que alguien me diga personalmente que mi obra le importa. —Suspiro—. Sería muy agradable, supongo. Que alguien me mirara a los ojos y me dijera: «Lo que escribes es importante para mí, Lowen».

En cuanto acabo la frase, una estrella fugaz se ilumina en el cielo. Los dos la seguimos con la mirada y contemplamos su reflejo en el agua. Me quedo mirando el lago, que enmarca la cabeza de Jeremy.

—¿Cuándo empezarás a construir el nuevo muelle? —inquiero.

Hoy finalmente ha terminado de desmontar el antiguo.

—No pienso construir otro —responde sin emoción—. He desmontado el que había porque estaba harto de verlo.

Me gustaría que siguiera hablando al respecto, pero no parece que vaya a hacerlo.

Me mira. Aunque esta noche nos hemos mirado mucho a los ojos, ahora es diferente. Más intenso. Noto que sus ojos se desvían de vez en cuando hacia mis labios. Quiero que me bese. Si lo intentara, no se lo impediría. Quizá ni siquiera me sentiría culpable.

Hace una inspiración profunda y vuelve la cabeza sobre la hierba para mirar otra vez las estrellas.

—¿En qué piensas? —murmuro.

—En que se ha hecho tarde. Y en que probablemente ya es hora de que te encierre en tu habitación.

Me río por su manera de decirlo. O tal vez porque he bebido dos margaritas. En cualquier caso, mi risa se le contagia. Y lo que ha estado a punto de ser un momento que más adelante podría haber lamentado se convierte en una agradable forma de aliviar la tensión.

Voy al estudio a buscar la laptop para poder trabajar en mi habitación cuando Jeremy se haya ido a dormir. Mientras él apaga las luces de la cocina, abro el cajón del escritorio y agarro unas cuantas páginas del manuscrito de Verity para llevármelas al dormitorio. Me las acomodo entre la computadora y el pecho.

Hay un cerrojo nuevo por fuera de la puerta del dormitorio, que no había visto. No quiero examinarlo ni averiguar si habrá alguna manera de abrirlo desde dentro, porque estoy segura de que mi subconsciente lo recordaría y me las arreglaría para superar ese obstáculo.

Tengo a Jeremy a mis espaldas cuando entro en el dormitorio y dejo mis cosas sobre la cama.

—¿Tienes todo lo que necesitas? —me pregunta desde el pasillo.

—Creo que sí.

Voy otra vez hasta la puerta, para cerrarla también por dentro.

—Perfecto, entonces. Buenas noches.

—Perfecto —repito con una sonrisa—. Buenas noches.

Cuando me dispongo a cerrar la puerta, me lo impide con una mano. Vuelvo a abrirla del todo y, en la fracción de segundo transcurrida, su expresión ha cambiado por completo.

—Low —dice en voz baja. Tiene la cabeza apoyada contra el marco y me está mirando—. Te mentí.

Intento no parecer preocupada, pero lo estoy. Sus palabras me provocan una marea de sentimientos. Recuerdo nuestras conversaciones, la de esta noche y todas las anteriores.

—¿Acerca de qué?

—No es cierto que Verity leyera tu libro.

Me gustaría retroceder un paso, para disimular en la oscuridad mi cara de decepción. Pero me quedo inmóvil, apretando todavía la manija con la mano izquierda.

—¿Por qué me lo dijiste, si no era verdad?

Cierra brevemente los ojos y hace una inspiración profunda. Cuando vuelve a abrirlos, endereza la espalda, levanta los brazos y se agarra del marco de la puerta.

—Fui yo. Yo leí tu libro. Y me pareció excelente. Impresionante. Por eso le sugerí tu nombre a la editora. —Baja un poco la cabeza y me mira directamente a los ojos—. Lo que escribes es importante para mí, Lowen.

Baja los brazos, coge la perilla y cierra la puerta. Oigo el ruido del cerrojo antes de que sus pasos se alejen por el pasillo, hacia la escalera.

Me dejo caer contra la puerta y apoyo la frente sobre la madera.

Estoy sonriendo, porque por primera vez en toda mi carrera alguien que no es mi agente me ha confirmado mi valor como escritora.

Me instalo en la cama con el capítulo que he traído. Jeremy me ha hecho sentir tan bien hace unos minutos que no me importa que su mujer me altere un poco los nervios antes de irme a dormir.

CAPÍTULO 9

Pollo con *dumplings*.

Era la quinta vez que cocinaba desde que nos habíamos mudado a la casa nueva, dos semanas antes.

Y la única vez que Jeremy estrelló el plato contra la pared del comedor.

Me había dado cuenta de que llevaba varios días enfadado conmigo, pero no sabía por qué. Seguíamos haciendo el amor casi todos los días, pero la sensación era diferente. Como si él hubiera desconectado. Como si me cogiera por rutina y no porque me deseara.

Por eso decidí cocinar el condenado pollo con *dumplings*. Intentaba complacerlo con uno de sus platos favoritos. Le estaba costando adaptarse a su nuevo trabajo. Y, para colmo de males, no le había gustado que yo inscribiera a las niñas en la guardería sin consultárselo.

Cuando todavía vivíamos en Nueva York, contratamos una niñera en cuanto mis libros empezaron a venderse bien. Venía todas las mañanas cuando Jeremy se iba a la oficina, para que yo pudiera encerrarme en mi estudio a trabajar, y se marchaba cuando él regresaba. Entonces yo salía de mi estudio y cocinábamos juntos la cena.

Reconozco que el arreglo era perfecto. No tenía que ocuparme de las gemelas cuando Jeremy no estaba en casa, porque lo hacía la niñera. Pero aquí, en este lugar apartado, no es fácil encontrar niñeras. Intenté cuidar yo misma de ellas durante los dos primeros días, pero era agotador y no me permitía avanzar en mi trabajo. Y así fue como una mañana de la semana pasada me harté tanto de ellas que las llevé a la ciudad y las inscribí en la primera guardería que encontré.

Sabía que a Jeremy no le gustaría, pero tenía que comprender que era preciso hacer algo si los dos queríamos seguir trabajando. Yo estaba teniendo más éxito que él, de modo que si alguien iba a quedarse en casa durante el día para cuidar a las niñas, era evidente que no sería yo.

Aun así, no estaba irritado por el hecho de que las gemelas fueran a la guardería. Al contrario. Parecía disfrutar viendo sus interacciones con otros niños, porque no paraba de hablar al respecto. Sin embargo, unos meses antes habíamos descubierto que Chastin padecía una grave alergia a los cacahuetes y Jeremy insistía en extremar las precauciones. No quería que nadie más que nosotros la cuidara. Temía que en la guardería no estuvieran atentos. Pero ¡Chastin era la gemela que a mí me gustaba! ¡No fui tan estúpida! Me aseguré de que estuvieran al corriente de su alergia.

Cualquiera que fuera la razón por la que se había enfadado conmigo, estaba convencida de que no podía ser nada que un plato de pollo con *dumplings* y una buena cogida no pudieran hacerle olvidar.

Empecé a cocinar deliberadamente tarde, para que las niñas estuvieran en la cama cuando nos sentáramos a cenar. Sólo tenían tres años, de modo que a las siete ya estaban en la cama. Eran casi las ocho cuando puse la mesa y llamé a Jeremy.

Intenté que todo fuera lo más romántico posible, aunque el pollo con *dumplings* no sea un plato precisamente erótico. Encendí velas sobre la mesa y puse una de mis listas de reproducción en el equipo de audio. Estaba vestida, pero por debajo de la ropa llevaba lencería sexy, algo que no era frecuente en mí.

Traté de conversar con él mientras cenábamos.

—¿Te has fijado que ahora Chastin siempre pide para hacer pis? —comenté—. Se lo han enseñado en la guardería.

—Me alegro —replicó Jeremy, mirando el teléfono que sostenía con una mano, mientras comía con la otra.

Aguardé un momento, con la esperanza de que el mensaje o lo que fuera que estaba mirando en el móvil pasara a un segundo plano y pudiéramos seguir hablando. Al ver que no ocurría, me acomodé en la silla e intenté captar de nuevo su atención. Sabía que las gemelas eran su tema preferido.

—Cuando he ido a recogerlas hoy, la maestra me ha dicho que esta semana ha aprendido el nombre de cinco colores.

—¿Quién? —preguntó, estableciendo por fin contacto visual conmigo.

—Chastin.

Me miró fijamente, dejó caer el teléfono sobre la mesa y se llevó el tenedor a la boca.

«¿Qué demonios le pasa?»

Noté que se estaba esforzando por reprimir la ira y empecé a ponerme nerviosa. Jeremy nunca se alteraba y, cuando estaba contrariado por algo, yo siempre sabía por qué. Pero esta vez era diferente. Algo totalmente inesperado.

No podía soportarlo más. Me eché hacia atrás en la silla y tiré la servilleta sobre la mesa.

—¿Por qué estás enfadado conmigo?

—No estoy enfadado —repuso, quizá demasiado rápidamente.

Me eché a reír.

—Eres patético.

Estrechó los ojos e inclinó la cabeza.

—¿Perdona?

Volví a inclinarme sobre la mesa.

—¡Dímelo ya, Jeremy! Este jodido silencio está acabando con mis nervios. Compórtate como un hombre adulto y dime cuál es el problema.

Observé que apretaba los puños y después los aflojaba. Entonces se puso de pie y le dio un manotazo al plato, que fue a estrellarse contra la pared del comedor. Nunca lo había visto perder así los estribos. Me quedé paralizada, boquiabierta, mientras salía en tromba de la habitación.

Oí que cerraba de golpe la puerta de nuestro dormitorio. Miré el estropicio y me dije que tendría que limpiarlo cuando nos hubiéramos reconciliado, para demostrarle mi amor. «Aunque se ha portado como un puñetero imbécil.»

Dejé la silla bien arrimada a la mesa y me dirigí al dormitorio. Lo encontré yendo y viniendo por la habitación, como una fiera enjaulada. Cuando cerré la puerta después de entrar, levantó la vista del suelo e hizo una pausa. Se estaba esforzando por encontrar las palabras para decir todo lo que necesitaba expresarme. Aunque yo estaba muy enfadada con él por haber tirado la comida que tanto me había costado prepararle, también me daba pena que se sintiera contrariado.

—¡Es constante, Verity! —gritó—. Hablas de ella constantemente. Nunca mencionas a Harper. Nunca me cuentas lo que ha aprendido Harper en la guardería, ni si ya sabe pedir el orinal ni las cosas graciosas que ha dicho. Siempre es Chastin, todo el tiempo Chastin, todos los días Chastin.

«¡Mierda! Por mucho que intento ocultarlo, se me nota.»

—No es cierto —repuse.

—Sí que lo es. Hasta ahora me he callado, pero se están haciendo mayores y Harper comienza a notar que la tratas de forma diferente. No es justo para ella.

No sabía cómo salir del aprieto. Podía ponerme a la defensiva y acusarlo a él de cualquier cosa que no me gustara. Pero sabía que tenía razón y, por tanto, necesitaba encontrar la manera de hacerle pensar que estaba en un error. Por suerte, apartó la vista de mí y me dejó un margen de tiempo para pensar. Miré hacia arriba, como en busca de un consejo divino. «¡Qué tonta eres! Dios no va a ayudarte a salir de ésta.»

Con mucha cautela, di un paso al frente.

—Amor, no es que quiera más a Chastin que a Harper. Es sólo que... Chastin es más lista y lo aprende todo antes que su hermana.

Se volteó de repente, todavía más enfadado que antes de que yo hablara.

—Chastin no es más lista que Harper. Son diferentes. Pero Harper es muy inteligente.

—Ya lo sé —dije avanzando un paso más. Hablaba en voz baja, intentando que mi tono resultara dulce y amable. No quería parecer ofendida—. No era eso lo que quería decir. Lo que pretendía decir es que... es más fácil reaccionar cuando Chastin hace algo, porque a Chastin le gusta. Es animada y extrovertida, como yo. Harper no. Por eso le demuestro mi aprobación en silencio. No hago grandes aspavientos, porque sé que no le gustan. En eso es como tú.

Jeremy me seguía mirando fijamente, pero yo estaba casi segura de que me estaba comprando el argumento, de modo que continué:

—Intento no agobiar a Harper con mi efusividad y quizá por eso hablo más de Chastin. Y es verdad que a veces me centro más en ella, pero sólo porque me doy cuenta de que son dos niñas distintas, con diferentes necesidades. Tengo que ser una madre diferente para cada una de ellas.

Se me da bien decir tonterías y conseguir que parezcan argumentos razonables. Para algo soy escritora.

Poco a poco, la cólera de Jeremy empezaba a diluirse. Noté que ya no tenía la mandíbula tan tensa. Se pasó una mano por el pelo mientras asimilaba lo que acababa de decirle.

—Me preocupo por Harper —afirmó—, seguramente más de lo que debería. No creo que tratarlas de manera distinta sea lo mejor. Harper podría notar la diferencia.

Un mes antes, una de las maestras de la guardería me había dicho que no veía del todo bien a Harper. Se me había olvidado por completo, pero, en ese momento —al oír que Jeremy estaba preocupado por la niña—, lo recordé. La maestra me había dicho que quizá conviniera que la lleváramos a un psicólogo para establecer si tenía el síndrome de Asperger. No había vuelto a pensar al respecto, hasta mi discusión con Jeremy. Y fue una gran suerte recordarlo, porque era el argumento perfecto en que basar mi defensa.

—No iba a mencionarlo, porque no quería inquietarte —le comenté—. Pero una de las maestras de la guardería me ha dicho que deberíamos averiguar si Harper tiene el síndrome de Asperger.

En ese momento, la preocupación de Jeremy se multiplicó por diez. De inmediato intenté tranquilizarlo.

—Ya he llamado a la consulta de un especialista. —«Mejor dicho, llamaré mañana a primera hora.»—. Nos llamarán en cuanto tengan un hueco para recibirnos.

Jeremy sacó del bolsillo el celular. El potencial diagnóstico lo había hecho olvidar la discusión inicial.

—¿Creen que Harper podría estar en el espectro autista?

Le quité el teléfono de las manos.

—Déjalo. Enfermarías de preocupación inútilmente. Esperemos a hablar con el especialista. Internet no es el lugar donde buscar respuestas para nuestra hija.

Asintió y me atrajo hacia sí para abrazarme.

—Lo siento —me susurró con los labios apoyados contra mi sien—. He tenido una semana espantosa. Hoy he perdido un cliente importante.

—No hace falta que trabajes, Jeremy. Gano suficiente dinero para que puedas pasar más tiempo en casa con las niñas, si piensas que de esa manera todo sería más fácil.

—Me volvería loco si no trabajara.

—Puede que sí, pero será terriblemente caro pagar la guardería de tres criaturas.

—Podemos permitirnos... —se interrumpió y me miró—. ¿Has dicho... tres?

Asentí. Estaba mintiendo, claro, pero necesitaba cambiar la tónica negativa de la noche. Quería verlo feliz. Y se alegró muchísimo cuando le dije que volvía a estar embarazada.

—¿Estás segura? Pensaba que no querías más niños.

—Se me olvidó tomar la píldora uno o dos días hace un par de semanas. Todavía es pronto. Muy pronto. Me he enterado esta mañana. —Le sonreí—. ¿Te alegras?

—¡Claro que sí! ¿Y tú?

Se rio un poco, me besó y todo volvió a ser como siempre. «¡Gracias a Dios!»

Lo agarré de la camisa y le devolví sus besos con todas mis fuerzas, para hacerle olvidar la discusión que acabábamos de tener. Por mi forma de besarlo, se dio cuenta de que yo quería algo más que un simple beso. Me quitó la blusa y se quitó a su vez la camisa. Me siguió besando, mientras retrocedía hacia la cama. Cuando me sacó los pantalones, vio el conjunto de ropa interior que me había puesto para él.

—¿Te has puesto lencería sexy para mí? —preguntó mientras dejaba caer la cabeza sobre mi hombro—. ¡Y me has preparado mi plato favorito! —añadió entristecido.

Yo no sabía muy bien por qué parecía decepcionado, hasta que levantó la cabeza, me apartó el pelo de la cara y se disculpó:

—Perdóname, Verity. Me habías preparado una noche especial y la he arruinado por completo.

Lo que Jeremy no entendía es que jamás podría haberme estropeado ninguna noche si acababa dándome su amor y centrando toda su atención en mí.

Negué con la cabeza.

—No me la has arruinado.

—No digas que no. He tirado el plato, te he gritado... —Acercó sus labios a los míos—. Te compensaré todo el mal que te he hecho.

Y así fue. Me cogió lentamente, besándome todo el tiempo, chupándome primero un pezón y después el otro. Excepto la cicatriz en mi vientre, las partes más importantes de mi cuerpo seguían intactas. Aún conservaban la firmeza. Y todavía era agradable sentir el contacto de las sienes de Jeremy en la piel del interior de mis muslos.

Me penetró y, cuando me tuvo al borde del orgasmo, se retiró.

—Quiero saborearte —dijo recorriéndome el cuerpo hacia abajo, hasta que su lengua me abrió de par en par.

«¡Claro que quieres saborearme! —pensé—. Lo conservo todo intacto para ti. ¡Adelante!»

Se quedó entre mis piernas hasta que me corrí sintiendo su lengua. Dos veces. Cuando volvió a subir por mi cuerpo, hizo una pausa para depositarme un beso en el vientre. Enseguida lo tuve otra vez dentro, con su boca en la mía.

—Te quiero —susurró en una pausa entre besos—. Gracias.

Me estaba dando las gracias por haberme quedado embarazada.

Me hizo el amor con cariño y entrega. Casi merecía la pena fingir un embarazo sólo para que volviera a hacerme el amor de esa forma. Para recuperar nuestra conexión.

Si había algo que las niñas habían aportado a nuestra relación era esa exacerbación del amor que sentía Jeremy por mí durante el embarazo. Ahora que pensaba que iba a darle su tercer hijo, ya podía sentir que su amor volvía a multiplicarse.

Sólo una pequeña parte de mí estaba preocupada por el hecho de estar fingiendo, porque sabía que tenía muchas opciones si no me quedaba embarazada esa misma semana. Los abortos espontáneos son tan fáciles de fingir como los embarazos.

16

He pasado otra semana leyendo la autobiografía de Verity y estoy aburrida. La encuentro repetitiva. Son capítulos y más capítulos de detalladas descripciones del sexo con Jeremy, con muy pocas menciones de sus hijos. Escribió solamente dos párrafos sobre el nacimiento de Crew, para pasar enseguida a una minuciosa descripción de la primera vez que cogió con Jeremy después del parto.

A partir de cierto punto, he empezado a ponerme celosa. Ya no me gusta leer sobre la vida sexual de Jeremy. Esta mañana leí por encima un capítulo, pero enseguida lo dejé para volver al trabajo. Hoy he terminado el esquema argumental del primer libro y se lo he mandado a Corey para que me dé su opinión. Me ha dicho que se lo enviará a la editora de Pantem, porque él todavía no ha leído ninguno de los libros de Verity y no sabría decir si mi trabajo está a la altura de las expectativas. No quiero ponerme a esbozar la línea argumental del segundo libro antes de tener una respuesta. Si me piden que cambie algo, sería trabajo desperdiciado.

Hace casi dos semanas que estoy aquí. Corey dice que ya han procesado mi adelanto y que cualquier día de éstos debería tenerlo en mi cuenta bancaria. Cuando reciba la respuesta de Pantem, probablemente será el momento de marcharme. Ya he hecho todo lo que podía hacer en el estudio de Verity. Si no fuera porque no tengo adónde ir hasta que cobre ese adelanto, ya me habría ido.

Hoy he sentido que topaba con un muro. Estoy cansada de estas dos semanas de trabajo continuado. Podría seguir leyendo la autobiografía, pero no tengo ganas de conocer las diferentes maneras que tiene Verity de chuparle el verga a su marido.

Echo de menos la televisión. No he pisado el salón desde que llegué a esta casa hace casi dos semanas. Salgo de los confines del estudio de Verity, me preparo un bol de palomitas de maíz y me siento en el sofá para ver la tele. Me merezco vaguear un poco, porque mañana es mi cumpleaños, aunque no pienso decírselo a Jeremy.

De vez en cuando echo un vistazo al piso de arriba, porque desde mi posición en el sofá domino la escalera, pero no veo a Jeremy por ninguna parte. No lo he visto mucho estos últimos días. Creo que los dos sabemos que estuvimos muy cerca de besarnos la otra noche y que habría sido tremendamente inapropiado y, en consecuencia, nos evitamos.

Pongo el canal de decoración y diseño y me arrellano en el sofá. Cuando llevo unos quince minutos viendo la reforma integral de una casa, oigo por fin que Jeremy está bajando la escalera. Hace una pausa cuando nota que estoy en el salón y después viene a sentarse conmigo en el sofá. Se acomoda en el centro, lo bastante cerca de mí para agarrar unas cuantas palomitas.

—¿Estás investigando? —pregunta mientras apoya los pies en la mesa baja que tenemos delante.

Me echo a reír.

—¡Por supuesto! ¡Trabajando siempre!

Esta vez agarra un puñado más grande de palomitas y se las queda en la mano.

—Verity solía ver la televisión todo el día cuando se bloqueaba y no podía seguir escribiendo. Decía que a veces le daba ideas.

No me apetece hablar de Verity, así que cambio de tema.

—Hoy he acabado el primer esquema argumental. Si mañana lo aprueban, dentro de un par de días me iré.

Jeremy deja de masticar y me mira.

—¿Ah, sí?

Me gusta que no se alegre ante la idea de mi partida.

—Sí. Y gracias por haber permitido que me quede mucho más tiempo de lo que habría sido razonable.

Me sostiene la mirada.

—¿Más tiempo de lo que habría sido razonable? —Vuelve a masticar otra vez y desvía la vista hacia el televisor—. A mí ni siquiera me ha parecido suficiente.

No sé qué quiere decir con eso: si cree que no he trabajado tanto como debería durante mi estancia en su casa o si lo dice egoístamente porque piensa que no he pasado suficiente tiempo con él.

A veces, en especial en este momento, noto que siente una fuerte atracción por mí, pero en otras ocasiones tengo la sensación de que se esfuerza para negar cualquier sentimiento que pueda haber entre nosotros. Lo comprendo. De verdad que sí. Pero ¿piensa pasar así el resto de su vida? ¿Piensa renunciar a una gran parte de sí mismo para cuidar de una mujer que no es más que el cascarón hueco de la persona con quien se casó?

Ya sé que pronunció unos votos. Pero ¿a costa de qué? ¿De toda su vida? La gente se casa pensando en compartir una existencia larga y feliz. ¿Qué ocurre si una de las dos vidas se trunca? ¿Qué debería hacer la otra persona? ¿Respetar los votos pronunciados hasta el día de su muerte?

No parece que sea justo. Si yo estuviera casada y mi marido se encontrara en la situación de Jeremy, me gustaría que rehiciera su vida. Pero no creo que yo pudiera estar nunca tan obsesionada con un hombre como Verity con su marido.

El programa termina y empieza otro. No hablamos durante varios minutos. No es que yo no tenga nada que decir. Tengo muchísimo que decir. Pero no sé si corresponde que lo diga.

—Sé muy poco de ti —declara Jeremy finalmente. Tiene la cabeza apoyada en el respaldo del sofá y me mira con expresión serena—. ¿Has estado casada?

—No —respondo—. Estuve a punto un par de veces, pero no salió bien.

—¿Cuántos años tienes?

Por supuesto, tenía que preguntármelo justo cuando mi edad actual va a expirar dentro de poco más de una hora.

—No me creerías si te lo dijera.

Se echa a reír.

—¿Por qué no?

—Porque tendré treinta y dos mañana.

—Mentirosa.

—¡Es cierto! Te enseñaré mi permiso de conducir.

—Harás bien, porque no te creo.

Levanto los ojos al cielo y voy al dormitorio a buscar mi bolso. Regreso con el permiso de conducir y se lo doy.

Lo mira un momento, meneando la cabeza.

—¡Qué cumpleaños tan triste te ha tocado! —exclama—. Rodeada de gente que apenas conoces y trabajando todo el día.

Me encojo de hombros.

—Si no estuviera aquí, estaría sola en mi apartamento.

Se queda mirando mi permiso de conducir un rato más. Cuando pasa el pulgar sobre mi fotografía, me estremezco. Ni siquiera me ha tocado —¡no ha hecho más que tocar mi foto en un jodido carnet de conducir!— y ya estoy excitada.

Soy patética.

Me lo devuelve y se pone de pie.

—¿Adónde vas?

—A hacerte un pastel —contesta, ya de camino a la cocina.

Sonrío y lo sigo. No quiero perderme a Jeremy Crawford preparando un pastel.

Estoy sentada en la isla de la cocina, viendo cómo decora el pastel. En todos los días que llevo aquí, es la segunda vez que paso un rato realmente divertido. No hemos hablado de Verity, ni de nuestras tragedias, ni del contrato en toda una hora. Mientras el pastel estaba en el horno, me senté sobre la isla, con las piernas colgando. Jeremy se apoyó en la encimera frente a mí y estuvimos un buen rato hablando de cine, música y de las cosas que nos gustan o nos desagradan.

Hemos empezado a conocernos, más allá de todo lo que tenemos en común. La noche que salimos a cenar con

Crew estaba feliz y relajado, pero entre estas cuatro paredes no lo había visto nunca tan a gusto.

Casi puedo entender —casi— la adicción de Verity hacia él.

—Será mejor que vuelvas al salón —me aconseja mientras saca de un cajón velitas de cumpleaños.

—¿Por qué?

—¿Cómo que por qué? Tengo que entrar con el pastel y cantarte *Cumpleaños feliz*. La celebración completa.

Bajo de la encimera de un salto y vuelvo al sofá. Silencio el televisor porque quiero oírlo cantar sin interferencias. Mientras espero, pulso todo el tiempo la tecla de información del control remoto, para ver la hora. Jeremy está esperando a que den las doce para que sea oficialmente mi cumpleaños.

A las doce en punto, veo la luz parpadeante de las velas que viene hacia mí por el pasillo. Me echo a reír, cuando oigo que empieza a cantar en voz baja para no despertar a Crew.

—Cumpleaños feliz... —susurra. Ha cortado un trozo de pastel y le ha puesto una vela—. Cumpleaños feliz...

Todavía estoy riendo cuando llega al sofá y se apoya con una rodilla, para sentarse lentamente a mi lado, sin que se le caiga el pastel, ni se le apague la vela.

—Te deseamos, querida Lowen..., cumpleaños feliz...

Nos giramos para situarnos frente a frente en el sofá. Ahora tengo que formular un deseo y apagar la vela, pero no sé qué pedir. He tenido mucha suerte con el trabajo fantástico que he conseguido. Dentro de poco habrá más dinero que nunca en mi cuenta bancaria. Lo único en la vida que siento que me gustaría tener pero no tengo es... a él. Lo miro a los ojos y soplo la vela.

—¿Qué has pedido?

—Si te lo digo, no se cumplirá mi deseo.

No me da pastel. Hace todo un espectáculo de cortarla con un tenedor.

—¿Sabes cuál es el ingrediente secreto de un pastel tan esponjosa como ésta?

Me tiende un trozo con el tenedor y yo se lo quito de las manos.

—¿Cuál?

—Natillas.

Me llevo el trozo de pastel a la boca y sonrío.

—¡Está muy buena! —digo con la boca llena.

—Natillas —repite.

Me echo a reír.

Me tiende el plato y tomo otro trozo. Después le paso el tenedor, pero él niega con la cabeza.

—Ya he comido un poco en la cocina.

No sé por qué, pero me habría gustado verlo. También me gustaría saber si su boca sabe a pastel.

Levanta una mano, indicando la mía.

—Tienes chocolate en la... —Intento quitármelo, pero él niega con la cabeza—. No, aquí —puntualiza deslizando el pulgar por mi labio inferior.

Trago el trozo de pastel.

No retira el pulgar de mi labio. Lo deja un poco más.

«Mierda. No puedo respirar.»

Me duele todo el cuerpo por sentirlo tan cerca, pero no sé qué puedo hacer al respecto. Quiero soltar el tenedor y que él suelte el plato y me bese. Sin embargo, no soy yo la persona casada. No quiero dar el primer paso y él no debería darlo. Pero me muero por besarlo.

No deja caer el plato con el pastel. En lugar de eso, tiende el brazo por encima de mí y lo deja sobre la mesita lateral. Y, con el mismo gesto fluido, me apoya la mano en la nuca y une sus labios con los míos. Pese a toda la expectación que había despertado en mí este momento, me resulta completamente inesperado.

Cierro los ojos, dejo caer el tenedor al suelo y me tumbo lentamente hasta sentir bajo la cabeza el apoyabrazos del sofá. Jeremy sigue mi movimiento, reptando encima de mí, sin apartar nunca su boca de la mía. Separo los labios y su lengua penetra en mi boca. La lentitud del primer beso no dura mucho. En cuanto descubrimos nuestros respectivos sabores, los besos se vuelven frenéticos. Todo es tal como lo había imaginado. Sus besos son radiactivos, explosivos, dinamita. Son todo lo potente y peligroso que pueda existir.

Nuestras bocas saben a chocolate mientras intercambian besos y avanzan, retroceden, estiran, empujan. Su mano se enreda en mi pelo, y, con cada segundo que dura este beso, nos confundimos con el sofá y él se deshace en mí mientras yo me fundo con los cojines.

Su boca abandona la mía en busca de otras partes de mi cuerpo que parece ansioso por saborear: mi barbilla, mi cuello, mi pecho... Es como si tuviera un apetito insaciable de mí. Me besa y me toca con el hambre de alguien que llevara toda la vida en ayunas.

Siento su mano subiendo por debajo de mi camiseta y sus dedos tibios, que caen sobre mi piel como gotas de agua caliente.

Vuelve a besarme, pero sólo momentáneamente, apenas el tiempo suficiente para encontrar mi lengua. De inmediato se aparta de mí y se quita la camisa. Mis manos van hacia su pecho como si lo reconocieran. Repaso las líneas de su vientre. Me gustaría decirle que éste ha sido mi deseo cuando he apagado la velita, pero temo que mis palabras lo hagan recapacitar sobre lo que estamos haciendo, de modo que me contengo y no digo nada.

Apoyo la cabeza en el sofá, para dejar que me siga explorando.

Y lo hace. Me quita la camiseta del pijama y, cuando ve que no llevo brasier debajo, ruge de placer y es hermoso. Entonces me rodea un pezón con la boca y me hace gemir de gusto.

Levanto la cabeza para mirarlo, pero se me hiela la sangre al percibir que hay alguien de pie en lo alto de la escalera. Está ahí, simplemente, mirando a su marido, mientras él me recorre el pecho con la lengua.

Todo mi cuerpo se paraliza debajo de Jeremy,

Verity aprieta los puños a los lados antes de volver precipitadamente a su habitación.

Sofoco una exclamación e intento apartar a Jeremy. Lo empujo.

—Verity —consigo articular, sin aliento. Deja de besarme y levanta la cabeza, pero no se mueve—. Verity —repito, para que comprenda que tiene que apartarse ahora mismo.

Se levanta sobre los brazos, confuso.

—Verity —digo una vez más, pero con más urgencia.

Es lo único que puedo decir. El pánico se ha apoderado de mí y me cuesta respirar. Tengo que obligarme a inspirar y exhalar el aire.

«¿Qué demonios...?»

Ahora Jeremy está de rodillas, agarrado del respaldo del sofá para apartarse de mí.

—Lo siento —se disculpa.

Recojo las piernas y me desplazo hasta la otra punta del sofá, lo más lejos posible de él. Me tapo la boca con las manos.

—¡Dios mío!

Las palabras topan con mis dedos temblorosos.

Intenta tocarme un brazo para tranquilizarme, pero doy un respingo.

—Lo siento —repite—. No debería haberte besado.

Niego con la cabeza, porque no me ha entendido. Cree que estoy preocupada y me siento culpable porque está casado, pero no es eso. La he visto. De pie. Estaba de pie. Señalo el piso de arriba.

—La he visto —susurro, porque me aterroriza decirlo más alto—. Estaba de pie en lo alto de la escalera.

Noto la confusión en su cara cuando mira la escalera y voltea para mirarme a mí.

—¡No puede caminar, Lowen!

Pero no estoy loca. Me levanto y me aparto del sofá, cubriéndome con un brazo el pecho desnudo. Vuelvo a señalar la escalera y ahora sí recupero la voz y consigo hablar.

—¡Te digo que he visto a tu mujer en lo alto de esa puta escalera, Jeremy! ¡Sé muy bien lo que vi!

Nota en mis ojos que estoy diciendo la verdad. No han pasado ni dos segundos cuando ya se ha levantado del sofá y sube a toda prisa la escalera.

«¡Que no me deje sola aquí abajo!»

Recojo la camiseta del pijama, me la pongo y salgo corriendo tras él. Me niego a quedarme sola en esta casa un solo segundo.

Cuando llego al piso de arriba, veo que Jeremy está de pie en la puerta del dormitorio de Verity, mirando hacia dentro. Oye que me acerco y entonces... se marcha. Se cruza conmigo en el pasillo sin mirarme siquiera y baja precipitadamente la escalera.

Doy unos pasos más, hasta que consigo asomarme a la puerta del cuarto. Echo un vistazo que no dura más de un segundo. Es todo el tiempo que necesito para ver que Verity está en la cama. Bajo las sábanas. Dormida.

Niego con la cabeza, sintiendo que se me aflojan las rodillas.

«Esto no puede estar pasando.»

De alguna manera consigo volver a la escalera, pero cuando voy por la mitad, tengo que sentarme en un peldaño. No puedo moverme. Casi no puedo respirar. Nunca me ha latido el corazón con tanta fuerza.

Jeremy está al pie de la escalera, mirándome. Probablemente no sabe qué pensar de lo que acaba de ocurrir. Ni siquiera yo sé qué pensar. Lo veo ir y venir delante de la escalera, mirándome cada vez que pasa delante de mí. Quizá está esperando a que me ría de mi broma de mal gusto. «Pero ¡no era una broma!»

—La he visto —murmuro.

Me ha oído. Me mira sin ira, como pidiéndome disculpas. Sube la escalera hasta donde yo estoy y me ayuda a ponerme de pie. Después me pasa un brazo por el hombro mientras me conduce de vuelta al piso de abajo. Me lleva al dormitorio, cierra la puerta y me abraza. Yo hundo la cara en su cuello, deseando borrar de mi mente la imagen de Verity.

—Lo siento —le digo—. Puede que... Quizá no esté durmiendo lo suficiente... Puede que yo...

—La culpa es mía —repone Jeremy, interrumpiéndome—. Has estado trabajando dos semanas sin descanso. Estás agotada. Y entonces yo... nosotros... Paranoia. Sentimiento de culpa. No sé... —Se aparta de mí, sujetando mi cara con las dos manos—. Creo que los dos necesitamos doce horas seguidas de sueño.

Estoy segura de lo que vi. Podemos atribuirlo al cansancio o al remordimiento, pero la vi. Los puños apretados a los lados del cuerpo. La ira en su cara, antes de marcharse precipitadamente.

—¿Quieres agua?

Niego con la cabeza. No quiero que se vaya. No quiero quedarme sola.

—Por favor, no me dejes sola esta noche —le suplico.

Su expresión no revela en absoluto lo que está pensando. Asiente brevemente y asevera:

—No lo haré. Pero tengo que apagar la tele y cerrar las puertas. Y guardar el pastel en el refrigerador. —Sale al pasillo—. Vuelvo enseguida.

Voy al baño y me lavo la cara, con la esperanza de que el agua fría me ayude a calmarme. Pero no es así. Cuando regreso al dormitorio, Jeremy ha vuelto y está echando el cerrojo.

—No puedo quedarme toda la noche —comenta—. No quiero que Crew se asuste si se despierta y no me encuentra.

Me meto en la cama y me giro hacia la ventana. Jeremy se acuesta también y me abraza por detrás. Siento los latidos de su corazón, casi tan acelerados como los míos. Compartimos una misma almohada. Busca mi mano y desliza sus dedos entre los míos.

Intento imitar la pauta de su respiración, para que la mía se vaya volviendo más lenta. Estoy respirando sólo por la nariz, porque tengo la mandíbula demasiado tensa para respirar normalmente. Jeremy me deposita un beso en la sien.

—Relájate —musita—. Todo está bien.

Intento relajarme. Y puede que lo consiga, pero sólo porque los dos llevamos un buen rato aquí acostados y no es fácil que los músculos retengan tanta tensión durante tanto tiempo.

—¿Jeremy? —susurro.

Me pasa el pulgar por el dorso de la mano para que sepa que me está escuchando.

—¿Hay alguna posibilidad... de que esté fingiendo?

No me responde enseguida, como si tuviera que reflexionar un momento.

—No —contesta finalmente—. He visto las pruebas que le han hecho.

—Pero la gente se recupera. Las lesiones se curan.

—Lo sé —admite—. Pero Verity no fingiría algo así. Nadie haría algo semejante. Sería imposible.

Cierro los ojos, porque está tratando de tranquilizarme diciéndome que conoce a su mujer y que jamás haría algo así. Pero hay una cosa que yo sé y Jeremy ignora... y es que no conoce a Verity en absoluto.

17

Me fui a la cama convencida de que había visto a Verity de pie en lo alto de la escalera.

Hoy me he despertado llena de dudas.

He pasado la mayor parte de mi vida desconfiando de mí misma cuando duermo. Ahora empiezo a pensar que tampoco debería confiar cuando estoy despierta. «¿De verdad la vi? ¿Era una alucinación causada por el estrés? ¿Me sentía culpable por estar con su marido?»

Me quedé un buen rato en la cama esta mañana porque no quería salir de la habitación. Jeremy se marchó hacia las cuatro de la madrugada. Oí que corría el cerrojo de la puerta y, un minuto después, me mandó un mensaje diciendo que le enviara un SMS si lo necesitaba.

En algún momento después del almuerzo, Jeremy llamó a la puerta del estudio. Cuando entró, tenía cara de no haber pegado ojo en toda la noche. Esta semana ha dormido muy poco, por mi culpa. Desde su punto de vista, soy una histérica que se despierta en la cama de su mujer en medio de la noche y días después asegura haberla visto de pie en lo alto de la escalera, cuando él por fin se ha atrevido a besarla.

Pero había venido a decirme que había instalado otro cerrojo. Esta vez, en la puerta de Verity.

—He pensado que te ayudaría a dormir el hecho de saber que no podría salir de su habitación, incluso si fuera posible.

«Incluso si fuera posible.»

—Solamente lo cerraré por la noche, cuando nos acostemos —prosiguió—. Le he dicho a April que la puerta se abre sola, a causa de las corrientes de aire. No quería que pensara que lo he puesto por ninguna otra razón.

Se lo agradecí, pero ahora que se ha ido no me he quedado más tranquila, en parte por la sensación de que quizá lo ha puesto porque él está preocupado. Quería que me creyera, por supuesto; pero si me cree, significa que tal vez es cierto lo que he visto.

Y en este caso preferiría equivocarme, antes que estar en lo cierto.

No sé qué hacer con el texto de Verity. Quiero que Jeremy conozca a su mujer como la conozco yo. Siento que merece saber lo que les hizo a las niñas, sobre todo porque Crew pasa mucho tiempo con ella en su habitación. Y no puedo quitarme de la cabeza las sospechas, porque el niño dice que Verity le habla. Ya sé que sólo tiene cinco años y que es muy probable que se confunda; pero si hay una probabilidad, por muy remota que sea, de que Verity esté fingiendo, Jeremy merece saberlo.

Sin embargo, no he podido reunir el coraje de darle la carpeta con el manuscrito, porque la probabilidad de que su mujer esté fingiendo es realmente muy remota. Es mucho más probable que yo imagine cosas a causa del cansancio y la falta de sueño que pensar que alguien pueda fingir durante meses una incapacidad absoluta sin motivo aparente.

Además, no me decido a darle la autobiografía, porque aún no la he terminado y no sé cómo acaba. No sé qué les sucedió a Harper y a Chastin, ni si el texto abarca esos acontecimientos.

No me queda mucho por leer, pero no creo que sea capaz de asimilar más de un capítulo sin verme obligada a hacer una pausa y alejarme un momento del horror del relato. Me aseguro de que la puerta del estudio esté cerrada y empiezo el siguiente capítulo. Enseguida decido saltármelo. No quiero leer nada que hable de sexo, ni siquiera de un simple beso. No tengo intención de arruinar la experiencia de anoche leyendo cómo besaba Jeremy a otra mujer.

Después de saltarme una escena íntima más, llego al capítulo donde quizá pueda encontrar una explicación para la muerte de Chastin. Compruebo una vez más que la puerta está bien cerrada y empiezo a leer.

CAPÍTULO 13

Me quedé embarazada de Crew dos semanas después de mentirle a Jeremy acerca de mi estado. Fue como si el destino estuviera de mi parte. Le di gracias al cielo, aunque no creo que Dios tuviera nada que ver en eso.

Crew fue un bebé muy bueno y tranquilo, o al menos eso creo. Para entonces, estaba ganando tanto dinero que podía permitirme pagar a una niñera para que estuviera en casa todo el día. Jeremy se quedaba en casa con los niños, porque ya había dejado de trabajar y pensaba que no era necesario tener una niñera. Por eso yo decía que teníamos un ama de llaves. Pero en realidad, era una niñera.

De ese modo, Jeremy podía trabajar todos los días desde nuestra casa. Mandé instalar un nuevo ventanal en mi estudio, para poder vigilarlo prácticamente desde todos los ángulos.

La vida fue agradable durante un tiempo. Yo me reservaba todas las partes fáciles de la maternidad, mientras que Jeremy y la niñera se ocupaban de las difíciles. También viajaba mucho. Tenía giras promocionales y entrevistas. No me gustaba separarme de Jeremy, pero él prefería quedarse en casa con los niños. Con el tiempo, sin embargo, empecé a apreciar esos paréntesis. Me di cuenta de que cuando estaba fuera una semana, la atención que me prodigaba Jeremy a mi regreso era comparable a la que me dedicaba antes de que nacieran las gemelas.

A veces le mentía diciendo que me necesitaban en Nueva York, pero lo que hacía en realidad era reservar un Airbnb en Chelsea y encerrarme a ver la televisión durante una semana. Después volvía a casa y Jeremy me cogía como si fuéramos recién casados. Mi vida era estupenda.

Hasta que dejó de serlo.

Ocurrió de repente. Fue como si el sol se congelara y oscureciera nuestras vidas, de manera que nunca más pudimos sentir la calidez de sus rayos, por mucho que lo intentáramos.

Yo estaba de pie en la cocina, lavando un pollo entero. Un puto pollo crudo. Podría haber estado haciendo cualquier otra cosa: regando el césped, escribiendo, haciendo punto..., cualquier otra cosa. Pero siempre me volverá la imagen de aquel asqueroso pollo crudo, cada vez que piense en el momento en que supimos que habíamos perdido a Chastin.

Sonó el teléfono y yo estaba lavando el pollo.

Jeremy lo tomó y yo seguía lavando el pollo.

Oí que levantaba la voz. Y yo todavía estaba lavando el puto pollo.

Y después... aquel sonido gutural y doliente. Lo oí decir «no», y «¿cómo?», y «¿dónde está?», y «ahora mismo vamos para allá». Cuando colgó el teléfono, lo vi reflejado en el cristal de la ventana. Estaba en el pasillo, agarrado al marco de la puerta como si fuera a desplomarse de rodillas si no se sujetaba. Y yo todavía tenía el pollo en las manos. Me corrían las lágrimas por las mejillas. Sentía débiles las rodillas. Se me empezó a revolver el estómago.

Y vomité encima del pollo.

Así recordaré siempre uno de los peores momentos de mi vida.

Durante todo el trayecto hasta el hospital, me iba preguntando cómo lo habría hecho Harper. ¿La habría sofocado con una almohada, como en mi sueño? ¿O habría encontrado una manera más ingeniosa de matar a su hermana?

Se habían quedado a dormir en casa de su amiga Maria. Ya se habían quedado otras veces, y la madre de Maria, que se llamaba Kitty —vaya nombre tan idiota— sabía que Chastin era alérgica. Chastin siempre llevaba consigo su inyección de adrenalina, pero Kitty la había encontrado inconsciente al levantarse por la mañana. Llamó al teléfono de emergencias y, en cuanto acudió a buscarla la ambulancia, llamó a Jeremy.

Cuando llegamos al hospital, Jeremy aún tenía una remota esperanza de que todo hubiera sido un error y Chastin estuviera bien. Kitty salió al vestíbulo a recibirnos. No dejaba de repetir:

—Lo siento. No se despertaba.

Era lo único que decía: «No se despertaba.» No decía «estaba muerta». Solamente «no se despertaba», como si Chastin hubiese sido una niña malcriada que hubiera querido seguir durmiendo hasta más tarde.

Jeremy corrió por el pasillo, hasta la sala de espera de urgencias. Vinieron a buscarnos y nos dijeron que teníamos que esperar en el despacho de las familias. Todo el mundo sabe que allí es adonde llevan a los allegados cuando alguien ha muerto. Fue entonces cuando Jeremy supo que la habíamos perdido.

Nunca lo había oído gritar de esa manera. Un hombre adulto, de rodillas, llorando como un niño pequeño. Me habría avergonzado si no hubiera estado yo en su misma situación.

Cuando por fin pudimos verla, llevaba menos de un día muerta, pero ya no olía a Chastin. Olía a muerte.

Jeremy hizo mil preguntas. Todas las preguntas posibles. «¿Cómo ocurrió? ¿Había cacahuetes en la casa? ¿A qué hora se fueron a dormir? ¿Llegaron a sacar el autoinyector de la mochila de Chastin?»

Todas las preguntas que era preciso hacer, seguidas de las más devastadoras respuestas. Pasó una semana antes de que nos confirmaran la causa de la muerte: anafilaxia.

Siempre estábamos en estado de máxima alerta por la alergia de Chastin a los cacahuetes. Cada vez que las gemelas iban a algún sitio o se quedaban en casa de alguien, Jeremy pasaba media hora explicándole a la madre o al padre de los otros niños los detalles de las precauciones que tomábamos y el uso del autoinyector. Yo pensaba que era un exceso de prudencia, porque solamente habíamos tenido que utilizarlo una vez en toda la vida.

Kitty estaba al corriente de la alergia de Chastin y ponía los frutos secos fuera del alcance de las niñas cada vez que visitaban su casa. Lo que no sabía era que aquella noche las niñas se habían colado en la despensa y habían agarrado unos cuantos aperitivos y golosinas antes de volver a su habitación. Chastin tenía apenas ocho años. Era muy tarde y estaba oscuro cuando las niñas decidieron comerse el botín. Según Harper, ninguna de ellas notó que lo que estaban comiendo contenía cacahuetes. Pero cuando se levantaron al día siguiente, vieron que Chastin no se despertaba.

Jeremy atravesó una fase de negación, pero en ningún momento se cuestionó que Chastin hubiera comido los cacahuetes sin que nadie lo notara. Sin embargo, yo sí. Yo sabía. Lo sabía.

Cada vez que miraba a Harper, veía su sentimiento de culpa. Hacía años que sabía que ocurriría. Años. Desde que las gemelas tenían seis meses, yo sabía que Harper encontraría la manera de matarla. ¡Y qué crimen tan perfecto había cometido! Ni siquiera su padre sospechaba de ella.

En cambio, a su madre no la podía engañar.

Yo echaba de menos a Chastin, evidentemente, y me entristecía su muerte. Pero me desagradaba la manera que había tenido Jeremy de encajar el golpe. Estaba destrozado. Paralizado emocionalmente. Tres meses después de la muerte de Chastin, empecé a impacientarme. Sólo habíamos hecho el amor dos veces desde entonces y ni siquiera me había besado con verdadera pasión en ninguna de las dos ocasiones. Era como si hubiera desconectado de mí, como si me usara para desahogarse y sentirse mejor, como si sólo quisiera sentir brevemente algo distinto de su agonía. Pero yo quería algo más. Quería recuperar al antiguo Jeremy.

Lo intenté una noche. Me volví hacia él y le apoyé la mano sobre el pene mientras dormía. Lo froté con la mano, esperando a que reaccionara. Pero no. Se limitó a apartarme, diciendo:

—Estoy bien, Verity. No hace falta.

Lo dijo como si me estuviera haciendo un favor. Como si me rechazara por mi bien, para que me quedara tranquila.

Pero yo no necesitaba quedarme tranquila.

No necesitaba su consuelo.

Había tenido más de ocho años para asimilarlo. Sabía que iba a ocurrir. Había soñado con ese momento. Le había dado a Chastin todo mi amor, cada minuto de su vida, porque sabía que ocurriría. Sabía que Harper le haría algo así, aunque fuera imposible demostrar su culpabilidad. Y aunque yo intentara demostrar que Harper la había matado, sabía que Jeremy jamás me creería. La quería demasiado. Nunca creería algo tan atroz. Jamás podría aceptar que una niña pudiera hacerle algo así a su hermana gemela.

En parte, me sentía culpable. Si yo hubiera intentado asfixiarla otra vez cuando estaba en la cuna, o si le hubiera dejado a mano una botella de lejía cuando era pequeña, o si hubiera estrellado el coche contra un árbol después de olvidar ponerle el cinturón de seguridad y desactivar la bolsa de aire, lo sucedido podría haberse evitado. ¡Eran tantos los potenciales accidentes que podría haber provocado! Que debería haber provocado.

Si hubiera eliminado a Harper antes de que actuara, Chastin aún estaría con nosotros.

Y quizá Jeremy no estaría tan triste todo el puto día.

18

Verity está en el salón. April la ha bajado en el ascensor antes de marcharse al final de su jornada de trabajo. Es un cambio en la rutina que no estoy segura de apreciar.

—Esta tarde está muy despierta —dijo la enfermera—. He pensado que será mejor dejarla aquí abajo y que Jeremy la acueste más tarde.

La ha dejado delante del televisor, en la silla que ha estacionado al lado del sofá.

Ahora está viendo «La ruleta de la fortuna».

O mirando fijamente en esa dirección, al menos.

Yo estoy en la puerta del salón, observándola. Jeremy está en el piso de arriba, con Crew. Está oscuro fuera y la luz del salón no está encendida, pero la claridad de la pantalla del televisor es suficiente para que pueda ver la cara inexpresiva de Verity.

Es inimaginable que alguien se esfuerce tanto para fingir una incapacidad grave durante tanto tiempo. Ni siquiera sé si es posible. ¿No se sobresaltaría con un estrépito inesperado?

Junto a mí, cerca de la entrada del salón, hay un cuenco lleno de bolas de cristal decorativas, mezcladas con otras de madera. Miro a mi alrededor, agarro una de las bolas de madera y la arrojo en su dirección. Cuando cae al suelo delante de ella, ni siquiera parpadea.

Sé que oye bien y no tiene la cara paralizada. ¿Por qué no reacciona? Aunque el daño cerebral le impida entender el lenguaje hablado, debería sobresaltarse al oír un ruido inesperado. ¿No debería tener algún tipo de reacción?

Debería, a menos que se haya entrenado para no reaccionar.

La observo un rato más, hasta que yo misma empiezo a espantarme de mis propios pensamientos.

Vuelvo a la cocina, dejándola en compañía de los presentadores del concurso.

Me quedan solamente dos capítulos de su autobiografía. Ojalá no encuentre una segunda parte escondida en algún sitio antes de irme, porque no podría soportarlo. El estado de ansiedad que me produce la lectura de cada capítulo es peor que el que me asalta después de un episodio de sonambulismo.

Ha sido un alivio saber que Verity no tuvo nada que ver con la muerte de Chastin, pero sus procesos mentales en torno a la tragedia me resultan muy perturbadores. Parece tan distante, tan bidimensional... ¡Acababa de perder a su hija! Y lo único que se le ocurre es arrepentirse de no haber matado a Harper y criticar a Jeremy porque tarda mucho en superar su dolor.

Decir que me resulta perturbadora su manera de pensar es decir poco. Por suerte, pronto se acabará todo. La mayor parte del texto autobiográfico habla de cosas que ocurrieron hace años, pero este último capítulo describía sucesos más recientes. De hace menos de un año. De unos meses antes de la muerte de Harper.

«La muerte de Harper.»

Es lo que tengo pensado hacer a continuación. Quizá esta noche. No lo sé. No he dormido bien estos últimos días y temo que después de terminar la lectura no sea capaz de pegar ojo.

Esta noche prepararé espaguetis para Jeremy y Crew. Intento concentrarme en la cena y no pensar en que Verity es una desalmada. He planificado deliberadamente la cena para que estuviera lista cuando April ya se hubiera marchado. Y espero que Jeremy acueste a Verity antes de sentarnos a la mesa. El día de mi cumpleaños está a punto de acabarse y preferiría cortarme una mano antes que cenar precisamente hoy sentada al lado de Verity Crawford.

Estoy revolviendo la salsa cuando me doy cuenta de que hace varios minutos que no oigo la televisión. Suelto con cuidado la cuchara y la dejo sobre la encimera, al lado del cazo.

—¿Jeremy? —lo llamo con la esperanza de que esté en el salón.

Espero que él sea la razón de que ya no se oiga el ruido del televisor.

—¡Un segundo! ¡Ahora bajo! —responde desde el piso de arriba.

Cierro los ojos, sintiendo que ya se me empieza a acelerar el pulso. «Si esa perra ha apagado el televisor, pienso salir de esta casa descalza, tal como estoy ahora, para no volver nunca más.»

Aprieto los puños a los lados del cuerpo, harta ya de toda esta mierda. Harta de esta casa y de esa mujer siniestra, de esa arpía psicótica.

No voy de puntillas al salón. Voy pisando fuerte.

El televisor sigue encendido, pero sin volumen. Verity está en la misma posición que antes. Voy hasta la mesa al lado de la silla de ruedas y agarro el control remoto. Ahora la tele está en modo silencioso y yo ya no puedo más. No puedo soportarlo. «¡Los televisores no se silencian solos!»

—Eres una zorra manipuladora —mascullo.

Mis palabras me sorprenden incluso a mí misma, pero no lo suficiente para dejarlo y marcharme. Es como si cada palabra que he leído en su manuscrito alimentara el fuego que arde en mi interior. Desactivo el modo silencioso del televisor y dejo caer el control remoto en el sofá, fuera de su alcance. Me arrodillo delante de ella, de manera que me sitúo justo en su línea visual. Estoy temblando, pero esta vez no es de miedo, sino porque estoy furiosa con ella. Indignada por la clase de pareja que ha sido para Jeremy. Colérica por el tipo de madre que fue para Harper. Furiosa porque están pasando muchas cosas extrañas y sólo las veo yo. ¡Estoy harta de sentir que estoy loca!

—No mereces el cuerpo en el que estás atrapada —le susurro mirándola directamente a los ojos—. Ojalá te mueras sofocada con tu propio vómito, como quisiste hacerle a tu hija cuando era un bebé.

Me quedo esperando. Si está ahí dentro..., si me ha oído..., si está fingiendo..., habrá entendido mis palabras. Se le notará en la cara: un respingo, un parpadeo, algo.

Sigue inmóvil. Intento pensar en algo que la haga reaccionar, algo que no le permita mantener la compostura cuando se lo haya dicho. Me pongo de pie, me inclino sobre ella y le anuncio al oído:

—Jeremy va a cogerme en tu cama esta noche.

Espero un poco más..., un sonido..., un movimiento.

Lo único que percibo es olor a orina. Llena el aire y me impregna la pituitaria.

Le miro los pantalones justo cuando Jeremy empieza a bajar la escalera.

—¿Necesitabas algo?

Me separo de Verity y accidentalmente empujo con el pie la bola de madera que le he arrojado hace un momento. Señalo el pantalón antes de agacharme a recoger la bola.

—Creo que se ha... Me parece que hay que cambiarla.

Jeremy agarra las empuñaduras de la silla de ruedas y la empuja fuera del salón en dirección al ascensor.

No sé por qué, pero nunca me había preguntado quién la bañaba y la cambiaba. Supuse que la enfermera se ocuparía de esas cosas, pero obviamente no puede hacerlo siempre. La incontinencia de Verity y el hecho de que tenga que usar pañales y necesite que la bañen alimentan aún más la pena que siento por Jeremy. Ahora la está llevando al piso de arriba para hacerle todo eso y yo estoy furiosa.

«Furiosa con Verity.»

Seguramente su estado actual es el resultado directo de su pésima calidad humana con sus hijos y con Jeremy. Pero ahora él tendrá que sufrir el resto de su vida las consecuencias del karma de Verity.

No es justo.

Y aunque no ha reaccionado ante nada de lo que le he dicho, tengo la sensación de que he logrado asustarla y eso me ha convencido aún más de que está ahí, en algún sitio. Y sabe que no le tengo miedo.

He cenado con Crew, que ha pasado todo el tiempo jugando con su iPad. Habría querido esperar a Jeremy, pero sé que no le gusta que Crew cene solo y se estaba haciendo la hora de que el niño se fuera a la cama. Mientras Jeremy atendía a Verity, acosté a Crew y esperé a que se durmiera. Cuando Jeremy termine de lavar, cambiar y acostar a Verity, los espaguetis se habrán enfriado.

Por fin lo oigo bajar la escalera, mientras friego los platos.

No hemos hablado mucho desde que nos besamos. No sé cómo estarán las cosas entre nosotros, ni si estaremos incómodos y nos iremos cada uno a su habitación cuando Jeremy haya terminado de cenar. Lo oigo detrás de mí, comiendo pan de ajo mientras acabo de fregar.

—Lo siento —se disculpa.

—¿Por qué?

—Por perderme la cena.

Me encojo de hombros.

—No te la has perdido. Come.

Toma un plato del armario y se sirve espaguetis. Lo mete en el microondas y se apoya en la encimera, a mi lado.

—Lowen. —Me volteo para mirarlo—. ¿Qué ocurre?

Niego con la cabeza.

—Nada, Jeremy. Éste no es mi sitio.

—¿Por qué lo dices?

No quiero tener esta conversación con él. Es verdad que no es mi sitio. Es su vida. Su mujer. Su casa. Y yo solamente me quedaré dos días más, como mucho. Me seco las manos en un paño de cocina y entonces pita el microondas.

Jeremy no se mueve para abrirlo, porque está demasiado concentrado mirándome. Parece como si intentara sonsacarme algo con la mirada.

Me apoyo en la isla central de la cocina y dejo escapar un suspiro mientras echo la cabeza hacia atrás.

—Es sólo que... me siento mal por ti.

—No debes.

—No puedo evitarlo.

—Puedes.

—No, no puedo.

Abre el microondas y saca su plato. Lo deja en la encimera, porque está demasiado caliente, y se gira para mirarme otra vez.

—Es mi vida, Low, y puedo hacer con ella lo que quiera. Tu compasión no me ayuda.

—Te equivocas. ¡Puedes hacer mucho! No tienes ninguna obligación de vivir de esta manera, día tras día. Hay residencias, clínicas donde podrían cuidarla muy bien. Tendría más oportunidades de recuperarse. Y Crew y tú no estarían atados a esta casa por el resto de sus vidas.

Jeremy aprieta la mandíbula. Ojalá no le hubiera dicho nada.

—Te agradezco que pienses que merezco una vida mejor, pero deberías ponerte en la piel de Verity.

No tiene idea de lo mucho que me he puesto en la piel de Verity a lo largo de estas dos últimas semanas.

—Ya lo he hecho, créeme. —La frustración por no encontrar las palabras me lleva a apretar los puños y golpear la encimera—. Ella no querría esto para ti, Jeremy. Estás preso en tu propia casa. ¡También Crew lo está! Tu hijo necesita salir de estas cuatro paredes. Llévalo de vacaciones. Vuelve a trabajar y pon a Verity en una residencia, donde estará atendida las veinticuatro horas del día.

Él empieza a negar con la cabeza, antes incluso de que yo termine la frase.

—No puedo hacerle eso a Crew. Ha perdido a sus dos hermanas. No podría soportar otra pérdida. Si Verity está en casa, al menos puede pasar algún rato a su lado.

No ha mencionado su deseo de tenerla aquí. Solamente la necesidad de Crew.

—Entonces ponla en una residencia solamente una parte del tiempo —replico—. De ese modo, no te agobiará. Tráela a casa los fines de semana, cuando Crew no tenga que ir a la escuela.

Me acerco y le tomo la cara entre las manos para que me mire. Quiero que vea que me preocupo por él. Tal vez si se convence de que alguien piensa realmente en su bienestar, se tomará más en serio esta conversación.

—Necesitas tener horas para ti, Jeremy —le digo en voz baja—. Momentos egoístas. Mereces una vida donde puedas tener momentos que no tengan nada que ver con ella y sólo importe lo que tú quieras.

Siento que aprieta los dientes bajo las palmas de mis manos. Se aparta de mí y se apoya en la encimera de granito, cabizbajo.

—¿Lo que yo quiera? —pregunta.

—Sí. ¿Qué quieres?

Echa atrás la cabeza y se ríe, como si la pregunta fuera muy tonta. Después dice dos palabras, simplemente, como si la respuesta fuera la más sencilla que hubiera tenido que dar en toda su vida.

—A ti.

Se aparta de la encimera y viene hacia mí. Me toma de la cintura con las dos manos y apoya su frente sobre la mía, mirándome a los ojos con auténtico deseo.

—Te quiero a ti, Low.

Recibe mi sensación de alivio con un beso. Es diferente del primero. Esta vez Jeremy es paciente y sus labios se mueven perezosamente sobre los míos, mientras su mano se amolda a la curva de mi nuca. Me saborea y con cada movimiento de la lengua enciende aún más mi deseo. Se inclina un poco, me levanta del suelo y me sube hasta colocarme con las piernas en torno a su cintura.

Estamos saliendo de la cocina, pero no quiero abrir los ojos hasta que estemos solos detrás de la puerta bloqueada con cerrojo. Esta vez Verity no va a arruinarme la noche.

Una vez en el dormitorio, me suelta y yo me deslizo hacia abajo, separando mis labios de los suyos. Me deja de pie junto a la cama mientras se dirige otra vez hacia la puerta.

—Quítate la ropa.

Me lo dice sin mirarme, mientras pasa el cerrojo de la puerta de mi dormitorio.

Es una orden y yo estoy ansiosa por obedecerlo, ahora que la puerta está bien cerrada. Nos miramos mutuamente mientras nos desvestimos. Él se quita los pantalones y yo la blusa; después se quita la camisa y yo los pantalones. Me quito el brasier y él me observa. No me toca ni me besa. Solamente me observa.

Me invaden muchas emociones mientras me quito los calzones: temor, excitación, irritación, deseo, anticipación... Me las bajo por las caderas, las piernas, y finalmente las aparto con el pie. Cuando vuelvo a incorporarme, estoy totalmente expuesta delante de él.

Me absorbe con la vista mientras se quita la última prenda de ropa. Algo tiembla en mi interior, porque, por exactas que fueran las descripciones que Verity había hecho de su físico, no estaba preparada para la completa magnitud de su cuerpo.

Los dos estamos frente a frente, desnudos, y respiramos de manera audible.

Se acerca unos pasos, con la vista fija en mi cara y en ningún sitio más. Sus manos tibias se deslizan por mis mejillas y se enredan en mi pelo mientras vuelve a atraer mi boca hacia la suya. Me besa con dulzura y suavidad, jugando apenas con la lengua.

Sus dedos bajan a lo largo de mi espalda y me estremezco.

—No tengo condones —dice mientras me agarra el trasero con las dos manos y me aprieta contra él.

—Yo no tomo la píldora.

Mis palabras no le impiden levantarme del suelo y tumbarme en la cama. Sus labios rodean brevemente mi pezón izquierdo y después rozan mi boca mientras se echa sobre mí.

—Me correré fuera.

—Perfecto.

La palabra lo hace sonreír.

—Perfecto —susurra con la boca contra mis labios mientras empieza a penetrarme.

Los dos estamos tan concentrados en conectar que ni siquiera nos besamos. Simplemente confundimos nuestras respiraciones con los labios a escasa distancia. Aprieto los párpados mientras intenta caber en mi interior en toda su longitud. Al principio me hace un poco de daño, pero cuando empieza a moverse, el dolor se ve reemplazado por una agradable sensación de plenitud que me hace gemir de placer.

Los labios de Jeremy encuentran mi mejilla y después vuelven a mi boca antes de apartarse. Cuando abro los ojos, veo a un hombre que por una vez no está pensando en nada que no tenga justo delante. Ya no tiene aquella mirada distante. Ahora somos solamente él y yo.

—¿Tienes idea de cuántas veces he imaginado que estaba contigo?

Es una pregunta retórica, al parecer, porque el beso que le sigue me impide contestarle. Me rodea un pecho con la mano, mientras me sigue besando. Después de un minuto más o menos en esa posición, se retira de mí y me pone boca abajo. Me penetra por detrás, mientras me susurra al oído:

—Voy a cogerte en todas las posiciones que he imaginado contigo.

Sus palabras me bajan hasta el vientre y provocan un incendio.

—Sí, por favor —respondo.

Entonces me apoya la palma plana sobre el estómago y me levanta hasta ponerme de rodillas, apoyando el pecho contra mi espalda, sin salirse.

Siento su respiración caliente en la nuca. Levanto una mano y lo agarro del pelo, para llevar su boca hasta mi piel. La posición dura unos treinta segundos y enseguida sus manos se deslizan hasta mi cintura. Me hace girar hasta quedar frente a frente y entonces me pone encima de él.

Me siento débil ante su fuerza, ante sus manos robustas, que me mueven sin esfuerzo cada pocos minutos. Advierto que en todas las descripciones de su vida sexual que he leído Verity siempre tenía que controlarlo de algún modo.

En cambio, yo abandono todo el control en sus manos.

Dejo que me posea de todas las maneras que quiera.

Y lo hace, durante más de media hora. Cada vez que parece próximo a correrse, se retira, me besa y vuelve a penetrarme de otra manera y en otra posición. Es un ciclo que no quiero que acabe nunca.

Al final terminamos en una de las posiciones que a mi entender es una de sus favoritas: él tumbado en la cama, con la cabeza en la almohada, y yo a horcajadas sobre su cara, con los muslos a ambos lados de su cabeza. Pero no sé muy bien si hemos acabado en esa posición por iniciativa suya o mía. Todavía no he bajado hasta encontrar su boca, porque estoy mirando las marcas de dientes en la cabecera.

Cierro los ojos, porque no quiero verlas.

Sus manos se deslizan por mi vientre hacia mi pecho. Me agarra las tetas y empieza a abrirme suavemente por debajo con la lengua. Echo atrás la cabeza y gimo con tanta fuerza que tengo que taparme la boca con una mano.

Parece que mis gemidos le han gustado, porque vuelve a hacer exactamente lo mismo con la lengua, y la marea del éxtasis me empuja hacia delante, hasta que tengo que agarrarme a la cabecera. Abro los ojos y noto que tengo la boca a pocos centímetros de la madera, a escasa distancia de las marcas que han dejado los dientes de Verity todas las veces que él la ha tenido en esta misma posición.

Cuando los dedos de Jeremy bajan por mi vientre para acompañar el trabajo de su boca, ya no puedo reprimir los gritos. En la posición en que me encuentro, no tengo más remedio que inclinarme hacia delante y amortiguar del único modo posible los aullidos de mi orgasmo.

Muerdo la madera que tengo delante.

Siento las marcas de los dientes de Verity bajo los míos. El arco es diferente. No se alinea con mis dientes. Muerdo la madera con todas mis fuerzas mientras llego al clímax, decidida a dejar marcas mucho más profundas de las que ella ha dejado nunca. Quiero pensar solamente en Jeremy y en mí cada vez que vuelva a ver esta cabecera.

Verity está confinada en una habitación, pero su presencia se cierne prácticamente sobre todas las estancias de la casa. Ya no quiero pensar en ella cuando esté en este dormitorio.

Después del orgasmo, me aparto de la cabecera, abro los ojos y veo las marcas frescas que he dejado. Cuando estoy pasando por encima el pulgar para quitar la saliva, Jeremy me tumba boca arriba y de repente vuelvo a estar debajo de él. Ni siquiera tiene que penetrarme para alcanzar el clímax. Se apoya sobre mi vientre y siento la húmeda calidez derramándose sobre mi piel mientras su boca encuentra la mía.

Por su beso apasionado, me doy cuenta de que la noche será larga.

19

Nuestro segundo asalto se produjo bajo la regadera, media hora después. Nuestras manos se prodigaban sobre nuestros cuerpos, nuestras bocas eran una sola y enseguida estuvo dentro de mí —apoyada con las palmas de las manos contra las baldosas de la pared—, empujando con fuerza bajo el chorro de la regadera.

Se retiró y se corrió sobre mi espalda, antes de lavarme de pies a cabeza con jabón.

Ahora volvemos a estar en la cama, pero son casi las tres de la madrugada y sé que pronto volverá a su cuarto. No quiero que se vaya. Estar con él es exactamente como lo había imaginado y, además, su abrazo hace que me sienta segura en esta casa. Me hace sentir a salvo de peligros de los que él ni siquiera es consciente.

Me tiene abrazada contra su pecho y sus dedos se deslizan arriba y abajo por mi brazo. Desde hace un rato combatimos el sueño haciéndonos preguntas. Ahora la conversación está adquiriendo un cariz más personal, porque me ha preguntado cómo fue mi última relación.

—Superficial.

—¿Por qué?

—Ni siquiera estoy segura de que fuera una relación de

pareja —le digo—. Creíamos que sí, pero se reducía únicamente al sexo. Nunca encontramos la manera de que nuestras respectivas vidas encajaran más allá de la cama.

—¿Cuánto duró?

—Bastante. —Me levanto sobre el codo y lo miro—. Estaba con Corey, mi agente.

Los dedos de Jeremy se detienen en su recorrido por mi brazo.

—¿El agente que yo conocí?

—Sí.

—¿Y aún es tu agente?

—Es muy bueno en su profesión.

Apoyo otra vez la cabeza en su pecho y sus dedos reanudan su movimiento a lo largo de mi brazo.

—Me has puesto un poco celoso —reconoce.

Me río, porque percibo que él también se está riendo. Después de unos segundos de silencio, le hago una pregunta que me llena de curiosidad.

—¿Cómo era tu relación con Verity?

Jeremy suspira y mi cabeza sigue el movimiento de su pecho. Después cambia de posición, de manera que ahora estamos acostados de lado, con las cabezas apoyadas sobre la almohada, frente a frente.

—Responderé a tu pregunta, pero no quiero que pienses mal de mí.

—No lo haré —le prometo, negando con la cabeza.

—La quería. Era mi mujer. Pero a veces no estaba seguro de que nos conociéramos de verdad. Vivíamos juntos, pero era como si nuestros mundos no estuvieran conectados. —Me apoya los dedos sobre los labios y repasa su contorno—. Yo sentía una atracción salvaje por ella. Pro bablemente no te gustará oírlo, pero así era. Nuestra vida sexual era increíble. Pero el resto... No sé. Desde el principio sentí que faltaba algo, pero me quedé a su lado, me casé con ella y construimos juntos una familia, porque siempre tuve la sensación de que era posible alcanzar una conexión más profunda. Pensaba que un día me despertaría, la miraría a los ojos y entonces todo encajaría. La mítica pieza del rompecabezas finalmente encontraría su sitio.

«No puedo pasar por alto que ha dicho que la quería, en pasado.»

—¿Y al final lograste esa conexión?

—No, al menos, no como yo la esperaba. Pero he sentido algo similar: un momento fugaz de particular intensidad, que me ha demostrado que es posible conectar con una persona en un plano más profundo.

—¿Cuándo ha sido eso?

—Hace unas semanas —contesta en voz baja—. En el baño de una cafetería, con una mujer que no era la mía.

Me besa en cuanto esa frase escapa de sus labios, como para no dejarme hacer ningún comentario. Quizá se siente culpable por haberlo dicho. O por sentir esa conexión pasajera conmigo después de intentarlo con su mujer durante muchos años.

Aunque prefiera que yo no reaccione a lo que acaba de reconocer, siento que algo crece en mi interior, como si sus palabras me penetraran y se expandieran dentro de mí. Me atrae hacia él y cierro los ojos mientras apoyo la cabeza contra su pecho. Ya no volvemos a hablar antes de quedarnos dormidos.

Me despierto unas dos horas más tarde, oyendo su voz junto a mi oído.

—Mierda. —Se sienta bruscamente en la cama y arrastra consigo la mayor parte de la sábanas—. ¡Mierda!

Me froto los ojos y me giro hacia él.

—¿Qué pasa?

—No quería quedarme dormido. —Tiende una mano hacia el suelo y empieza a recoger su ropa—. No puedo estar aquí cuando Crew se despierte.

Me da dos besos y se va hacia la puerta. Abre el cerrojo y tira de la perilla.

La puerta no se mueve.

Prueba otra vez la perilla mientras yo me siento en la cama, levantando las sábanas para cubrirme el pecho desnudo.

—Mierda —exclama otra vez—. La puerta se ha quedado atascada.

De repente lo entiendo, y siento que dejo atrás bruscamente el placer de esta noche. Vuelvo a estar en el momento presente, en otra situación de desolación en esta casa siniestra. Niego con la cabeza, pero Jeremy está mirando la puerta y no me ve.

—No está atascada —digo en tono sereno—. Está cerrada con cerrojo. Por fuera.

Él voltea y me mira, con una expresión que comienza a ser de preocupación. Intenta tirar de la puerta con las dos manos. Cuando comprende que tengo razón y que efectivamente la puerta está cerrada por fuera, empieza a golperla. Me quedo donde estoy, temiendo lo que pueda encontrar cuando finalmente consiga abrirla.

Lo intenta todo, pero el último recurso es llamar a Crew.

—¡Crew! —grita golpeando la puerta del dormitorio.

«¿Y si ella se lo ha llevado?»

No creo que fuera a hacer algo así. Ni siquiera le tiene afecto. Pero quiere a Jeremy. Está loca por él. Si supiera que ha pasado la noche conmigo en esta habitación, probablemente se llevaría a Crew por despecho.

Pero la mente de Jeremy aún no ha llegado a eso. En su cabeza, Crew nos está gastando una broma. O tal vez el cerrojo se moviera accidentalmente cuando cerró la puerta anoche. Ésas son las únicas explicaciones posibles para él. En este momento, parece simplemente contrariado, pero no inquieto.

Mira el reloj de la mesilla de noche y vuelve a golpear la puerta.

—¡Crew, abre, por favor! —Apoya la frente en la puerta—. April llegará dentro de poco —comenta en voz baja—. No puede encontrarnos juntos aquí dentro.

«¿En eso está pensando?»

A mí me preocupa que su mujer haya secuestrado a su hijo en medio de la noche y él sólo piensa en no ser sorprendido cogiendo con la invitada.

—Jeremy...

—¿Qué? —pregunta sin dejar de golpear la puerta.

—Ya sé que no te parece verosímil, pero... ¿anoche echaste el cerrojo de la puerta de Verity?

Hace una pausa.

—No lo recuerdo —responde en voz baja.

—Si por alguna extraña circunstancia ha sido Verity quien nos ha encerrado aquí..., es probable que Crew ya no esté en esta casa.

Cuando me mira, hay temor en sus ojos. Tiende una mano hacia el suelo, empieza a recoger su ropa y a vestirse a toda prisa. Entonces, en un solo movimiento rápido, atraviesa la habitación y desbloquea la ventana. La levanta, pero hay dos hojas de cristal y la segunda no cede tan fácilmente como la primera. Sin dudarlo, viene a la cama, le arranca la funda a una almohada y se envuelve con ella la mano. De un puñetazo, rompe el vidrio, termina de apartar los cristales con los pies y sale por la ventana.

Unos segundos después, oigo que abre el cerrojo de la puerta de mi habitación mientras pasa de largo en dirección a la escalera. Antes de que yo salga del dormitorio, ya está en el cuarto de Crew. Lo oigo correr por el pasillo hacia la habitación de Verity. Cuando lo veo aparecer otra vez en lo alto de la escalera, tengo el corazón en la garganta.

Sacude la cabeza y se dobla sobre sí mismo con las manos sobre las rodillas, sin aliento.

—Están dormidos.

Se agacha, como si le flaquearan las piernas, y se pasa las dos manos por el pelo.

—Están dormidos —repite aliviado.

Yo también siento alivio. Aunque no del todo.

Mi paranoia está empezando a afectar a Jeremy.

No le hago ningún favor contagiándole mis preocupaciones. Un instante después, entra April por la puerta principal. Me mira primero a mí y a continuación a Jeremy, que está agachado en lo alto de la escalera. Él levanta la vista y ve que la mujer lo está mirando.

Se incorpora, baja la escalera sin mirarnos a ella ni a mí, se encamina hacia la puerta trasera, la abre y sale al jardín.

April me mira desde la puerta principal.

Me encojo de hombros.

—Crew ha tenido una noche agitada.

No sé si se lo ha creído, pero sube la escalera como si le importara un comino que yo esté diciendo la verdad o mintiendo.

Voy al estudio y cierro la puerta. Saco el resto del texto de Verity y me dispongo a leerlo. Tengo que terminarlo hoy. Necesito saber cómo acaba, si es que tiene un final. Siento la necesidad de enseñárselo a Jeremy. Necesito demostrarle que no se equivocaba cuando pensaba que nunca habían conectado de verdad. Porque él no conocía a la auténtica Verity.

Hay algo sospechoso en esta casa, y mientras Jeremy no desconfíe de esa mujer del piso de arriba tanto como yo, tengo la sensación de que volverá a ocurrir algo malo. Caerá el otro zapato.

Después de todo, estamos en una casa llena de «crónicos». La siguiente tragedia ya está tardando.

CAPÍTULO 14

Es fácil recordar todos los detalles de la mañana que murió Harper, porque fue hace pocos días. Recuerdo cómo olía: A grasa. Hacía dos días que no se lavaba el pelo. Lo que llevaba puesto: *leggings* violetas, camisa negra y suéter de punto. Lo que estaba haciendo: pintando, sentada a la mesa con Crew. Lo último que le dijo Jeremy aquel día: «Te quiero, Harper».

Hacía seis meses que había muerto Chastin. Exactamente seis meses. Por tanto, yo llevaba ciento ochenta y dos días y medio alimentando el resentimiento contra la niña culpable.

Jeremy había dormido en el piso de arriba la noche anterior. Crew lloraba y lo llamaba casi todas las noches, por lo que desde hacía dos meses se había instalado en el dormitorio de invitados. Intenté decirle que no era bueno para Crew y que lo estaba malcriando, pero no me escuchaba. Su principal interés eran los dos hijos que le quedaban.

Aunque tenía una criatura menos que atender, era como si tuviera que estar todavía más concentrado que antes.

Habíamos hecho el amor solamente cuatro veces desde la muerte de Chastin. Ya no se excitaba cuando yo intentaba seducirlo. Ni siquiera cuando le chupaba la verga. Lo peor de todo era que no parecía importarle. Podría haber tomado Viagra, pero no quería. Decía que solamente necesitaba un poco más de tiempo para adaptarse a la vida sin Chastin.

Tiempo.

No obstante, había alguien que no había necesitado tiempo para adaptarse. Harper.

Ni siquiera había pasado por una fase de depresión tras la muerte de su hermana. No lloró. No derramó ni una sola lágrima. Era muy extraño. No era normal. ¡Hasta yo lloré!

Supongo que tiene sentido que Harper no llorara. El sentimiento de culpa puede tener ese efecto en una persona.

De hecho, tal vez sea la culpa lo que me impulsa a mí a escribir todo esto.

Porque Jeremy necesita saber la verdad. Algún día, de alguna manera, encontrará este escrito. Y entonces comprenderá con qué puta locura lo he querido.

Pero volvamos al día en que Harper se llevó su merecido.

Yo estaba en la cocina, observándola mientras ella pintaba. Le estaba enseñando a Crew a pintar encima de otro color para conseguir un color nuevo. Se reían. La risa del niño era comprensible. Pero ¿la de Harper? Imperdonable. Sentí que ya no podía seguir reprimiendo la furia.

—¿No estás triste por la muerte de Chastin?

Harper levantó la vista para mirarme a los ojos. Me pareció que fingía tenerme miedo.

—Sí —contestó.

—Ni siquiera has llorado. Ni una sola vez. Tu hermana gemela ha muerto y tú te comportas como si no te importara.

Noté que se le empezaban a llenar los ojos de lágrimas. Es gracioso que la misma niña que según Jeremy era incapaz de expresar sus emociones pudiera derramar lágrimas cada vez que le convenía.

—Sí que me importa —repuso Harper—. La echo de menos.

Me reí de su respuesta y mi risa desencadenó un torrente de llanto. Se levantó de la silla y subió corriendo a su habitación.

Me volteé hacia Crew y agité la mano en dirección a Harper.

—Ahora llora.

«Ya me lo esperaba.»

Jeremy debió de cruzársela en el piso de arriba, porque enseguida oí que llamaba a su puerta.

—¿Harper? Cariño, ¿qué te pasa?

Lo imité con voz chillona de niño pequeño:

—Cariño, ¿qué te pasa?

Crew se echó a reír a carcajadas. Al menos podía hacerle gracia a un niño de cuatro años.

Al cabo de un minuto, Jeremy entró en la cocina.

—¿Qué le pasa a Harper?

—Está enfadada —mentí—, porque no la he dejado salir a jugar al lago.

Jeremy me dio un beso en la sien. Me pareció que lo hacía con auténtico amor, y me hizo sonreír.

—Hace un día precioso —declaró—. ¿Por qué no los llevas a los dos a jugar fuera?

Como estaba detrás de mí, no vio mi expresión de disgusto. Tendría que haber elegido una mentira mejor para explicar el llanto de Harper, porque ahora Jeremy quería que los llevara al lago y jugara con ellos.

—Quiero ir al agua —dijo Crew.

Jeremy agarró la cartera y las llaves.

—Ve a decirle a Harper que se ponga los zapatos. Mamá los llevará. Yo ahora tengo que salir, pero volveré antes del almuerzo.

Me giré para mirarlo.

—¿Adónde vas?

—Al supermercado —respondió—. Te lo he dicho esta mañana.

Era verdad.

Crew subió corriendo la escalera y yo dejé escapar un suspiro.

—¿No es mejor que vaya yo al supermercado? Quédate tú y juega con ellos.

Jeremy se me acercó, me rodeó con un brazo y apoyó su frente sobre la mía. Sentí que su gesto me llegaba directamente al corazón.

—No has escrito nada en seis meses. Te quedas encerrada. No juegas con los niños. —Me atrajo hacia sí y me abrazó—. Estoy preocupado por ti, pequeña. Sal con ellos al sol, solamente media hora. Hazlo por la vitamina D.

—¿Crees que estoy deprimida? —repuse, apartándome de sus brazos.

Era una idea ridícula. El que estaba deprimido era él.

Apoyó las llaves sobre la encimera para poder tomarme la cara con las dos manos.

—Creo que los dos estamos deprimidos. Y lo estaremos durante un tiempo. Tenemos que cuidarnos mutuamente.

Le sonreí. Me gustó la idea de estar juntos en la depresión. Quizá fuera cierto que lo estábamos. Entonces me besó, y por primera vez en muchas semanas fue un beso con mucha pasión y muy poca tristeza. Fue como en los viejos tiempos. Lo atraje hacia mí y me puse de puntillas, para besarlo con más pasión todavía. Sentía su creciente erección contra mi cuerpo, esta vez sin coerción por mi parte.

—Quiero que esta noche duermas en nuestra habitación —le susurré.

Sonrió con la boca contra mis labios.

—De acuerdo. Pero no creo que vayamos a dormir mucho.

Su tono de voz, su mirada ardiente, su sonrisa... «Has vuelto, Jeremy Crawford. ¡Cuánto te he echado de menos!»

Cuando se marchó, llevé a sus condenados niños a jugar junto al lago. También me llevé el último de los libros de la serie que había escrito. Jeremy tenía razón. Hacía seis meses que no escribía nada. Necesitaba volver al trabajo. Ya se me había pasado un plazo, pero la editorial había sido indulgente conmigo, gracias a la trágica muerte «accidental» de Chastin.

Probablemente los editores habrían sido todavía más indulgentes si hubieran sabido de verdad lo ocurrido.

Cuando llegamos al lago, Crew empezó a caminar por el muelle en dirección a la canoa amarrada. Me puse nerviosa, porque el muelle era viejo y Jeremy no quería que los niños jugaran en él. Pero me tranquilicé pensando que Crew no pesaba mucho y que además era poco probable que se escurriera entre los tablones.

Se sentó al borde del muelle y metió los pies en la canoa. Era sorprendente que la embarcación no se hubiera ido ya a la deriva, porque la soga que la sujetaba estaba casi deshecha.

Crew aún no lo sabe y quizá nunca lo averigüe, pero lo concebimos en esa canoa. La semana que le mentí a Jeremy diciéndole que estaba embarazada fue la más prolífica en cuanto a sexo de las que hemos tenido hasta ahora. Pero estoy casi segura de que fue en la canoa donde logré lo que me había propuesto. Por eso quise llamarlo Crew, que es nombre de capitán.

En ese momento sentí que echaba de menos aquella época.

De hecho, echaba de menos muchas cosas, y sobre todo nuestra vida antes de tener hijos. Antes de las gemelas.

Sentada aquel día en la orilla, mirando a Crew, me pregunté cómo sería tenerlo solamente a él. Necesitaríamos otra fase de adaptación si Harper ya no estuviera con nosotros, pero lo acabaríamos superando. Yo no había sido de gran ayuda para Jeremy después de la muerte de Chastin, porque durante un tiempo también me había sentido triste y deprimida. Pero si Harper muriera, podría ayudar mucho más a Jeremy en su recuperación.

Esta vez no me afectaría el duelo, porque todas mis lágrimas habían sido para Chastin.

Quizá a Jeremy le pasaría algo parecido y no sufriría tanto en esta ocasión.

Era una posibilidad.

En otro tiempo yo pensaba que la muerte de cualquiera de los hijos de una persona sería igualmente difícil que la de cualquier otro. Creía que perder un segundo hijo o incluso un tercero causaría tanto dolor como la pérdida del primero.

Pero eso había sido antes de que Jeremy y yo perdiéramos a Chastin. El dolor de su muerte nos había arrasado e inundado, hasta llegar a cada uno de nuestros rincones y apéndices.

Pensé que si la canoa volcaba con los niños dentro y Harper se ahogaba, Jeremy no tendría espacio para sentir más dolor. Era probable que hubiera alcanzado ya el máximo de lo que podía sentir.

«Si ya has perdido a una hija, te dará igual perder a los otros dos.»

Sin capacidad para más dolor y sin Harper en casa, los tres podríamos ser la familia perfecta.

—¡Harper! —Estaba a unos metros de distancia, jugando en la arena. Me puse de pie y me sacudí la tierra del trasero de los pantalones—. Ven, cariño. Vamos a dar un paseo en canoa con tu hermano.

Se levantó de un salto, sin saber que al pisar el muelle ya no volvería a sentir nunca más la tierra bajo sus pies.

—¡Me puedo ir adelante! —exclamó.

La seguí hasta el borde del muelle. Ayudé primero a Crew a montarse en la canoa y después a Harper. Entonces me senté en los tablones de madera y bajé con cuidado hasta la embarcación. Empujando con el remo, la alejé del muelle.

Yo iba detrás y Crew en el centro. Remé hasta adentrarnos bastante en el lago, mientras ellos deslizaban los dedos por la superficie del agua.

La superficie estaba en calma y no se veía a nadie más. Nuestra casa estaba a orillas de una ensenada de unos seiscientos metros de línea de costa, por lo que nuestra parte del lago solía ser bastante tranquila, sin tráfico de embarcaciones.

Harper dejó de jugar con el agua y se secó las manos en los *leggings*, de espaldas a su hermano y a mí.

Entonces me incliné para hablarle a Crew al oído. Le tapé la boca con la mano y le dije:

—Crew, cariño, contén un momento la respiración.

Agarré el borde de la canoa e incliné todo el peso de mi cuerpo hacia la derecha.

Enseguida oí un chillido. No estoy segura de que fuera de Crew o de Harper, pero después de aquel grito agudo y del ruido inicial al caer al agua, ya no oí nada más. Solamente el efecto de la presión, el silencio comprimido sobre mis tímpanos, mientras agitaba los brazos y las piernas para salir a la superficie.

Entonces oí chapoteos y los gritos de Harper y de Crew. Nadé hacia Crew y lo rodeé con mis brazos. Me volví en dirección a la casa, esperando ser capaz de llegar con el niño hasta la orilla. Estábamos más lejos de lo que pensaba.

Empecé a nadar. Harper gritaba.

Ruido de chapoteo.

Seguí nadando.

Más gritos.

Nada.

Más ruido de chapoteo.

Y otra vez, nada.

Seguí nadando y me negué a mirar atrás hasta que pude adivinar el fondo fangoso bajo los dedos de mis pies. Me aferraba a la superficie del lago como si fuera un chaleco salvavidas. Crew boqueaba y tosía, subiendo y bajando como una boya, agarrado a mí. Fue más difícil de lo que pensaba mantenerlo a flote.

Jeremy me lo agradecería. Me daría las gracias por haber salvado a Crew.

Estaría destrozado, por supuesto, pero también agradecido.

Me pregunté si dormiríamos en la misma cama esa noche. Seguramente estaría exhausto, pero querría dormir en la misma cama que yo, para abrazarme y consolarme.

—¡Harper! —gritó Crew en cuanto expulsó toda el agua de los pulmones.

Le tapé la boca, lo arrastré hasta la orilla y lo dejé caer en la arena. Tenía los ojos agrandados por el miedo.

—¡Mami! —lloró señalando detrás de mí—. ¡Harper no sabe nadar!

Yo tenía arena por todas partes: en las manos, en los brazos, en los muslos... Sentía que la respiración me quemaba la garganta. Crew intentó volver otra vez hacia el lago, andando a cuatro patas, pero lo agarré de la mano y lo obligué a sentarse. Las ondas del agua agitada me seguían lamiendo los pies. Miré en dirección al lago, pero no había nada. Ni gritos, ni chapoteos.

Crew se estaba poniendo cada vez más histérico.

—He intentado salvarla —le susurré—. Mami ha intentado salvarla.

—¡Ve a buscarla! —gritó señalando el lago.

Me pregunté qué pasaría si el niño le contara a alguien que yo no había vuelto a meterme en el lago para salvar a Harper. La mayoría de las madres se negarían a salir del agua hasta que encontraran a su hija. Necesitaba volver al lago.

—Crew, tenemos que salvar a Harper. ¿Recuerdas cómo se hace para llamar a papá con el teléfono de mamá?

Asintió con la cabeza mientras se secaba las lágrimas de las mejillas.

—Ve a casa, busca el teléfono y llama a papá. Dile que mamá está tratando de salvar a Harper y que llame a la policía.

—¡De acuerdo! —exclamó, echando a correr hacia la casa.

Era muy buen hermano.

Yo estaba helada y sin aliento, pero me obligué a volver al lago.

—¿Harper?

La llamé en voz baja, temiendo que si la llamaba con excesivo entusiasmo, recuperaría por un segundo las fuerzas y reaparecería en la superficie.

Me tomé mi tiempo. No quería llegar demasiado lejos y correr el riesgo de toparme con ella o rozarla. ¿Y si todavía estaba viva y se aferraba a mi blusa? ¿Y si intentaba arrastrarme consigo a las profundidades?

Yo era consciente de que necesitaba estar en el lago cuando llegara Jeremy. Tenía que estar llorando. Muerta de frío. Al borde de la hipotermia. Y ganaría puntos extras si era preciso que me trasladaran al hospital en ambulancia.

La canoa estaba al revés, más cerca de la orilla que cuando había volcado. A Jeremy y a mí nos había pasado un par de veces, por lo que sabía que en esos casos se formaba una bolsa de aire debajo de la embarcación. ¿Y si Harper había nadado hasta allí? ¿Y si estaba escondida debajo de ella, respirando el aire atrapado bajo la canoa, esperando para contarle a su padre lo que yo había hecho?

Nadé hacia ella. Me movía con cautela, porque no quería tocar a Harper en caso de que estuviera allí escondida. Contuve la respiración, me sumergí y volví a salir debajo de la canoa.

«Gracias a Dios», pensé.

No estaba allí.

«Gracias, Dios mío.»

Oí a lo lejos que Crew me llamaba. Volví a sumergirme y salí a la superficie fuera de la canoa. Me puse a llamar a Harper con voz de pánico, como habría hecho una madre auténticamente destrozada por el dolor.

—¡Harper!

—¡Ya viene papá! —gritó Crew desde la orilla.

Entonces empecé a llorar con más fuerza todavía el nombre de Harper. La policía llegó antes que Jeremy.

—¡Harper!

Me sumergí varias veces, hasta el límite de mi capacidad pulmonar. Repetí las inmersiones hasta que ya casi no pude mantenerme a flote. Seguí gritando su nombre y no paré hasta que un policía me sacó a rastras del agua.

Ya en la orilla, seguí gritando su nombre, intercalado con algún ocasional «¡Mi hija!» o «¡Mi niña querida!».

Había una persona en el agua buscándola. Después fueron dos y enseguida tres. Al cabo de un momento, sentí que alguien pasaba a mi lado como una exhalación, en dirección al muelle. Corrió hasta el final de la estructura y se zambulló de cabeza en el lago. Cuando salió a la superficie, vi que era Jeremy.

No puedo describir la expresión de su cara mientras llamaba a su hija. Era una mezcla de determinación, horror y enajenación mental.

Entonces empecé a llorar de verdad. Estaba histérica. Podría haberme reído de la oportunidad de mi reacción justo en ese preciso instante, pero no pude, porque una parte de mí sabía que había cometido un grave error. Acababa de verlo en la expresión de Jeremy. Esta vez le costaría mucho más recuperarse que después de la muerte de Chastin.

No me lo esperaba.

Harper llevaba más de media hora bajo el agua cuando finalmente Jeremy la encontró. Estaba enredada en una red de pesca. Desde la orilla no pude distinguir si era verde o amarilla, pero recordé que Jeremy había perdido una red amarilla el año anterior.

Tras desenredarla, los hombres lo ayudaron a llevar a la niña hasta el muelle. Jeremy intentó reanimarla hasta que el personal paramédico declaró que había muerto y aun después quiso continuar.

Siguió intentando reanimarla hasta que la estructura empezó a inclinarse bajo el peso de todos ellos y Jeremy rodó y cayó al agua, arrastrando consigo el cuerpo de Harper, mientras los otros hombres le tendían los brazos desde el muelle.

Me pregunté si aquel momento lo seguiría atormentando en el futuro: el hecho de haber caído al agua con el cuerpo de su hija muerta encima.

Pero Jeremy no dejó que los otros hombres la subieran al muelle. Buscó apoyo en el fondo del lago y la sacó del agua. Cuando llegó a la orilla, se desplomó en la arena, con ella todavía en brazos. Apoyó la cara contra su pelo empapado, y oí que le susurraba:

—Te quiero, Harper. Te quiero, Harper. Te quiero, Harper.

Lo dijo mil veces mientras la abrazaba. Su tristeza me llegó al corazón. Me arrastré hacia él y los rodeé a los dos con mis brazos.

—Intenté salvarla —susurré—. Intenté salvarla.

Jeremy no quería soltarla. El personal paramédico se la tuvo que arrancar de los brazos. Me dejó allí, con Crew, mientras él montaba en la parte trasera de la ambulancia.

No me preguntó qué había pasado. No vino a decirme que se iba. Ni siquiera me miró.

Su reacción no fue la que yo había planeado, pero me di cuenta de que estaba en estado de *shock*. Ya se adaptaría. Solamente necesitaba tiempo.

20

Me agarro a la taza del excusado mientras vomito. He empezado a sentir náuseas antes incluso de terminar de leer el capítulo. Estoy temblando, como si hubiera estado presente aquel día, como si hubiera visto con mis propios ojos lo que esa mujer le hizo a su hija, lo que le hizo a Jeremy.

Apoyo la frente sobre el brazo, sin saber qué hacer.

«¿Se lo digo a alguien? ¿Se lo cuento a Jeremy? ¿Llamo a la policía?»

¿Qué podría hacer la policía con ella?

Encerrarla. Tal vez en un psiquiátrico. Jeremy se libraría de ella.

Me lavo los dientes, mirándome al espejo. Después de enjuagarme, me seco la boca con la mano. Veo en el espejo la cicatriz que me surca la muñeca. Nunca pensé que esta cicatriz llegaría a ser insignificante para mí, pero comienza a serlo. Lo que viví con mi madre no es nada en comparación con esto.

Aquello fue una desconexión, un vínculo roto.

Esto es un asesinato.

Tomo el bolso y saco un Trankimazin. Tengo la pastilla apretada en el puño mientras me dirijo a la cocina.

Saco un vaso de chupito del armario y lo lleno hasta arriba de Crown Royal. Lo levanto en el instante preciso en que April dobla la esquina del pasillo. Se para y se me queda mirando.

Yo le sostengo la mirada mientras me llevo la pastilla a la boca y me bebo el whisky de un trago.

Vuelvo a mi habitación y echo el cerrojo de la puerta. Corro las cortinas para que no entre el sol.

Cierro los ojos y me tapo la cabeza con las sábanas mientras me pregunto qué demonios debo hacer.

Me despierto un poco más tarde, sintiendo una tibieza que me baja por el cuerpo. Algo me toca los labios. Abro los ojos de repente.

«Jeremy.»

Suspiro contra su boca mientras se acomoda encima de mí. Agradezco el consuelo de sus labios. Ni siquiera imagina que cada gramo de tristeza que sus besos están eliminando es tristeza que siento por él. Por una situación que ignora.

Aparto las sábanas para que no sean una barrera entre nosotros. Todavía me está besando cuando rueda de costado y me atrae hacia sí.

—Son las dos de la tarde —susurra—. ¿Te sientes bien?

—Sí —miento—. Sólo estoy cansada.

—Yo también.

Me desliza los dedos por el brazo y me toma la mano.

—¿Cómo has hecho para entrar? —le pregunto, recordando que la puerta estaba cerrada por dentro.

Sonríe.

—Por la ventana. April se ha llevado a Verity al médico, y todavía falta una hora para que Crew vuelva de la escuela.

El resto de la tensión que se había acumulado en mi interior se diluye al oír sus palabras. Verity no está en casa, e instantáneamente me siento en paz.

Jeremy apoya la cabeza sobre mi pecho, de cara hacia mis pies, mientras explora con los dedos la línea de mis calzones.

—He comprobado el cerrojo. Creo que si cierras la puerta con la suficiente fuerza, podría quedar enganchado accidentalmente.

No digo nada, porque no estoy segura de creerlo. Posiblemente habrá una probabilidad de que ocurra eso, pero todavía pienso que es mayor la probabilidad de que haya sido Verity.

Jeremy me levanta la camiseta, que también es suya, y me besa en un punto entre los pechos.

—Me gusta que te pongas mi ropa.

Le paso los dedos por el pelo y sonrío.

—Me gusta tu ropa porque huele a ti.

Se echa a reír.

—¿A qué huelo?

—A petricor.

Me está trazando un camino con los labios por el vientre.

—Ni siquiera sé qué significa eso.

Su voz es un murmullo contra mi piel.

—Es la palabra que designa el olor de la lluvia en el aire después de una larga sequía.

Se desplaza hasta acercar su boca a la mía.

—No sabía que hubiera una palabra para eso.

—Hay palabras para todo.

Me besa brevemente y se aparta un poco. Se le arruga el entrecejo mientras me contempla.

—¿Y para esto que estoy haciendo también hay una palabra?

—Probablemente. ¿A qué te refieres?

Me repasa con un dedo la línea de la mandíbula.

—A esto —contesta en voz baja—. Enamorarme de una mujer cuando no debería.

Se me encoge el corazón, a pesar de lo que acaba de reconocer. No me gusta que se sienta culpable de sus sentimientos, pero lo entiendo. Sea cual sea el estado de su matrimonio o de su mujer, el hecho es que se está acostando con otra en la cama de ambos. Es difícil justificar algo así.

—¿Te sientes culpable? —le pregunto.

—Sí. —Me mira en silencio un momento—. Pero no lo suficiente para dejar de hacerlo.

Apoya la cabeza en la almohada, a mi lado.

—Pero tendremos que dejarlo —digo—. Tengo que volver a Manhattan. Y tú estás casado.

Sus ojos parecen estar ocultando ideas que no quiere expresar en voz alta. Al final se inclina para besarme y me comenta:

—He estado pensando en lo que dijiste anoche en la cocina.

Me quedo callada, por miedo a lo que está a punto de decir.

¿Estará dispuesto a reconocer todo lo que le dije? ¿Pensará como yo que la calidad de su vida es tan importante como la de Verity?

—He llamado a una clínica y he acordado que pase allí

la mayor parte del tiempo, a partir del lunes. Volverá a casa los fines de semana.

Se queda esperando mi reacción.

—Creo que será lo mejor para los tres.

Como si fuera algo físico, la tristeza empieza a desvanecerse. De él y de toda la casa. La brisa entra por la ventana y reina el silencio. Jeremy parece tranquilo y en paz. Entonces tomo una decisión respecto al manuscrito autobiográfico.

No haré nada.

Jeremy no se sentiría más feliz si le demuestro que Verity asesinó a Harper. Al contrario, sería un golpe para él. Abriría demasiadas heridas y ahondaría en las que aún están frescas.

No puedo asegurar que Verity no sea una amenaza, pero hay maneras de comprobarlo más adelante. Creo que Jeremy solamente necesita más seguridad. Podría instalar una cámara en la habitación de Verity, conectada con un sensor de movimiento los fines de semana, cuando ella esté en casa. Si realmente está fingiendo su incapacidad, Jeremy lo descubrirá. Y si lo descubre, no volverá a permitirle que se acerque a Crew.

Y ahora que vivirá en una residencia, estará todavía más vigilada.

En este instante, todo parece en orden. Seguro y en orden.

—Quédate una semana más —me pide Jeremy.

Pensaba irme mañana por la mañana, pero ahora que sé que Verity pronto no estará en la casa, me entusiasma la idea de quedarme toda la semana con él, sin April ni Verity.

—De acuerdo.

Arquea una ceja.

—Querrás decir «perfecto», ¿no?

Sonrío.

—Perfecto.

Apoya la boca sobre mi vientre, me besa y vuelve a colocarse encima de mí.

Sin quitarme la camiseta, me penetra lentamente. Me hace el amor durante tanto tiempo que mi cuerpo se amolda a sus movimientos. Cuando siento que los músculos de sus brazos empiezan a tensarse bajo las yemas de mis dedos, no quiero que acabe. No quiero que se vaya nunca de mi cuerpo.

Enredo las piernas a su alrededor y atraigo su boca hacia la mía. Gruñe y me penetra aún más profundamente. Me está besando cuando llega al orgasmo, con los labios rígidos, jadeando, sin hacer el menor intento de retirarse. Después se desploma, todavía dentro de mí.

Guardamos silencio, porque los dos sabemos lo que acabamos de hacer. Pero no lo mencionamos.

Tras recuperar el aliento, Jeremy se retira de dentro de mí, baja una mano y me desliza los dedos entre las piernas. Me mira mientras me toca, esperando a que alcance el orgasmo. Cuando lo hago, no me preocupa hacer mucho ruido, porque no hay nadie más en casa, solamente nosotros dos. Es el colmo de la dicha.

Al final, mientras alargo el momento en la cama, me besa por última vez.

—Tengo que irme antes de que vuelvan.

Le sonrío, mirándolo mientras se viste. Me besa en la frente y entonces atraviesa la habitación y sale otra vez por la ventana.

No sé por qué no sale por la puerta, pero me hace reír.

Me pongo una almohada encima de la cara y sonrío. ¿Qué me está pasando? Puede que esta casa me esté trastornando, porque la mitad del tiempo tengo ganas de salir huyendo de aquí cuanto antes y la otra mitad quiero quedarme para siempre.

No hay duda. Esa autobiografía está haciendo cosas con mi cabeza que no acabo de entender. Siento que estoy enamorada de ese hombre, pero hace muy poco que lo conozco. Solamente unas semanas. Y no me he enamorado de la persona real, sino del hombre que describe Verity en su texto. Todo lo que revela acerca de Jeremy me ha permitido descubrir el tipo de persona que es y ver que merece mucho más. Quiero darle lo que ella nunca le ha dado.

Merece compartir la vida con alguien que anteponga el amor por sus hijos a todo lo demás.

Me quito la almohada de la cara y me la pongo debajo, para levantarme las caderas e impedir que se derrame la simiente que Jeremy acaba de verter en mi interior.

21

Me he quedado dormida y he soñado con Crew. Era mayor en mi sueño, debía de tener unos dieciséis años. No pasaba nada, o al menos no lo recuerdo. Solamente conservo la sensación de mirarlo a los ojos. Como si hubiera en ellos algo maligno. Como si todo lo que Verity le había hecho vivir y todo lo que había presenciado se le hubiera quedado incrustado en el alma desde la infancia.

Han pasado varias horas desde entonces y no puedo dejar de preguntarme si hago bien en guardar silencio respecto al manuscrito de Verity, sobre todo pensando en Crew. El niño vio a su hermana morir ahogada. Vio a su madre hacer muy poco por salvarla. Y aunque es muy pequeño, es posible que conserve la memoria. Quizá recuerde que su madre le pidió que contuviera el aliento antes de volcar intencionadamente la canoa.

Estoy con él en la cocina. Estamos solos Crew y yo. April se fue hace una hora y Jeremy está en el piso de arriba, acostando a Verity. Yo estoy sentada a la mesa, comiendo galletas Ritz con mantequilla de cacahuete y observando a Crew, que juega con su iPad.

—¿A qué juegas? —le pregunto.

—A *Toy Blast*.

Al menos no es *Fallout* ni *Grand Theft Auto*. Aún queda esperanza para él.

Crew levanta la vista, justo cuando me llevo una galleta a la boca. Deja el iPad y viene hacia mí, arrastrándose sobre la mesa.

—Quiero una —me pide.

Me hace reír, viéndolo reptar sobre la mesa para alcanzar la mantequilla de cacahuete. Le paso el cuchillo de untar. Distribuye una buena cantidad de mantequilla sobre una galleta y se sienta sobre las rodillas. Le brillan los ojos.

—Está muy buena.

Cuando lo veo lamer la mantequilla de cacahuete del cuchillo, arrugo la nariz.

—¿Qué haces? ¿No sabes que los cuchillos no se lamen?

Se ríe, como si acabara de decir algo gracioso.

Me reclino sobre el respaldo para mirarlo. A pesar de todo lo que ha vivido, es un buen chico. No lloriquea, no grita y sabe encontrar el humor en las pequeñas cosas. Ya no creo que sea un imbécil, como el primer día, cuando lo conocí.

Le sonrío. A él y a su inocencia. Y una vez más me pregunto si tendrá algún recuerdo de aquel día y si esos recuerdos no deberían determinar el programa terapéutico que le conviene. Como su padre no conoce el alcance de la mala experiencia que ha tenido por culpa de Verity, siento que la responsabilidad es mía. Soy yo la que ha leído el manuscrito. Soy yo la que debe hablar con Jeremy si creo que su hijo está más afectado de lo que él supone.

—Crew —le digo mientras hago girar el frasco de mantequilla de cacahuete entre los dedos—, ¿puedo hacerte una pregunta?

Asiente exageradamente con la cabeza.

—*Sip*.

Sonrío, para intentar que no se sienta incómodo con mis preguntas.

—Antes tenían una canoa, ¿verdad?

Deja de lamer el cuchillo por un momento.

—Sí.

Observo su expresión en busca de señales de que debo interrumpir esta conversación, pero no veo ninguna.

—¿Salían a veces a pasear con la canoa? ¿Por el lago?

—Sí.

Vuelve a lamer el cuchillo y yo siento cierto alivio al ver que no parece demasiado alterado por mis preguntas. Puede que no recuerde nada. Sólo tiene cinco años. Su percepción de la realidad es diferente de la que tenemos los adultos.

—¿Recuerdas el día que saliste en la canoa con tu madre... y con Harper?

No dice que sí ni tampoco asiente con la cabeza. Se me queda mirando, y no consigo distinguir si tiene miedo de contestar o si simplemente no lo recuerda. Baja la vista a la mesa, interrumpiendo el contacto visual conmigo. Vuelve a meter el cuchillo en el frasco, se lo lleva a la boca y cierra los labios sobre la hoja.

—Crew —insisto acercándome a él y colocando una mano sobre su rodilla—, ¿por qué volcó la canoa?

Sus ojos vuelven a cruzarse brevemente con los míos y se saca unos segundos el cuchillo de la boca, justo el tiempo suficiente para decir:

—Mamá me ha dicho que no hable contigo si me preguntas cosas de ella.

Me siento empalidecer, mientras él vuelve a lamer despreocupadamente el cuchillo. Me agarro al borde de la mesa, con los nudillos blancos por la tensión.

—Verity, ¿tu mamá habla contigo?

Se me queda mirando unos segundos sin responderme y entonces niega con la cabeza, con una expresión que me hace pensar que está a punto de desdecirse. Se ha dado cuenta de que no tenía que habérmelo dicho.

—Crew, ¿tu mamá les hace creer a todos que no puede hablar, pero en realidad sí que puede?

Aprieta con fuerza la mandíbula cuando todavía tiene el cuchillo en la boca. Veo que la hoja se le desliza entre los dientes y se le clava en la encía.

La sangre mana sobre sus incisivos y se le derrama por los labios. Tiro la silla al suelo por la brusquedad con que me levanto y rápidamente le quito el cuchillo de la boca.

—¡Jeremy!

Intento detener la hemorragia con la mano mientras miro a mi alrededor en busca de un paño. No encuentro nada. Crew no está llorando, pero en sus ojos hay mucho miedo.

—¡Jeremy!

Ahora estoy gritando, en parte porque necesito ayuda para Crew y en parte porque lo que acaba de suceder me ha aterrorizado.

Jeremy viene corriendo. Está delante de Crew. Lo hace inclinar la cabeza y le mira el interior de la boca.

—¿Qué ha pasado?

—Ha... —Ni siquiera puedo decirlo. Me falta el aliento—. Ha mordido el cuchillo.

—Tendrán que ponerle puntos. —Jeremy lo levanta en

brazos—. Ve a buscar las llaves de mi coche. Están en el salón.

Corro al salón y agarro las llaves. Los sigo al garaje, hasta el Jeep. Crew tiene los ojos llenos de lágrimas, como si empezara a sentir el dolor. Jeremy abre la puerta trasera y lo acomoda en su asiento elevador. Mientras tanto, yo abro la puerta delantera para montarme en el Jeep.

—Lowen —dice Jeremy. Volteo hacia él cuando acaba de cerrar la puerta de Crew—. No puedo dejar a Verity sola. Tienes que quedarte.

Se me cae el alma a los pies. Antes de poder abrir la boca para oponerme, Jeremy ya me está ayudando a bajar del coche.

—Te llamaré cuando lo hayan atendido.

Me arrebata las llaves de la mano y yo me quedo paralizada mientras el Jeep da marcha atrás para salir del garaje. Tras un giro, el coche se aleja por el sendero.

Me miro las manos, cubiertas de sangre de Crew.

«Ya no quiero estar aquí. No quiero, no quiero. Odio profundamente este trabajo.»

Transcurren unos segundos, hasta que comprendo que importa muy poco lo que yo quiera. Estoy aquí, también está Verity, y tengo que asegurarme de que su puerta esté cerrada con cerrojo. Vuelvo corriendo a la casa y subo a su habitación. Su puerta está abierta de par en par, probablemente porque Jeremy ha salido a toda prisa para llegar cuanto antes a la cocina.

Está en la cama, pero tiene las sábanas medio caídas y una pierna le cuelga sobre el borde, como si Jeremy me hubiera oído gritar antes de que pudiera acostarla del todo.

«No es problema mío.»

Cierro la puerta de golpe y echo el cerrojo. Después me pongo a pensar qué más puedo hacer por mi propia seguridad. Bajo corriendo la escalera, porque recuerdo haber visto el vigilabebés en el sótano. Por supuesto, el sótano es el último lugar donde me gustaría estar ahora, pero me sobrepongo al miedo y bajo, iluminando el camino con la linterna del celular. La vez que bajé con Jeremy no presté mucha atención, pero recuerdo que algunas de las cajas apiladas estaban cerradas.

Mientras recorro la estancia con la luz de la linterna, observo que casi todas las cajas están abiertas. Parece como si alguien las hubiera estado moviendo para inspeccionar su contenido. La idea de que haya podido ser Verity vuelve más urgente mi misión. No quiero permanecer aquí abajo más tiempo del necesario. Voy hacia la zona donde vi el monitor que sobresalía de una caja. Estaba arriba del todo cuando lo vi la vez anterior, sobre una de las cajas cerradas.

Alguien lo ha movido.

Justo cuando estoy a punto de renunciar a la búsqueda por el miedo que me produce estar aquí abajo, veo la caja en el suelo, a pocos metros de distancia. Agarro el monitor y la cámara y me encamino otra vez hacia la escalera. Tengo el corazón acelerado cuando subo los peldaños, pero siento un profundo alivio al ver que la puerta se abre y puedo salir.

Desenredo los cables y enchufo el monitor polvoriento en una toma de corriente junto a la computadora de Verity. Subo corriendo la escalera, pero antes de llegar al piso de arriba, me detengo y doy media vuelta. Voy a la cocina y tomo un cuchillo.

Cuando llego otra vez al dormitorio de Verity, empuño el cuchillo, retiro el cerrojo y abro la puerta. No se ha movido. Todavía tiene la pierna colgando sobre el borde de la cama. Con la espalda contra la pared, me acerco a su cómoda y coloco allí la cámara del vigilabebés. La oriento hacia su cama y lo enchufo.

Vuelvo a la puerta y dudo un momento antes de salir de la habitación. Al final doy un paso al frente, con el cuchillo aún en la mano, le levanto la pierna tan rápidamente como puedo y la dejo caer en la cama. Le echo encima las mantas, levanto la barandilla de la cama y cierro la puerta de golpe en cuanto salgo al pasillo.

Echo el cerrojo.

«¡Qué puta mierda es todo esto!»

Cuando llego al fregadero de la cocina, estoy sin aliento. Me lavo la sangre de las manos, que se me ha secado en la piel, y paso varios minutos limpiándola de la mesa y del suelo. Entonces vuelvo al estudio y me siento delante del monitor.

Preparo la cámara de mi celular en modo vídeo, por si Verity se mueve. Si lo hace..., quiero que Jeremy lo vea.

Aguardo.

Durante toda una hora, aguardo. Atenta al teléfono, a la espera de la llamada de Jeremy. Atenta al monitor, por si pudiera revelar las mentiras de Verity. Estoy demasiado asustada para salir del estudio y hacer cualquier cosa que no sea esperar. Me duelen las yemas de los dedos de tanto tamborilear sobre el escritorio.

Al cabo de otra media hora, me doy cuenta de que vuelvo a dudar de mí misma. «Tendría que haberse movido ya.» Ni siquiera ha abierto los ojos. No me ha visto instalar la cámara porque tenía los ojos cerrados. Por tanto, no sabe que la tiene en la habitación.

A menos que los haya abierto mientras yo bajaba la escalera. Si es así, la ha visto y sabe que la estoy vigilando.

Sacudo la cabeza. «Me estoy volviendo loca.»

Me queda un capítulo por leer de su autobiografía. Necesito rebajar la tensión, si voy a quedarme una semana más en esta casa. No puedo seguir alternando todo el tiempo entre pensar que estoy en peligro y creer que estoy loca. Agarro las últimas páginas, pero mantengo la silla orientada en dirección al monitor. Empiezo a leer, sin perder de vista a Verity.

CAPÍTULO 15

Hace solamente unos días que murió Harper, pero tengo la sensación de que en estos pocos días mi mundo ha cambiado mucho más que en toda mi vida.

La policía me ha tomado declaración. Dos veces. Es comprensible que quisieran cerciorarse de que no hubiera contradicciones en mi versión. Es su trabajo. Sus preguntas fueron bastante sencillas y fáciles de responder.

—¿Puede explicarnos lo que sucedió?

—Harper se apoyó demasiado en el borde de la canoa y la embarcación volcó. Todos caímos al agua, pero ella no volvió a la superficie. Intenté buscarla, pero me estaba quedando sin aire y tenía que poner a salvo a Crew.

—¿Por qué no llevaban sus hijos chalecos salvavidas?

—Creía que era una zona de agua poco profunda. Al principio estábamos muy cerca del muelle, pero después... ya no.

—¿Dónde estaba su marido?

—En el supermercado. Antes de irse me dijo que llevara a los niños a jugar al lago.

Respondí todas las preguntas entre accesos de llanto. De vez en cuando hacía como que me doblaba de dolor, como si la muerte de Harper me estuviera afectando físicamente. Creo que mi actuación fue tan buena que les resultó incómodo seguir adelante con el interrogatorio.

Ojalá pudiera decir lo mismo de Jeremy.

Es mucho peor que los inspectores de policía.

No ha perdido de vista a Crew ni un momento desde la muerte de Harper. Ahora dormimos los tres juntos en la cama grande, con Crew en el centro. Otra vez hay un niño que nos separa. Pero anoche fue diferente. Anoche le dije a Jeremy que quería que me abrazara, de modo que trasladó a Crew a un costado de la cama y se situó en el medio. Me abracé a él durante media hora, con la esperanza de quedarnos dormidos tal como estábamos. Sin embargo, no podía dejar de hacerme sus condenadas preguntas.

—¿Por qué los llevaste en la canoa?

—Porque querían dar un paseo —le contesté.

—¿Por qué no les pusiste los chalecos salvavidas?

—Pensaba que no nos alejaríamos demasiado del muelle.

—¿Qué fue lo último que dijo Harper?

—No lo recuerdo.

—¿Todavía estaba en la superficie cuando llegaste a la orilla con Crew?

—No, no lo creo.

—¿Te diste cuenta de que la canoa iba a volcar?

—No. Todo fue demasiado rápido.

Por un momento dejó de hacerme preguntas, pero yo sabía que seguía despierto. Finalmente, al cabo de varios minutos de silencio, declaró:

—No lo entiendo.

—¿Qué es lo que no entiendes?

Se apartó, dejando un espacio entre mi cara y su pecho. Quería que lo mirara, de modo que levanté la cabeza.

Me tocó suavemente la mejilla, con el dorso de los dedos.

—Verity, ¿por qué le pediste a Crew que contuviera la respiración?

En ese momento, supe que todo había terminado.

En ese momento, él sabía que todo había terminado.

Aunque hasta entonces había creído que me conocía, ésa fue la primera vez que entendió de verdad lo que había en mi mirada. Y yo supe que, por mucho que lo intentara, Jeremy jamás me creería a mí antes que a Crew. No era ese tipo de hombre. Para él, sus hijos eran lo primero y estaban por encima de su mujer. Es lo que siempre me ha disgustado de él.

Sin embargo, lo intenté. Traté de convencerlo. Es difícil ser convincente cuando te corren las lágrimas por las mejillas y te tiembla la voz mientras dices:

—Se lo dije cuando estábamos cayendo al agua. No antes.

Me observó un instante y después me soltó. Se apartó de mí y yo supe que ya no volvería a abrazarme. Se dio la vuelta y rodeó con sus brazos a Crew, como si quisiera convertirse en su armadura.

En su escudo protector.

Contra mí.

Intenté quedarme quieta, sin ninguna reacción, para que pensara que me había quedado dormida, aunque en realidad estaba llorando en silencio. Cuando el llanto se volvió más intenso, me fui al estudio y cerré la puerta para que Jeremy no oyera mis sollozos.

Al llegar al estudio, abrí este documento y empecé a escribir. Siento como si no quedara nada por contar. Ningún futuro sobre el que escribir. Ningún pasado que redimir.

¿He llegado al final de mi historia?

No sé qué pasará ahora. A diferencia del asesinato de Chastin, que yo había previsto, no sé cómo terminará mi vida.

¿Será a manos de Jeremy? ¿O le pondré fin yo misma?

O puede que no termine. Tal vez Jeremy se despierte mañana y me vea durmiendo a su lado. Quizá recuerde todos los buenos momentos que hemos pasado juntos, las veces que le comí la verga, las veces que me lo tragué todo... Y comprenderá que tendremos mucho más tiempo para volver a hacer todo eso ahora que solamente tenemos un hijo.

O tal vez se despierte convencido de que la muerte de Harper no fue un accidente. Tal vez quiera denunciarme a la policía. Quizá quiera verme sufrir por lo que le hice.

En ese caso..., muy bien. Que así sea.

Quizá estrelle mi coche contra un árbol.

Fin

22

Ni siquiera he tenido tiempo de asimilar el final cuando oigo el Jeep de Jeremy entrando en el garaje. Apilo todas las hojas en un solo montón y echo un vistazo al monitor. Verity sigue sin moverse.

«¿Jeremy sospechaba de ella?»

Estiro el cuello, tratando de aliviar la tensión que el último capítulo me ha inducido en los músculos. ¿Cómo es posible que todavía la cuide? Que la siga bañando y cambiando durante el resto de su vida. Que sienta que debe respetar los votos matrimoniales.

Si realmente cree que mató a Harper, ¿cómo puede vivir en la misma casa que ella?

Cuando oigo que se abre la puerta del garaje, salgo al pasillo. Jeremy está al pie de la escalera, con Crew en brazos.

—Seis puntos —susurra—. Y un montón de medicinas para el dolor. Creo que se quedará dormido hasta mañana.

Lleva al niño al piso de arriba y lo acuesta. No oigo que abra la puerta del dormitorio de Verity antes de volver a bajar.

—¿Quieres un café? —le pregunto.

—Sí, por favor.

Me sigue a la cocina y, una vez allí, viene a abrazarme por detrás. Suspira con la boca contra mi pelo mientras yo preparo la cafetera. Reclino la cabeza sobre la suya, con mil preguntas por hacer. Pero no digo nada, porque ni siquiera sé por dónde empezar.

Me volteo mientras se hace el café y lo rodeo con mis brazos. Permanecemos así abrazados en la cocina durante varios minutos, hasta que se separa de mí y me dice:

—Necesito bañarme. Tengo sangre seca por todas partes.

Entonces lo noto. Tiene salpicaduras en los brazos y goterones en la camisa. Empieza a ser una costumbre estar cubiertos de sangre. Me alegro de no ser supersticiosa.

—Estaré en el estudio.

Nos besamos y él corre al piso de arriba. Espero a que esté listo el café para servirme una taza. Todavía no sé cómo plantearle a Jeremy todas mis dudas, pero tengo muchísimas después de leer el último capítulo. Creo que la noche será larga.

Oigo que empieza a bañarse mientras me sirvo el café. Me llevo la taza al estudio y entonces se me cae el café al suelo. La taza se rompe en mil pedazos. El líquido caliente me salpica las piernas y se derrama entre los dedos de mis pies, pero no puedo moverme.

Estoy paralizada, mirando el monitor.

Verity está en el suelo, a cuatro patas.

Me lanzo a buscar el teléfono y, al mismo tiempo, grito el nombre de Jeremy.

—¡Jeremy!

Verity ladea la cabeza, como si me hubiera oído gritar desde el piso de arriba. Antes de que yo pueda abrir la aplicación de la cámara con dedos temblorosos, se arrastra otra vez hasta la cama, se sitúa en la posición inicial y se queda inmóvil.

—¡Jeremy! —vuelvo a gritar, dejando caer el teléfono.

Corro a la cocina y tomo un cuchillo. Subo la escalera, voy directamente a la habitación de Verity, abro el cerrojo y empujo la puerta.

—¡Levántate! —bramo.

No se mueve. Ni siquiera parpadea.

Le arranco las sábanas que la cubren.

—Levántate, Verity. ¡Te he visto! —La rabia bulle en mi interior mientras bajo la barandilla de la cama de hospital—. No vas a salirte con la tuya.

Quiero que Jeremy la vea tal como es antes de que tenga ocasión de hacerle daño. O de hacerle daño a Crew. La agarro por los tobillos y tiro de las piernas. Cuando está con medio cuerpo fuera de la cama, siento que alguien me separa bruscamente de ella, me levanta y me lleva hasta la puerta. Una vez en el pasillo, me deja en el suelo.

—¿Qué demonios estás haciendo, Lowen?

La cara y la voz de Jeremy rebosan de ira.

Doy un paso al frente y apoyo las manos contra su pecho. Me arrebata el cuchillo y me toma por los hombros.

—¡Para ya!

—¡Está fingiendo, Jeremy! ¡La he visto, lo juro! ¡Está fingiendo!

Vuelve a entrar en la habitación y cierra la puerta en mi cara. La abro y veo que le está colocando las piernas a Verity otra vez en la cama. Cuando ve que he vuelto a entrar en el dormitorio, la cubre con las mantas y me echa al pasillo. Se gira, cierra la puerta con cerrojo, me agarra por la muñeca y me arrastra tras él.

—¡No, Jeremy! —Me aferro a su mano, firmemente cerrada en torno a mi muñeca—. ¡No dejes a Crew aquí arriba con ella!

Le estoy suplicando, pero no oye la preocupación en mi voz. Sólo puede ver lo que cree que sabe, lo que ha visto al entrar en la habitación. Cuando llegamos a la escalera, retrocedo, sacudiendo la cabeza y negándome a bajar con él. «Es preciso que lleve a Crew al piso de abajo.» Entonces me toma por la cintura, me carga al hombro para bajar la escalera y me lleva directamente a mi habitación. Me deja en la cama, depositándome con suavidad sobre las mantas, a pesar de la furia que lo anima.

Abre el armario y saca mi maleta. Todas mis cosas.

—Quiero que te vayas.

Me pongo de rodillas y me desplazo hasta los pies de la cama, donde está guardando de mala manera todas mis pertenencias en la maleta.

—Tienes que creerme.

No me cree.

—¡Por el amor de Dios, Jeremy! —Señalo la escalera—. ¡Está loca! ¡Te ha estado mintiendo desde el primer día!

Nunca he visto emanar tanta desconfianza y tanto odio de un ser humano. Me da tanto miedo su mirada que tengo que alejarme de él.

—No está fingiendo, Lowen. —Levanta la mano y señala airado la escalera—. Esa mujer está indefensa, prácticamente en estado de muerte cerebral. Has estado viendo cosas desde que llegaste a esta casa. —Mete más ropa en mi maleta, negando con la cabeza—. Es imposible —murmura.

—No lo es. Y tú sabes bien que no. Sabes que mató a Harper. Tú lo sospechabas. —Me bajo de la cama y corro a la puerta—. Y te lo puedo demostrar.

Me sigue hasta el estudio. Tomo la carpeta, con todas y cada una de las hojas del texto de Verity, y volteo justo cuando Jeremy me alcanza. Se la pongo contra el pecho.

—Lee esto.

Agarra la carpeta y la mira. Vuelve a mirarme a mí.

—¿Dónde has encontrado esto?

—Es suyo. Aquí está todo. Desde el día que se conocieron hasta su accidente. Léelo. Al menos lee los dos últimos capítulos, me da igual. Pero, por favor, léelo. —Estoy agotada y ya no puedo más que rogar. Se lo suplico. En voz baja—: Por favor, Jeremy. Hazlo por tus hijos.

Todavía me mira como si no creyera ni una palabra de las que salen de mi boca. No es necesario que me crea. Si acepta leer esas páginas y se entera de lo que realmente pensaba su mujer cuando estaba con él, verá que no soy yo quien debe preocuparle.

Siento crecer el miedo en mi interior. El miedo a perderlo. Cree que estoy loca y que quería hacerle daño a su mujer. Quiere que me vaya de su casa. Quiere perderme de vista y que no vuelva nunca más.

Las lágrimas me queman los ojos.

—Por favor —musito—. Por favor. Mereces saber la verdad.

23

Creo que le llevará un buen rato leer todo el manuscrito. Estoy sentada en la cama, esperando. La casa está más tranquila que nunca. Resulta inquietante, como la calma antes de la tormenta.

Contemplo mi maleta y me pregunto si todavía querrá que me vaya después de lo que ha pasado. Durante todo el tiempo que llevo aquí, he tenido ese texto en mi poder y se lo he ocultado a Jeremy. Es posible que no me lo perdone.

Pero estoy segura de que no podrá perdonar a Verity.

Levanto la vista al techo cuando oigo ruido de cristales rotos. No ha sido muy fuerte, pero me ha parecido que venía de la habitación de Jeremy. No lleva mucho tiempo allí arriba, pero suficiente al menos para hojear el manuscrito y descubrir que Verity no es la mujer que él creía.

Oigo un sollozo. Es un llanto contenido, apenas perceptible, pero lo oigo.

Me acuesto de lado y me abrazo a la almohada, con los ojos cerrados. Me duele saber lo mucho que estará sufriendo en este momento, mientras lee una página tras otra de una verdad tan descarnada que no debería haberse escrito nunca.

Ahora oigo pasos en el piso de arriba, pasos que van y vienen. No ha tenido tiempo de leerlo todo, pero lo comprendo. En su lugar, yo también habría ido directamente al final, para averiguar cómo murió Harper.

Oigo que se abre una puerta. Corro por el pasillo hasta el estudio para ver el monitor.

Jeremy está en la puerta del dormitorio de Verity, mirándola. Puedo verlos a los dos a través del monitor.

—Verity —dice mientras se le acerca—, si no me contestas, llamaré a la policía.

No hay respuesta. Va hacia ella, se inclina y le levanta uno de los párpados con los dedos. Se la queda mirando un instante y después se encamina hacia la puerta. «No me cree.»

Pero enseguida se detiene, como si se estuviera cuestionando. Como si estuviera poniendo en tela de juicio lo que ha leído. Entonces se voltea y va otra vez hacia ella.

—Cuando salga de esta habitación, iré directamente a la policía con lo que has escrito. Te encerrarán y no volverás a vernos nunca más a Crew ni a mí, si no abres los ojos y me explicas ahora mismo qué está pasando en esta casa.

Pasan varios segundos. Contengo la respiración, a la espera de que se mueva, con la esperanza de que lo haga, para que Jeremy sepa que he dicho la verdad.

Un gemido escapa de mi garganta cuando veo que abre los ojos. Acierto a taparme la boca con la mano antes de que el gemido se convierta en grito. Tengo miedo de despertar a Crew, es preferible ahorrarle esta escena.

Todo el cuerpo de Jeremy se tensa. Se lleva las dos manos a la cabeza y retrocede, alejándose de la cama, hasta llegar a la pared.

—¿Qué demonios está pasando, Verity?

Ella empieza a negar con la cabeza insistentemente.

—No tuve más remedio, Jeremy —dice mientras se sienta en la cama.

Ha asumido una postura defensiva, como si tuviera pánico de lo que él pudiera hacerle.

Jeremy todavía no se lo cree del todo. En su expresión se mezclan la furia, el desconcierto y la rabia por sentirse traicionado.

—Durante todo este tiempo... has...

Está intentando no levantar la voz, pero parece a punto de estallar de ira. Se gira y descarga su furor con un puñetazo contra la pared. Verity se sobresalta.

Enseguida levanta las dos manos.

—Por favor, no me hagas daño. Te lo explicaré todo.

—¿Me estás pidiendo que no te haga daño a ti? —Jeremy se voltea hacia ella y da un paso adelante—. ¡La mataste, Verity!

Percibo la furia en su voz, aunque solamente lo oigo a través del monitor. Pero Verity lo está oyendo en primera fila. Intenta bajarse de un salto de la cama para eludirlo, pero él no se lo permite. La agarra por una pierna y la tumba otra vez en la cama. Cuando ella empieza a gritar, le tapa la boca.

Ella se debate e intenta apartarlo con las piernas. Él trata de sujetarla contra la cama.

Entonces, con la otra mano, empieza a rodearle el cuello.

«¡Jeremy, no!»

Corro a la habitación de Verity y me paro en seco cuando llego a la puerta. Jeremy está encima de ella y le inmoviliza los brazos con las rodillas. Verity patalea contra la cama y hunde los pies en el colchón mientras se debate con la respiración sibilante.

Está intentando quitarse de encima a Jeremy, pero la superioridad física de él es abrumadora.

—¡Jeremy!

Corro hacia él e intento apartarlo de Verity. Solamente puedo pensar en su futuro y en el de Crew, y en que un acceso de ira no vale una vida. La vida de él.

—¡Jeremy!

No me escucha. Se niega a soltarla. Intento que me mire a la cara para tranquilizarlo y obligarlo a reflexionar.

—Tienes que soltarla. La estás estrangulando. Sabrán que la has matado.

Le corren lágrimas por las mejillas.

—Mató a nuestra hija, Low.

Su voz está llena de desolación. Le tomo la cara con las dos manos e intento atraerlo hacia mí.

—Piensa en Crew —le aconsejo en voz baja—. Tu hijo se quedará sin padre.

Veo un lento cambio en su actitud a medida que asimila mis palabras. Al cabo de unos instantes, deja de presionarle el cuello. Me desplomo después de tanta tensión, intentando recuperar el aliento casi con tanta urgencia como Verity, que está jadeando, escupiendo y tratando de llenarse de aire los pulmones. Ahora intenta hablar. O quizá quiera gritar. Jeremy le tapa la boca con la mano y me mira. Hay una súplica en sus ojos, pero no me está rogando que pida ayuda, sino que lo ayude a encontrar la mejor manera de acabar con la vida de su mujer.

Ni siquiera intento discutir con él. No hay una sola célula en el cuerpo de Verity que merezca vivir después de todo lo que ha hecho. Doy un paso atrás e intento pensar.

Si la estrangula, lo notarán. Las huellas de sus dedos quedarán impresas en su cuello. Si la asfixia con la almohada, encontrarán en sus pulmones partículas del tejido de la funda. «Pero tenemos que hacer algo.» Si Jeremy no hace nada, Verity acabará saliéndose con la suya, con su habilidad para manipular a los demás. Le hará daño a Jeremy, o tal vez a Crew. Lo matará como mató a su hija, como trató de matar a Harper cuando era un bebé.

«Como trató de matar a Harper la primera vez», recuerdo.

—Tiene que parecer un accidente —le digo a Jeremy con voz serena pero lo suficientemente firme para que me oiga a pesar del ruido que está haciendo Verity con la boca tapada—. Haz que vomite y tápale la nariz y la boca hasta que deje de respirar. Parecerá que ha aspirado el vómito mientras dormía.

Él me mira sorprendido, pero hay comprensión en su mirada. Retira las manos de la boca de Verity y le mete dos dedos en la garganta. Me giro de espaldas. No puedo mirar.

Oigo las arcadas y después los estertores, y parece que no vayan a acabarse nunca. Parece como si este momento no fuera a terminar.

Me derrumbo en el suelo, con todo el cuerpo sacudido por temblores. Me tapo los oídos con las manos y trato de no pensar en los últimos sonidos que escapan de la boca de Verity, ni en sus últimos movimientos. Al cabo de unos segundos, deja de haber tres personas respirando en la habitación.

Ahora solamente somos Jeremy y yo.

—Dios mío, Dios mío, Dios mío...

No puedo dejar de susurrar esas palabras una y otra vez en cuanto empiezo a comprender la enormidad de lo que acabamos de hacer.

Jeremy está en silencio. Sólo se oye el aire que exhala cautelosamente. No quiero mirar a Verity, pero necesito saber que todo ha terminado.

Cuando me giro para mirarla, ella me devuelve una mirada vacía. Pero ahora sé que ya no está. Ya no se esconde detrás de esos ojos huecos.

Jeremy está de rodillas junto a la cama. Le toma el pulso a Verity y entonces deja caer la cabeza sobre los hombros. Se sienta de espaldas a la cama e intenta recuperar el aliento. Se lleva las dos manos a la cara y apoya en ellas la cabeza. No sé si está a punto de llorar, pero lo comprendería si lo hiciera. Acaba de recibir un duro golpe. Ahora sabe que la muerte de su hija no fue accidental y que su mujer, a quien ha dedicado tantos años de su vida, no era la persona que él pensaba que conocía. Ahora tiene la certeza de que lo había estado manipulando desde el principio.

Todos los buenos recuerdos que podía tener de la relación de ambos han muerto esta noche con ella. Sus confesiones lo han desgarrado por dentro. Lo percibo por la manera en que se ha venido abajo, intentando procesar la última hora de su vida. La última hora de la vida de Verity.

Me tapo la boca con la mano y me pongo a llorar. No puedo creer que lo haya ayudado a matarla. «La hemos matado.»

No puedo dejar de mirarla.

Jeremy se pone de pie y me levanta en sus brazos. Tengo los ojos cerrados mientras me saca de la habitación y baja conmigo la escalera. Cuando me deja en la cama, me gustaría que se acostara a mi lado, que me abrazara. Pero no lo hace. Empieza a ir y venir por la habitación, negando con la cabeza y mascullando algo entre dientes.

Creo que los dos estamos en estado de *shock*. Me gustaría tranquilizarlo, pero tengo tanto miedo que no me puedo mover y me cuesta aceptar que esto sea la realidad.

—Mierda —exclama. Y después lo repite con más fuerza—: ¡Mierda!

Ya está. Cada recuerdo, cada creencia, todo lo que creía que sabía acerca de Verity se ha esfumado.

Me mira y se acerca a la cama a grandes zancadas. Con una mano temblorosa, me aparta el pelo de la cara.

—Murió mientras dormía —dice con palabras que quieren parecer tranquilas pero son tensas—. ¿De acuerdo?

Asiento con la cabeza.

—Por la mañana... —Le cuesta hablar por lo agitado de su respiración—. Por la mañana llamaré a la policía y diré que la he encontrado así cuando he subido a despertarla. Parecerá que ha aspirado el vómito mientras dormía.

Yo no dejo de asentir mientras él habla. Me mira con preocupación, comprensión, remordimiento...

—Lo siento —se lamenta—. Perdóname. —Se inclina y me da un beso en la coronilla—. Vuelvo enseguida, Low. Tengo que ordenar la habitación. Necesito esconder el manuscrito.

Se arrodilla para que nuestros ojos queden al mismo nivel, como para asegurarse de que entiendo todo lo que me está diciendo.

—Nos fuimos a dormir como siempre. En torno a la medianoche, los dos. Le di sus medicinas, y entonces, cuando me levanté a las siete para despertar a Crew y prepararlo para la escuela, la encontré así.

—De acuerdo.

—Verity murió mientras dormía —repite—. Y nunca más volveremos a hablar de esto después de esta noche. Nunca más volveremos a mencionarlo.

—Perfecto —susurro.

Deja escapar un lento suspiro.

—Perfecto.

Cuando sale de la habitación, oigo que cambia cosas de lugar y que va y viene, primero en su habitación, después en el cuarto de Crew, a continuación en el de Verity y finalmente en el baño.

Va al estudio y después a la cocina.

Ahora ha vuelto a la cama conmigo. Me abraza. Me está abrazando con más fuerza que nunca. No dormimos. Tenemos miedo de lo que pueda traer la mañana.

24

Siete meses después

Verity murió mientras dormía, hace siete meses.

Para Crew fue un duro golpe. También para Jeremy, al menos en público. Yo me marché la mañana de su muerte y volví a Manhattan. Jeremy tenía muchas cosas que hacer esa semana y estoy segura de que habría sido mucho más sospechoso que yo me quedara en su casa tras la muerte de su mujer.

Mi esquema argumental fue aprobado, lo mismo que los dos siguientes. Entregué el primer borrador de la primera novela hace dos semanas. He pedido una extensión del plazo para las otras dos novelas, porque no me será fácil trabajar intensamente con un bebé.

Todavía no ha nacido. La esperamos para dentro de dos meses y medio. Pero confío poder ponerme al día con el trabajo atrasado, con la ayuda de Jeremy. Es fantástico con Crew y sé que fue muy buen padre con sus hijas, por lo que estoy segura de que también lo será con nuestra pequeña cuando nazca.

Al principio nos quedamos un poco perplejos, pero no sorprendidos. Estas cosas pasan si no tienes cuidado. Me preocupaba cómo se tomaría Jeremy la noticia de volver a ser padre después de haber perdido a dos hijas en muy poco tiempo. Pero al ver su entusiasmo, me di cuenta de que Verity estaba equivocada. Perder a un hijo, o incluso a dos, no es lo mismo que perderlos a todos. El dolor de Jeremy por la pérdida de sus hijas es independiente de su alegría por el inminente nacimiento de otra más.

A pesar de todo lo que ha sufrido, sigue siendo el mejor hombre que ha entrado en mi vida. Es paciente, atento y mucho mejor amante de lo que Verity podría haber descrito nunca. Tras su muerte, cuando tuve que regresar a Manhattan, me llamaba todos los días por teléfono. Me mantuve alejada dos semanas, hasta que todo empezó a calmarse. Cuando me pidió que volviera, me presenté en su casa esa misma noche. Desde entonces, no me he separado de él ni un solo día. Los dos sabemos que nos estamos precipitando, pero nos cuesta estar lejos el uno del otro. Creo que mi presencia es un consuelo para él, por lo que no nos ha preocupado ni la oportunidad de nuestra relación, ni que se haya vuelto demasiado intensa en tan poco tiempo. De hecho, ni siquiera hemos hablado al respecto. No hemos definido nuestra relación. La consideramos algo orgánico. Estamos enamorados, y eso es lo único que importa.

Decidió vender la casa poco después de saber que yo estaba embarazada. No quería permanecer en el lugar donde había vivido Verity. Honestamente, yo tampoco quería seguir viviendo en una casa marcada por unos recuerdos tan terribles. Empezamos una nueva vida hace tres meses, en Carolina del Norte. Con el adelanto de mis novelas y el seguro de vida de Verity, hemos podido comprar al contado una casa en la playa, en Southport. Todas las tardes nos sentamos los tres en el porche de nuestro nuevo hogar, a contemplar las olas que rompen en la orilla.

Ahora somos una familia. No están presentes todos los miembros de la familia en que nació Crew, pero estoy segura de que Jeremy agradece que yo esté en la vida de su hijo, que pronto será el hermano mayor.

Crew parece adaptarse bien. Lo hemos puesto en terapia psicológica. A veces Jeremy se preocupa, porque piensa que quizá el remedio sea peor que la enfermedad, pero yo lo tranquilizo contándole los efectos positivos que tuvo en mí la terapia cuando era niña. Estoy convencida de que Crew olvidará fácilmente las malas experiencias si le proporcionamos buenos recuerdos que borren los más dolorosos.

Hoy es la primera vez que volvemos a pisar la antigua casa. Es siniestro, pero necesario. Dentro de poco ya no podré viajar, por lo que aprovechamos esta oportunidad para vaciarla. Jeremy ya ha recibido dos ofertas de compra y no queremos tener que venir a llevarnos nuestras pertenencias cuando yo esté en el último mes de embarazo.

El estudio ha sido el espacio más difícil de vaciar. Había muchas cosas que probablemente deberíamos haber conservado, pero Jeremy y yo hemos dedicado medio día a pasarlo todo por la trituradora. Creo que los dos queremos dejar atrás esa parte de nuestras vidas. Borrarla. Olvidarla.

—¿Cómo te sientes? —me pregunta mientras entra en el estudio y me apoya una mano en el vientre.

—Bien —respondo con una sonrisa—. ¿Ya casi has acabado?

—Sí. Sólo falta sacar unas cuantas cajas más al porche y habremos terminado.

Me da un beso, justo cuando Crew entra corriendo en la casa.

—¡No corras! —le grita Jeremy por encima del hombro.

Me levanto de la silla del escritorio y la empujo hasta la puerta, siguiendo a Jeremy. Veo que empieza a cargar cajas en el coche. Crew pasa corriendo a mi lado para salir al jardín, pero se para en seco y vuelve a entrar.

—Casi se me olvida —dice mientras sube corriendo la escalera—. Tengo que sacar mis cosas del suelo del cuarto de mamá.

Lo veo subir la escalera hacia el antiguo dormitorio de Verity, que estaba completamente vacío la última vez que miramos. Sin embargo, unos segundos después, Crew baja la escalera cargado con una pila de papeles.

—¿Qué es eso? —le pregunto.

—Dibujos que le hice a mamá. —Me los da—. Se me había olvidado que los tenía guardados en el suelo.

Vuelve a salir corriendo. Miro los dibujos que me ha dejado. La vieja sensación que me acompañó todo el tiempo mientras estuve en esta casa ha vuelto. Miedo. Todo lo que he vivido vuelve a desfilar por mi cabeza. El cuchillo en el suelo del dormitorio de Verity. La noche que la vi en el monitor, a cuatro patas en el suelo, como si estuviera buscando algo. Lo que acaba de decir Crew.

«Se me había olvidado que los tenía guardados en el suelo.»

Subo corriendo la escalera. Y aunque sé que está muerta y no la encontraré en su habitación, recorro el pasillo temblando de miedo. Bajo la vista al suelo, a la tabla suelta que Crew no ha vuelto a colocar en su sitio cuando ha agarrado los dibujos. Me arrodillo y la levanto.

Hay un hueco.

Como está oscuro, introduzco una mano y busco a tientas. Saco algo pequeño. «Una foto de las niñas.» Algo frío. «El cuchillo.» Vuelvo a meter la mano y sigo buscando, hasta que encuentro un sobre. Lo saco, lo abro y extraigo una carta. Dejo caer el sobre vacío al suelo, junto a mí.

La primera hoja está en blanco. Soplo los bordes para levantarlos y dejo al descubierto una segunda hoja.

Es una carta manuscrita para Jeremy. Muerta de miedo, empiezo a leer.

Querido Jeremy:

Espero que seas tú quien encuentre esta carta. Si no es así, espero que llegue de algún modo a tus manos, porque tengo mucho que decirte.

Quiero empezar por pedirte perdón. Para cuando leas estas líneas, estoy segura de que ya me habré marchado en medio de la noche con Crew. La idea de dejarte solo en la casa donde compartimos tantos recuerdos me llena de dolor. ¡Teníamos una vida tan maravillosa con nuestros hijos! ¡Estábamos tan bien tú y yo! Pero somos crónicos. Deberíamos haber supuesto que nuestras tragedias no acabarían con la muerte de Harper.

Tras muchos años de ser la mujer perfecta para ti, jamás podría haber imaginado que el oficio que tanto adoro y al que dedico la mayor parte de mi tiempo sería lo que acabaría con nosotros.

Nuestras vidas eran perfectas, hasta que pasamos a una especie de dimensión paralela, el día que murió Chastin. Por mucho que intento olvidar el momento en que todo empezó a torcerse, pesa sobre mí la maldición de recordar siempre cada detalle.

Estábamos en Manhattan, cenando con Amanda, mi editora. Tú llevabas puesto aquel suéter gris de lana fina, regalo de tu madre para Navidad, que tanto me gustaba. Mi primera novela se acababa de publicar y yo había firmado el nuevo contrato con Pantem para los dos libros siguientes. Por eso estábamos cenando. Yo hablaba de mi siguiente novela con Amanda. No sé si estabas prestando atención a esa parte de la conversación, pero supongo que no, porque siempre te aburrías cuando hablábamos de mis libros.

Le estaba expresando mi preocupación a Amanda porque no estaba segura del ángulo que debía adoptar para el libro siguiente. ¿Debía escribir algo completamente distinto, o repetir la fórmula que tanto éxito me había reportado en mi primera novela y que consistía básicamente en escribir desde el punto de vista de «la mala» de la historia?

Mi editora me aconsejó que repitiera la fórmula, pero me sugirió también que asumiera más riesgos en mi segundo libro. Le dije que me costaba mucho lograr que la voz de la protagonista malvada sonara auténtica, porque distaba mucho de mi manera de pensar en la vida diaria. Me preocupaba no ser capaz de hacerlo mejor en el siguiente libro.

Entonces Amanda me propuso un ejercicio que había aprendido en la universidad, llamado «periodismo antagónico».

Ojalá tú hubieses prestado atención en ese momento, pero tenías la vista fija en la pantalla del celular. Supongo que estarías leyendo un libro electrónico de cualquier otro autor. De repente notaste que te estaba mirando, pero yo te sonreí. No estaba enfadada. Estaba feliz de tenerte conmigo mientras yo recibía los consejos de mi nueva editora y *apreciaba tu paciencia.* Me apretaste la pierna por debajo de la mesa y yo hice un esfuerzo para concentrarme en los consejos de Amanda, aunque no podía dejar de pensar en tu mano, que trazaba círculos en torno a mi rodilla. No veía la hora de volver a casa por la noche, porque era la primera vez que salíamos juntos sin las niñas, pero al mismo tiempo estaba muy interesada en las indicaciones de mi editora.

Amanda me dijo que el periodismo antagónico era un instrumento perfecto para mejorar mi capacidad como escritora. Me hizo ver que necesitaba meterme en la mente del personaje malvado escribiendo una especie de diario de mi vida..., con las cosas que realmente habían sucedido..., pero contadas desde el punto de vista opuesto de lo que realmente había sido mi diálogo interior en cada momento.

Me pareció sencillo. E inofensivo.

Te pondré un ejemplo a partir de una situación que he descrito más atrás:

Miro a Jeremy con la esperanza de que esté prestando atención. Pero no. Otra vez lo sorprendo mirando ese maldito teléfono. Esta cena es importantísima para mí. Ya sé que no es su ambiente, ya sé que no le gustan las cenas elegantes ni las reuniones de trabajo en Manhattan, pero tampoco lo he obligado a venir. En lugar de prestar atención, está leyendo un libro electrónico de algún otro autor, lo que demuestra una absoluta falta de respeto por toda la conversación.

Pasa todo el tiempo leyendo, pero nunca lee mis libros. ¡Es el peor de los insultos!

Me avergüenza su atrevimiento, pero tengo que disimularlo. Si Amanda nota la irritación en mi cara, quizá note también su falta de respeto.

Cuando Jeremy levanta la vista, me obligo a sonreír. Puedo reservarme la rabia para después. Vuelvo a prestarle toda mi atención a Amanda, con la esperanza de que no repare en el mal comportamiento de mi marido.

Unos segundos después, siento que Jeremy me aprieta la pierna justo por encima de la rodilla. Me pongo tensa. La mayor parte del tiempo me encanta que haga esas cosas. Pero ahora lo único que necesito es un marido que apoye mi carrera.

Ya ves qué fácil es, para una escritora, ponerse en el lugar de otra persona completamente distinta.

En cuanto volvimos a casa, abrí la laptop y me puse a escribir sobre la noche que nos conocimos. En mi versión alternativa, dije que mi vestido rojo era robado y que había ido a la fiesta para ver si podía coger con un hombre rico, lo que no podía ser más falso. Tú deberías saberlo más que nadie, Jeremy.

Al principio me costó bastante ponerme en la piel de la mala de la historia, por lo que decidí convertirlo en costumbre y escribir desde ese punto de vista los momentos más importantes de nuestra vida en común. Describí la noche que me propusiste matrimonio, el momento en que descubrí que estaba embarazada y el día del nacimiento de las gemelas. Cada vez que escribía un nuevo episodio de nuestra vida juntos, me volvía más hábil en el retrato de la mente de una auténtica malvada. Era emocionante.

Y me ayudó mucho.

Me ayudó enormemente. De hecho, fue así como pude crear personajes tan realistas y aterradores para mis novelas. Por eso se han vendido tanto mis libros. Porque lo hago muy bien.

Cuando terminé mi tercera novela, sentí que ya dominaba el arte de escribir desde un punto de vista que no era el mío. Los ejercicios me habían sido tan útiles que decidí combinar todas las anotaciones de mi diario en una autobiografía, que podría servir para enseñar a otros escritores a dominar el oficio. Necesitaba enlazar todos los capítulos con una línea argumental general, para convertir la autobiografía en una historia coherente. Por eso exageré en cada escena, para volverla más desgarradora e inquietante.

No lamento haber escrito esa falsa autobiografía, porque mi única intención era ayudar a otros autores. Pero me arrepiento de haber escrito sobre la muerte de Harper solamente unos días después de que ocurriera. En aquel momento mi mente estaba en un lugar muy oscuro, y a veces, como escritora, la única manera que tengo de despejarme por dentro es dejar que la oscuridad se derrame sobre el teclado. Fue mi terapia, por mucho que te cueste entenderlo.

Además, nunca pensé que fueras a leerlo. Aparte del borrador de mi primera novela, no has vuelto a leer nada de lo que escribo.

Entonces ¿por qué? ¿Por qué tuviste que leer precisamente eso?

No lo escribí para que nadie lo leyera, ni menos aún para que alguien pudiera creérselo. Era un simple ejercicio y nada más. Una manera de sumergirme en el oscuro dolor que me destrozaba por dentro y eliminarlo con cada pulsación en el teclado. Descargar toda la culpa sobre el maligno personaje creado para mi autobiografía ficticia fue para mí una de las maneras de sobrellevar la tragedia.

Ya sé que te resultará difícil leer esta carta, pero no tanto como leer mi texto, la noche que lo encontraste. Y si hemos de llegar en algún momento a un terreno donde sea posible el perdón, tienes que seguir leyendo, para que sepas toda la verdad de lo que sucedió aquella noche, y no la versión que descubriste unos días después de la muerte de Harper.

Cuando llevé a Harper y a Crew al lago aquel día, pensaba que era lo mejor para ellos. Por la mañana me habías dicho que ya no jugaba con los niños, y tenías razón. No me resultaba fácil, porque echaba de menos a Chastin; pero todavía tenía a esos dos niños maravillosos, que me necesitaban. Y era verdad que Harper quería ir a jugar al lago. Por eso subió la escalera llorando, porque yo se lo había prohibido. Nunca la recriminé por no expresar sus emociones, como digo en el documento. Es una licencia que me tomé como escritora, para reforzar la línea argumental. Me resulta ofensivo que puedas creer que alguna vez le hablé de esa manera a alguno de nuestros hijos. Es un insulto para mí que creas una sola palabra de ese texto o pienses por un momento que yo he podido hacer daño a los niños.

La muerte de Harper fue accidental. Su muerte fue un accidente, Jeremy. Los dos niños querían salir a pasear en canoa y hacía un día precioso. Sí, es verdad, debería haberles puesto los chalecos salvavidas. Lo sé. Pero ¿cuántas veces habíamos salido en esa misma canoa sin los chalecos? El agua no era tan profunda. ¿Cómo podía yo saber que esa maldita red estaba en el fondo? De no haber sido por la red, habría encontrado a Harper, la habría llevado a la orilla y todos nos habríamos reído del día que volcó la canoa.

No encuentro palabras para expresar lo mucho que lamento no haber actuado de una forma completamente diferente aquel día. Si pudiera volver atrás, lo haría, y tú lo sabes.

Cuando llegaste y la sacaste del agua en brazos, yo habría querido arrancarme el corazón y entregártelo, porque sabía que el tuyo se había quedado en el lago. No quería vivir ni un segundo más después de ver tu angustia. ¡Dios mío, Jeremy! Las habíamos perdido a las dos. ¡A las dos!

Vi crecer tus sospechas, que se intensificaron unas noches después de la muerte de Harper. Estábamos en la cama cuando empezaste a hacerme todas aquellas preguntas. Me resultaba difícil creer que pudieras imaginarme capaz de hacer deliberadamente algo tan terrible. Y aunque sólo lo pensaras de manera fugaz, noté que todo el amor que habías sentido por mí te abandonaba y se esfumaba, como si nunca hubiera existido. Todo nuestro pasado... Todos los momentos que compartimos... Todo se había ido para siempre.

Sí, es verdad. Le dije a Crew que contuviera la respiración. Se lo dije cuando comprendí que íbamos a volcar. Lo hice para salvarlo. Pensé que Harper saldría sin problemas a la superficie, porque habíamos jugado muchas veces en el lago. Por eso concentré toda mi atención en Crew cuando caímos al agua. Cuando lo agarré, noté que estaba al borde de un ataque de pánico. Por eso intenté llevarlo al muelle rápidamente, antes de que nos ahogáramos los dos. No habían pasado ni treinta segundos cuando me di cuenta de que Harper no venía detrás de nosotros.

Hasta hoy mismo me sigo culpando. Yo era su madre y debería haberla protegido. Supuse que estaría bien y me concentré en Crew treinta segundos más de lo debido. Enseguida intenté volver atrás para buscarla, pero la canoa se había alejado a causa de la turbulencia del agua. Ni siquiera pude localizar el punto donde había caído. Mientras tanto, Crew seguía debatiéndose y me costaba mantenerlo a flote. Comprendí que, si no lo llevaba de inmediato a la orilla, nos acabaríamos ahogando los tres.

La busqué con todo mi empeño, Jeremy. Tienes que creerme. Cada parte de mi ser se ahogó con ella en ese lago.

No te culpo por sospechar de mí. Probablemente yo habría permitido que mi mente explorara todas las posibilidades si los papeles hubieran sido otros y Harper se hubiera ahogado estando contigo. Es natural sospechar lo peor, aunque sólo sea durante una fracción de segundo.

Pensé que te despertarías al día siguiente de nuestra conversación en la cama, comprendiendo lo ridícula que había sido tu acusación indirecta. Aquella noche ni siquiera intenté convencerte de tu error, porque estaba demasiado destrozada por el dolor para que me importara. No me sentía capaz de discutir. Habían pasado solamente unos días desde la tragedia y, sinceramente, lo único que quería era morirme. Habría querido adentrarme en el lago esa misma noche y reunirme con ella, porque su muerte había sido culpa mía. Fue un accidente, sí. Pero si le hubiera puesto el chaleco salvavidas, o si hubiera podido salvarla al mismo tiempo que a Crew, ahora estaría viva.

Como no podía dormir, fui a mi estudio y abrí la laptop por primera vez en más de seis meses.

Imagínalo por unos segundos: una madre, en duelo por la muerte de sus dos hijas, escribiendo un relato ficticio en el que acusa a una de ellas de matar a la otra.

Era espeluznante, lo sé. Por eso lloré todo el tiempo mientras lo escribía. Pero pensé que, si descargaba mi culpa y mi dolor en ese personaje maligno de ficción que había creado, quizá me sentiría mejor, de una manera oscura y retorcida.

Describí la muerte de Chastin y también la de Harper. Incluso retrocedí al comienzo del texto y añadí referencias a un presagio, para que el conjunto reflejara mejor nuestra nueva y siniestra realidad. En cierto modo, el ejercicio me ayudó a aliviar una pequeña porción de mi culpa y mi dolor. Atribuir esos sentimientos a una versión ficticia de mí misma era más fácil que aceptar la culpa en la vida real.

No puedo explicarte cómo funciona la mente de una escritora, Jeremy, sobre todo cuando la escritora en cuestión ha sufrido una devastación mucho más desgarradora que la de la mayoría de los escritores juntos. Los novelistas somos capaces de separar nuestra realidad de la ficción, de tal modo que nos sentimos como si viviéramos en los dos mundos, pero nunca en los dos a la vez. Mi mundo real se había vuelto tan sombrío que no quería seguir habitándolo aquella noche. Por eso me escapé de ese mundo y pasé la noche describiendo otra realidad todavía más oscura. Porque cada vez que trabajaba en esa autobiografía ficticia, cerraba la computadora con una profunda sensación de alivio. Era un consuelo salir de mi estudio y poder cerrar la puerta, dejando atrás todo el mal que había creado.

Y no había nada más. Necesitaba que la versión imaginaria de mi mundo fuera más oscura que el mundo real. De lo contrario, habría querido escaparme de ambos.

Tras toda la noche y parte de la mañana trabajando en el relato, llegué finalmente a la última página. En ese momento sentí que lo había terminado, porque, realmente, ¿qué más podía añadir? Era como si nuestro mundo se hubiera acabado. Era el fin.

Imprimí el documento y lo guardé en una caja con la idea de volver a ocuparme de él en algún momento en el futuro. Podría añadirle un epílogo, o tal vez quemarlo. Pero, fuera cual fuese el plan, no esperaba que tú lo leyeras. Ni menos aún que te lo creyeras.

Después de toda una noche escribiendo, dormí la mayor parte del día. Cuando finalmente me levanté, ya había anochecido y no pude encontrarte. Crew ya estaba durmiendo, pero tú no estabas con él en el piso de arriba. Yo estaba en el pasillo, preguntándome dónde te habrías metido, cuando oí un ruido en mi estudio.

Eras tú. No sé si fue un grito o un gruñido, pero me pareció mucho más desgarrador que cuando nos enteramos de que las niñas habían muerto. Me dirigí al estudio para consolarte, pero me paré en seco antes de abrir la puerta, porque tu grito se había convertido en aullido de furia. Oí que algo se estrellaba contra la pared. Me sobresalté, sin entender qué estaba pasando.

Entonces recordé la computadora. La autobiografía era el último documento abierto.

Empujé la puerta para entrar y explicarte lo que habías leído en realidad. Nunca olvidaré la expresión de tu cara cuando me miraste desde el otro extremo de la habitación. Era de absoluta... desolación.

No era el dolor de alguien que acaba de saber que uno de sus hijos ha muerto. Era una desesperación oscura y destructiva, como si cada recuerdo feliz que teníamos como familia hubiera sido borrado por las palabras del texto que acababas de leer. Todo suprimido. Lo único que quedaba en su lugar era odio y desolación.

Negué con la cabeza e intenté hablar. Habría querido decirte: «No, no es verdad, Jeremy. No sufras. No es verdad». Pero lo único que conseguí articular fue un temeroso y patético «no».

Antes de que pudiera reaccionar, me estabas arrastrando al dormitorio, agarrada por el cuello. No pude resistirme a tu fuerza física y enseguida me tumbaste en la cama, me inmovilizaste los brazos con las rodillas y me echaste las manos a la garganta.

Si me hubieras concedido cinco segundos, solamente cinco segundos para explicártelo todo, podría habernos salvado. Intenté con todas mis fuerzas decírtelo: «Deja que te lo explique». Pero no podía respirar.

No sabría decir muy bien cuál fue la secuencia de los acontecimientos a partir de entonces. Sé que me desmayé. Quizá tuviste miedo, porque te percataste de que habías estado a punto de matarme. Si yo hubiera muerto en esa cama, te habrían detenido por asesinato y Crew se habría quedado solo en el mundo.

Me desperté en el asiento del acompañante de mi Range Rover, contigo al volante. Tenía la boca tapada con cinta adhesiva, y las manos y los pies atados. Una vez más, habría querido explicarte que no era verdad lo que habías leído, pero no podía hablar. Bajé la vista y me di cuenta de que no tenía puesto el cinturón de seguridad. Y en ese preciso instante comprendí lo que pensabas hacer.

Era una simple frase de mi manuscrito, en la que hablaba de desactivar la bolsa de aire y estrellar el coche contra un árbol, con Harper sin el cinturón de seguridad, para que su muerte pareciera accidental.

Pensabas matarme y hacer que mi muerte pareciera un accidente. Sin saberlo, yo misma había escrito mi propia muerte en las dos últimas frases de mi falsa autobiografía. «Que así sea. Quizá estrelle mi coche contra un árbol.»

Entonces comprendí que si alguien sospechaba de ti por mi muerte, solamente tendrías que enseñarle mi texto. Si hubiera muerto en ese momento, el documento dejado en la computadora habría sido la carta perfecta de una suicida.

Por supuesto, los dos sabemos cómo acabó esa parte de la historia. Supongo que me quitaste la mordaza, me desataste las manos y los pies, me colocaste en el asiento del conductor y volviste a casa, a esperar que te llamara la policía para anunciarte mi muerte.

Pero tu plan no salió del todo bien. No estoy segura de alegrarme de que no funcionara. Casi habría sido más fácil para mí morir en aquel accidente, porque fingir unas lesiones que no tengo ha sido muy complicado. Seguramente te preguntarás por qué te he engañado durante todo este tiempo.

Recuerdo muy poco de aquel primer mes después de la muerte de Harper. Probablemente estuve en coma inducido, por las lesiones cerebrales. Pero recuerdo claramente el día que salí del coma. Gracias a Dios, estaba sola en la habitación, por lo que tuve tiempo suficiente para procesar lo sucedido y decidir qué haría a continuación.

¿Cómo iba a hacer para explicarte que cada palabra del texto siniestro que habías leído era mentira? No me habrías creído si hubiera intentado desmentir mi autobiografía, porque la había escrito yo. Las palabras eran mías, por muy falsas que fueran. ¿Quién podía pensar que no eran verdaderas? Ciertamente, no lo pensaría quien no entendiera el proceso de la creación literaria. Si te hubieras dado cuenta de que me había recuperado, me habrías entregado a la policía, si es que no lo habías hecho ya. Estoy segura de que habrían abierto una investigación sobre la muerte de Harper, si yo no hubiera sufrido aquel accidente. Y con mi marido en mi contra, no tengo la menor duda de que me habrían condenado por asesinato, porque habrían utilizado mis propias palabras para demostrar mi culpa.

Durante tres días, fingí que seguía en coma cada vez que alguien entraba en la habitación. Los médicos, las enfermeras, Crew, tú mismo… Pero un día no tuve suficiente cuidado y me sorprendiste con los ojos abiertos cuando viniste a verme al hospital. Te me quedaste mirando fijamente. Y yo te devolví la mirada. Vi que apretabas los puños, como si te enfureciera que me hubiera despertado, como si quisieras abalanzarte sobre mí para tratar de estrangularme una vez más.

Diste unos pasos, pero decidí no seguirte con los ojos, porque tu furia me aterrorizaba. Me dije que, si fingía no ser consciente de nada de lo que ocurría a mi alrededor, había cierta probabilidad de que no trataras de acabar con mi vida, cierta probabilidad de que no fueras a la policía a decirles que me había recuperado.

Por eso fingí durante semanas, porque sentía que era mi única esperanza de supervivencia. Pensaba exagerar el alcance de mis lesiones hasta que diera con la manera de salir de la situación en que me encontraba.

No creas que ha sido sencillo. En ocasiones incluso ha sido humillante. Muchas veces he querido darme por vencida. Matarme. Matarte. Estaba furiosa por el fin que habían tenido nuestras vidas. No me podía creer que después de tantos años de matrimonio pudieras dar crédito a las atrocidades que habías leído en aquel texto. ¡Por favor, Jeremy! ¿De verdad creen los hombres que las mujeres estamos tan obsesionadas con el sexo? ¡Era ficción! Por supuesto que me gustaba hacer el amor contigo, pero la mayoría de las veces lo hacía por complacerte, porque eso es lo que hacen las parejas: complacerse mutuamente. No lo hacía porque no pudiera vivir sin coger contigo.

Eras un buen marido para mí y, aunque no lo creas, yo también fui una buena esposa para ti. Todavía sigues siendo un buen marido, porque, pese a estar convencido de que maté a nuestra hija, procuras tenerme bien atendida. Tal vez sea porque crees que ya no estoy aquí. Quizá piensas que todas las partes malignas de mi persona murieron cuando el coche se estrelló contra el árbol y lo que queda sólo te inspira pena. Creo que por eso me trajiste a casa. Después de todo lo que ha sufrido Crew, tienes demasiado buen corazón para mantenerlo apartado de mí. Sabías que después de perder a sus dos hermanas, la total ausencia de su madre le haría todavía más daño.

Pese a lo que escribí en mi falsa autobiografía, tu amor por nuestros hijos siempre ha sido lo que más he apreciado en ti.

Ha habido momentos en estos últimos meses en que he querido decirte: «Aquí estoy. Soy yo. Estoy bien». Pero habría sido inútil. No podemos olvidar que intentaste matarme dos veces, Jeremy. Y si descubrieras que estoy fingiendo, estoy segura de que volverías a intentarlo antes de que pudiera huir, y a la tercera vez lo conseguirías.

No estoy haciendo todo este esfuerzo con la esperanza de poder convencerte algún día y hacerte ver que estabas equivocado. Sé que nunca volverás a confiar en mí.

Todo lo que hago es para Crew. No puedo pensar más que en mi pequeño. Todo lo que he hecho desde que me desperté en aquel hospital ha sido pensando en Crew. Aunque no quiero separarlo de ti, no me queda otra opción. Es mi hijo y necesita estar conmigo. Es el único que sabe que todavía estoy aquí, que aún puedo pensar y tengo una voz y un plan. No corro ningún riesgo al hablar con él, porque sólo tiene cinco años. Si te dijera que habla conmigo, lo achacarías a una imaginación demasiado activa o a las situaciones traumáticas que ha vivido.

Crew es la razón por la que he buscado con tanto empeño el texto de mi autobiografía. Sé que si alguna vez nos encuentras cuando nos hayamos marchado, querrás utilizarlo contra mí. Querrás que Crew se crea su contenido, como te lo has creído tú.

La primera noche cuando me trajiste a casa del hospital, me escabullí hasta mi estudio para borrar el documento de la computadora, pero vi que ya lo habías borrado. Entonces intenté encontrar la copia impresa, pero no pude recordar dónde la había guardado. Me habían quedado lagunas en la memoria después del accidente, y supongo que ésa sería una de ellas. Pero sabía que necesitaba destruir todas las copias del texto, para que no pudieras usarlas contra mí.

Cada vez que se me presentaba la oportunidad, buscaba el texto por todas partes, tan silenciosamente como podía. En mi estudio, en el sótano, en el altillo... Incluso busqué varias veces en el dormitorio, mientras tú dormías. Sabía que no podía marcharme con Crew mientras no hubiera destruido la prueba que tú utilizarías en mi contra.

También tenía que esperar hasta disponer de dinero, pero no sabía cómo hacerlo, ya que no podía agarrar el coche para ir al banco.

Cuando oí tu conversación con Pantem Press sobre su brillante idea de continuar mi serie de novelas contratando a una nueva autora, supe que había llegado mi oportunidad.

El día que vino la enfermera a quedarse conmigo mientras tú te ibas a Manhattan a reunirte con los editores, conseguí bajar a mi estudio sin ser vista y abrir una nueva cuenta bancaria.

Unos días después de la reunión, la nueva coautora vendría a casa para empezar a trabajar en las novelas, lo que significaba que era sólo cuestión de tiempo que el dinero de los tres libros restantes estuviera disponible y yo pudiera transferirlo a mi nueva cuenta, para huir de casa con Crew.

Sólo tendría que esperar, pero ahora ha venido la escritora y todo se ha vuelto más difícil. De alguna manera, ha conseguido la copia impresa del documento que yo estaba buscando. Seguramente tú creías haberlo eliminado por completo cuando lo borraste de la computadora, pero no fue así. Ahora son dos contra mí. A estas alturas, ya ni siquiera me propongo destruir el documento. Solamente quiero salir de aquí.

Me reconozco culpable de haber alimentado las sospechas de esa mujer. Noto que se pone muy nerviosa cuando me sorprende mirándola, pero ¿qué quieres que haga? Una extraña ha entrado en tu vida, se está adueñando de mi carrera y se está enamorando de ti. Y por lo que he podido observar, tú también te estás enamorando de ella.

Los he oído coger en nuestro dormitorio hace un par de horas. Estoy tan dolida como indignada. Sin embargo, estás tan ocupado con ella ahora mismo que creo que es el mejor momento para escribirte esta carta. He cerrado con cerrojo su puerta, para oírte cuando intentes salir. De ese modo, tendré tiempo de esconder la carta y volver a mi sitio antes de que subas la escalera.

Ha sido muy duro, Jeremy. No voy a mentirte. Todo ha sido muy difícil. Saber que dabas más crédito a mis palabras que a mis actos durante todos nuestros años de matrimonio. Tener que recurrir a este nivel de engaño para no acabar condenada por uno de los delitos más atroces que puede perpetrar una madre. Ver que te estás enamorando de otra mujer, mientras yo paso el día fingiendo que no soy consciente del infierno en que se han convertido nuestras vidas.

Pero sigo adelante a pesar de todo, porque confío en huir de aquí en cuanto llegue ese dinero y por eso te dejo esta nota.

No sé si la encontrarás.

Espero que sí. Realmente espero que la encuentres.

Porque incluso sabiendo que intentaste estrangularme y que estrellaste mi coche contra un árbol, no consigo odiarte. Siempre has protegido ferozmente a nuestros hijos y así es como deben ser los padres, aunque eso signifique eliminar a una madre que en apariencia ha sido una amenaza para ellos. Sé que crees sinceramente que soy un peligro para Crew, y aunque me desgarra por dentro pensar que lo crees, también me reconforta comprobar lo mucho que lo quieres.

Cuando Crew y yo finalmente estemos lejos de aquí, te llamaré un día y te diré dónde está esta carta. Espero que cuando la hayas leído sepas perdonarme. También espero que sepas perdonarte a ti mismo.

No te culpo por lo que me has hecho. Fuiste un marido maravilloso, hasta que ya no pudiste serlo más. Y has sido el mejor padre del mundo. Sin ninguna duda.

Te quiero. A pesar de todo, te quiero.

Verity

25

Se me cae la carta de las manos.

Me llevo las manos al vientre, por el dolor insoportable que me recorre el cuerpo.

«¿Era inocente?»

No quiero creer nada de lo que he leído. Quiero creer que Verity era cruel y merecía lo que le hicimos, pero ya no estoy segura de nada.

«Dios mío.» ¿Y si fuera cierto? Esa mujer perdió a sus hijas; después, su marido intentó matarla, y finalmente... la matamos.

Contemplo la carta, como si fuera un arma con el poder suficiente para destruir la vida que he empezado a construir con Jeremy.

Demasiados pensamientos se agolpan en mi cabeza. Me aprieto las sienes, porque siento un martilleo en las venas. «Entonces ¿Jeremy ya había leído la autobiografía?»

¿Ya la había leído antes de que yo se la diera? ¿Me mintió?

No. Nunca negó que conociera su existencia. De hecho, ahora que lo pienso, sus palabras exactas, cuando se la di, fueron: «¿Dónde has encontrado esto?».

Todo esto es demasiado para mí. No me siento capaz de asimilar todo lo que escribió Verity, ni lo que ha ocurrido. Me quedo mirando la carta durante tanto tiempo que se me olvida dónde estoy y que en cualquier momento Jeremy y Crew vendrán a buscarme.

Me agacho y recojo las hojas. Vuelvo a introducir el cuchillo y la foto en el hueco del suelo y después lo tapo con la tabla. Me llevo la carta al baño y cierro la puerta con pestillo. Me arrodillo delante del excusado y empiezo a desgarrar las hojas en trozos diminutos. Tiro parte del papel al inodoro y me meto en la boca y trago todos los trazos que encuentro con el nombre de Jeremy. Quiero asegurarme de que nadie vuelva a leer nunca más ni una sola palabra de esta carta.

Jeremy nunca se lo perdonaría a sí mismo. Nunca. Si se enterara de que la autobiografía no es real y de que Verity jamás le hizo daño a Harper, no sería capaz de seguir viviendo con esa verdad: la verdad de haber asesinado a su esposa inocente, de que nosotros dos somos los asesinos de una mujer inocente.

Si es cierto que ésa es la verdad.

—¿Lowen?

Pulso el botón de la cisterna para que se vayan los restos de papel por el desagüe. Y lo pulso una vez más para asegurarme, justo cuando Jeremy llama a la puerta.

—¿Estás bien? —pregunta.

Abro la llave e intento que no me tiemble la voz.

—Sí.

Me lavo las manos y bebo un sorbo de agua para aliviar la sequedad de la boca. Me miro al espejo y reconozco el terror en mis ojos. Los cierro y trato de reprimir el miedo. Ocultarlo. Intento suprimir todas y cada una de las cosas terribles que he visto en mis treinta y dos años de vida.

La noche que me subí a la barandilla.

El día que vi a aquel hombre arrollado por un camión.

El texto de Verity.

La noche de su muerte.

Lo suprimo todo. Me lo trago, como me he tragado su carta.

Hago una inspiración profunda, abro la puerta y sonrío. Jeremy viene hacia mí y levanta una mano para acariciarme el pelo.

—¿Te sientes bien?

Me trago el miedo, la culpa y la tristeza. Lo cubro todo bajo una expresión convincente.

—Sí. Todo perfecto.

Jeremy sonríe.

—Perfecto —repite en voz baja, entrelazando sus dedos con los míos—. Salgamos de aquí para no volver nunca más.

Me toma de la mano mientras recorremos la casa y no me suelta hasta que me abre la puerta del Jeep y me ayuda a sentarme. Mientras nos alejamos por el sendero, veo empequeñecerse la casa por el espejo retrovisor, hasta que finalmente desaparece.

Jeremy tiende una mano y me acaricia el vientre.

—Sólo ocho semanas más.

Hay expectación en sus ojos, un entusiasmo que yo he infundido en él, después de todo lo que ha padecido. He llevado luz a su oscuridad y seguiré siendo esa luz, para que nunca se pierda en las tinieblas de su pasado.

Nunca sabrá lo que yo sé. Me aseguraré de que así sea. Me llevaré este secreto a la tumba, para que Jeremy no tenga que saberlo nunca.

Ni yo misma sé qué creer. ¿Por qué hacerle padecer más angustia? Quizá Verity escribió esa carta para cubrir sus huellas. Podría ser otra argucia suya para manipular la situación y a todas las personas implicadas.

Y si es verdad que Jeremy fue el responsable de su accidente, no puedo culparlo. Estaba convencido de que Verity había asesinado a la hija de ambos. Tampoco puedo culparlo por haber conseguido finalmente acabar con su vida, cuando descubrió que lo había estado engañando sobre el alcance de sus lesiones. Cualquier padre o madre habría hecho lo mismo en su lugar. Debería haber hecho lo mismo. Los dos creíamos sinceramente que Verity era una amenaza para Crew. Para nosotros dos.

Se mire como se mire, está claro que Verity era una maestra de la manipulación de la verdad. Sólo falta saber cuál era la verdad que estaba manipulando.

AGRADECIMIENTOS

Gracias por darle una oportunidad a este libro. Es diferente de las emotivas historias de amor que suelo escribir, por lo que aprecio que hayan decidido acompañarme en este viaje.

He publicado casi todos mis libros a través de Atria Books, filial de Simon & Schuster. Agradezco todo lo que ha hecho esta editorial por mis libros y lo que seguirá haciendo con los que publique en el futuro.

Sin embargo, *Verity. La sombra de un engaño* es un proyecto independiente y personal, por lo que quizá no les sea posible conseguir el libro físico, a menos que lo encarguen por internet. Me ha entusiasmado desarrollar todo este proyecto por mi cuenta, y estoy muy agradecida a Atria Books por haberme dado la oportunidad de hacerlo.

Hacía mucho tiempo que no me ocupaba de todo el proceso sin las delicadas manos de un editor, por lo que tengo muchas personas a las que dar las gracias. Les ruego paciencia, porque la lista es larga.

1. Mi madre. Siempre. Cuando empiezo a escribir un libro, me resulta cada vez más difícil recuperar el nivel de entusiasmo que tenía con el primero. Pero mi madre siempre me ayuda a conseguirlo. Me hace creer que tengo una

mente brillante, aunque en realidad sé que es mediocre, y me convence de que el libro en curso es el mejor que he escrito hasta ahora. A veces la llamo de madrugada para pedirle que lea un capítulo e invariablemente me dice que sí y lo lee. O al menos finge que lo ha leído. En cualquier caso, me ayuda a seguir adelante. Su apoyo es la única razón por la que he podido terminar mis novelas. Gracias, mamá. Tu fe en mí me da ganas de creer en mí misma.

2. Mi grupo favorito de Facebook: «Colleen Hoover's CoHorts». Ya somos más de cincuenta mil miembros, pero sigue siendo una comunidad estrechamente unida. Cuando alguien tiene un mal día, le damos ánimos. Cuando una persona no tiene dinero para comprar un libro, la ayudamos. Cuando alguien tiene algo que celebrar, celebramos todos. No hay nada más que amor y apoyo absolutos en este grupo, y defenderé hasta el final que así sea. No tenemos sitio para la negatividad ni para los imbéciles. Pero tenemos espacio de sobra para nuevos lectores y lectoras que quieran sumarse. ¡LOS AMO, COHORTS!

3. Lauren Levine. Te estoy eternamente agradecida por ser parte del equipo que hizo realidad la serie «Confess». Y aunque ver la transformación de un libro mío en serie de televisión ha sido una experiencia fenomenal, eso no ha sido nada en comparación con tu amistad. Tu apoyo es algo incomparable. Algún día te devolveré el favor.

4. Tarryn Fisher. No sé ni por dónde empezar. Soy muy afortunada por estar rodeada de gente que me apoya, pero no creo que haya nadie que quiera verme triunfar tanto como tú. No conozco a nadie que celebre tanto como tú los éxitos ajenos. Eres mi Tarryn. Literalmente.

5. Lin Reynolds. Eres mi hermana favorita.

6. Murphy Fenell. Tú también eres mi hermana favorita.

7. Mi abuela, Vannoy Gentles. Eres demasiado buena para leer un libro como éste. Y precisamente por eso pienso regalarte el primer ejemplar. ☺

8. Los que están en mi vida por el mundo de los libros, pero seguirán estando en ella sin ese mundo. Chelle Lagoski Northcutt, Kristin Phillips Delcambre, Pamela Carrion, Laurie Darter, Kay Miles, Marion Archer, Jenn Benando, Karen Lawson, Vilma González, Susan Gilbert Rossman, Tasara Vega, Anjanette Guerrero, Maria Blalock, Talon Smith, Melinda Knight y alrededor de doscientas personas más. GRACIAS por darme su opinión sobre párrafos, capítulos y novelas enteras. Y a todos los que apoyan mi carrera. Los quiero a todos y cada uno de ustedes.

9. E. L. James. Tu éxito profesional no me impresiona tanto como tu alma. Eres impresionante en todos los sentidos, pero lo que más me gusta de ti es el amor y el aprecio que demuestras por tus lectores. Eres un gran ejemplo para todos los escritores.

10. Kim Holden. Quiero darte las gracias simplemente por ser como eres. Sigue así. #QueSigaLaÉpica

11. Caroline Kepnes. Una vez, hace años, empecé a escribir una novela en segunda persona, y cuando ya iba por la mitad, mi editora me dijo que una de sus escritoras pronto publicaría un libro escrito en segunda persona y que tal vez me convenía repensarlo. Entonces no te conocía. Te maldije de todas las formas posibles, porque tuve que reescribir la mitad de mi libro. Cuando más adelante mi agente me envió tu libro para que lo leyera, te maldije

todavía más, porque me pareció increíblemente bueno. Pero de alguna manera acabamos siendo amigas, después de enviarte un mensaje en el que te amenazaba de muerte. Creo que nuestra amistad es la que ha tenido un comienzo más extraño de todas las que tengo. Y por eso es perfecta. Estoy muy agradecida de tenerte en mi vida. Aunque, a decir verdad, tu mente me da un poco de miedo. Enhorabuena por tu fantástica nueva serie de televisión. Cuando «You» salga en Netflix, el éxito del libro será todavía más sensacional. Estoy muy emocionada.

12. Shanna Crawford y Susan Gilbert Rossman. Las dos me han facilitado la vida mucho más de lo que jamás habría creído posible. El trabajo y la dedicación que ambas han puesto en Book Bonanza y The Bookworm Box son incomparables. No podría tener a dos personas mejores gestionando esa mitad de mi vida. Gracias, gracias, gracias.

13. Johanna Castillo. Hemos pasado siete años fantásticos juntas. Me da mucha pena que ya no seas mi editora, pero me entusiasman tus nuevas aventuras. Lo que nunca cambiará será nuestra amistad. ¡Te echo de menos y estoy deseando ver hasta dónde te lleva este nuevo viaje!

14. Jane Dystel. Al comienzo de mi carrera, me sentía como un pez fuera del agua, sin la menor idea de cómo funcionaba este negocio. Han pasado siete años y TODA-VÍA me siento como un pez fuera del agua y sigo sin tener la menor idea de cómo funciona este negocio. Pero como te tengo a mi lado, no me preocupo. Gracias por encargarte de las partes más estresantes de mi trabajo y de hacerlo mejor que nadie. No tengo palabras para agradecértelo.

15. Lauren Abramo. Eres una auténtica máquina. Espero que te vayas por lo menos una semana de vacaciones y apa-

gues el teléfono. No conozco a nadie con tanta dedicación y tan bien organizada como tú. Tu paciencia ante mi desorganización no conoce límites. ¡Gracias por todo lo que haces!

16. Elissa Down. Gracias por darles vida a Owen y a Auburn en «Confess». Eres una directora fenomenal e igualmente fenomenal como ser humano. Trabajar contigo ha sido una experiencia maravillosa. Espero que lo volvamos a hacer.

17. Brooke Howard. Simplemente, te adoro. Me encanta cómo eres. Gracias por aguantarme.

18. Joy y Holly Nichols. Son dos de mis personas favoritas. Me siento muy feliz de que estén en mi vida.

19. Stephanie Cohen. Puede decirse que te lo debo todo a ti. Todo lo que he conseguido. Eres increíble por muchísimos motivos y ha sido una suerte que nuestros caminos se cruzaran. No imagino mi vida sin ti. Eres el paradigma de lo que debería tratar de ser toda persona, y lo digo en serio. Ya sé que no es fácil gestionar mi vida, porque te lo pongo mucho más difícil de lo que debería ser. Pero, gracias a ti, no tengo que cambiar y puedo seguir siendo yo misma. ¡Gracias!

20. Erica Ramírez y Brenda Pérez. Mi pareja de hermanas favorita y dos de las personas más dulces que he tenido la suerte de conocer. Las quiero mucho a las dos y me siento muy afortunada por teneros en mi vida.

21. Club de Lectura. Soy la peor miembro del club, pero les agradezco mucho la noche que pasamos juntas cada mes, hablando de libros y comiendo dulces. Es mi noche favorita del mes.

22. Melinda Knight. Me siento muy agradecida contigo y con toda tu familia. Lo que han hecho por nuestra

iniciativa de beneficencia es impresionante. Me alegro mucho de que Cale y Emma estén juntos. Ahora sólo tienen que mudaros al condado de Hopkins.

23. Tiffanie DeBartolo. Gracias por tus libros y por tu excelente gusto para la música. Eres la persona a quien recurro cuando necesito arte en mi vida.

24. Kim Jones. Gracias por..., bueno..., quizá lo recuerde cuando escriba los agradecimientos de mi próximo libro.

25. Social Butterfly, Murphy Rae, Marion Making Manuscripts, Karen Lawson, Elaine York. Gracias por la revisión, el marketing, el diseño de la cubierta, la maquetación y el trabajo que cada una de ustedes ha puesto en este libro.

26. Shannon O'Neill. Gracias por todo lo que has hecho por The Bookworm Box y por la comunidad literaria en general. Eres una estrella luminosa en este sector de la industria.

27. K. A. Tucker. Todavía quiero colaborar en un libro contigo, por lo que te agradezco por adelantado que me digas que sí. Me han dicho que lo que uno desee en este mundo se manifestará, de modo que aquí estoy yo, manifestando nuestra colaboración.

28. Tillie Cole. Ya sé que no nos conocemos mucho, pero quiero agradecerte tus historias de Instagram. Verte hablar es terapéutico para mí. Probablemente deberías cobrarme las sesiones de terapia. Me he ahorrado mucho dinero, ahora que tengo tus historias.

29. Jenn Sterling. Necesito postales nuevas para la computadora, Jenn. Ponte a ello. Te echo de menos. Me hace muy feliz verte feliz.

30. Abbi Glines. Gracias por todo lo que has hecho por mí este año. Sé que no es fácil estar separada de esa familia fantástica que tienes, pero te estaré por siempre agradecida por tu amistad y por el tiempo que me dedicas. Eres fantástica.

31. Ariele Fredman Stewart. Gracias por dejarme robarte un nombre. No deberías ser tan buena para elegir nombres y tan mala para elegir amigas. Te quiero.

32. Kathryn Pérez. Encuentro muy inspiradora la manera en que has sobrellevado este último año. Gracias por ser como eres, por apoyarme y por ser tan positiva en un mundo que a veces nos lo pone muy difícil.

33. B. B. Easton. Saluda a Ken de mi parte.

34. Dina Silver. Tu gato es idiota.

35. Kendall Ryan. Gracias por encontrar tiempo en tu apretada agenda para darme consejos y ánimos. ¡Lo aprecio más de lo que crees!

36. Levi, Cale y Beckham. Los quiero mucho. Hacen que me sienta orgullosa cada día. Por favor, no lean este libro.

37. Heath Hoover. Tú tampoco puedes leer este libro. Te quiero y me gustaría seguir casada contigo.

38. Gracias a todos los blogueros y blogueras. Las muchas horas de trabajo que dedican a sus blogs simplemente porque aman los libros son una fuente de inspiración. Tengo que pedirles perdón por el caos que han sido los ejemplares promocionales de esta novela en concreto. Es lo que pasa cuando no acabas el libro hasta cuatro días antes de la fecha prevista para su publicación. Prometo hacerlo mejor la próxima vez. Gracias a TODOS por su trabajo.

39. Todos los que están leyendo estos agradecimientos. Ya sea que estén aquí porque el libro les ha parecido horrible o porque les ha encantado, lo importante es que lean. Y les doy las gracias por eso. Ahora que han terminado éste, ya pueden ir a devorar otro más.

40. Vance Fite, el hombre que me cuidó y me educó desde que tenía cuatro años. Fuiste y sigues siendo una gran inspiración para mí. Te echo de menos. Todos te echamos de menos.

Aunque todo es falsedad, monotonía y sueños rotos, éste sigue siendo un mundo maravilloso.

Desiderata, MAX EHRMANN